끝

예술 행위와 삶의 본질

이 소설은 1980년도에 쓴 글이다.

필자가 젊은 예술가로서 화단의 중심에서 어울리며 예술 활동을 통해 존재의 의미를 찾고자 초발심으로 열정을 쏟았던 시절이었다.

그 당시 필자에게 예술이란 구도의 길이나, 존재에 대한 근원의 문제에 접근하는 길이며 또한 그 본질에 닿을 수 있는 길 중에 하나일 수 있다고 믿고 있었던 시기였다. 어찌 보면 종교적으로 풀어야 할 문제까지도 예술을 통해 해결할 수도 있으리라는 착각을 하고 있었던 것 같다. 오염된 현대 종교의 틀을 벗어나 예술이라는 개인적인 범주 안에서 무엇인가 실체로 와닿는 실마리를 찾고자 하는 몸부림이었을 것이다.

이 소설을 쓰게 된 시대적 배경인 70년대에서 80년대 초 한국의 현대미술은 앵포르멜 기법을 중심으로 한 서구의 전위적인 미술운동이 들불처럼 유행하고 있었다.

필자는 소설 속에서 두 명의 젊은 예술가를 등장시켜 그 시대적 분위기 속에서 예술 행위를 통해 과연 존재의 본질적인 문제에 어떻게 다가갈 수 있는지를 다뤄보고 싶었다.

물론 예술이 종교적인 역할을 할 수는 없다. 다만 한 예술가가 자신이 수용한 예술이란 방편을 가지고 자신의 실체를 더듬어 갈 수는 있을 것이라는 생각에서였다.

자신이 처한 현실 속에서 본질에 닿아 있는 순수한 에너지를 삶 속에서 건져 올리는 것이 예술가가 해야 할 덕목이라면 구도자의 자세로 예술가의 삶을 살 수도 있겠다는 생각을 하면서 살았던 시기이기도 하다.

그 생각은 인생의 막바지가 된 칠십이 훌쩍 넘은 나이가 된 지금도 유효하다.

세월이 많이 흘렀다. 이 소설을 쓸 때와 비교하면 지금 이 시대는 엄청나게 변해 있다. 정치적 사회적 환경의 변화를 바탕으로 일상사 생활의 모든 패턴까지도 변해 있다. 당연히 모든 문화현상이나 각 장르의 예술분야는 상상을 넘어선 변화를 보여주고 있다. 대중문화는 말할 것도 없고 순수예술의 미술·음악을 불문하고 표현되는 구조나 양식이 장르간의 벽마저 무너져 화가니 조각가니 음악가니 하는 개념 자체가 바꿔져 있는 시대다.

이런 시대에 40년 전의 글을 새삼스레 다시 내보이는 것이 어떤 의미가 있는 것일까.

예술은 그 시대적 환경을 바탕으로 각 작가가 가지고 있는 순수의식의 세계를 통해 표현되어진 세계다. 그렇기에 시대가 바뀌어도 그 시대를 배경으로 한 진실이 담겨있다. 진실은 시대가 변하고 문화적 양태가 변할지라도 그 바탕에 남아있게 되어있다.

고전이나 지나간 세월 속에서 예술가나 또는 문학가들이 남겨놓은 흔적들을 읽으면서 시대를 넘어 공감하고 감동을 느끼게 되는 것은 변하지 않는 진실이 담겨있기 때문일 것이다.

필자가 예술 행위가 어떻게 본질적인 문제로 다가갈 수 있는지를 두 인물의 생각과 살아가는 방식을 통해 드러내보고자 했던 의도가 이 시대엔 어떻게 이해될 수 있을까.

　　필자는 시대가 아무리 디지털화되고 첨단 기기를 이용해 기상천외한 표현 양식이 생겨도 진실을 찾아가는 방법은 크게 달라질 수 없다는 생각이다.

　　기계화되고 고도로 정보화되어 자연의 생명 에너지를 피부로 느끼며 살기가 쉽지 않은 이 시대에 예술이란 어떤 의미와 역할을 할 수 있는 것인지….

2022년 사자산 초암에서

차례

1장

    11월의 문턱을 턱걸이하는 늦가을의 햇볕이었지만 큼직한 여행용 백을 들고 들길을 걷는 사내의 이마 위에선 여전히 따가운 햇볕이었다. 산모퉁이를 향해 걷던 사내는 힘에 겨운지 백을 풀섶에 내려놓고, 걸쳐 입은 베이지색 바바리코트를 벗었다. 그리곤 이마의 땀을 훔쳐내고 나서 담배 한 개비를 꺼내 물었다. 라이터 위에 떨어진 햇볕이 하얗게 부서지며 사내의 손가락 사이에서 눈부시게 부서져 나간다. 사내는 기지개를 켜듯 두 팔을 뒤로 젖혀 보곤 백 옆에 앉아 두 다리를 뻗었다. 가늘게 뜬 눈으로 사내는 들판의 한적한 풍경을 가늠하면서 연기를 길게 내뿜었다.

    야트막한 야산의 산등성이들 사이로 비좁게 걸려 있는 다랭이 논 바닥에 추수된 볏단들이 열병식이라도 하듯 늘어서서 몸을 말리고 있었다. 탁 트이게 펼쳐진 평야는 아니지만 야산 사이사이에 걸려 있는 논 줄기들이 아직 군데군데 물든 옷을 벗지 않은 산등성이들과 어울리며 제법 깊은 가을의 정취를 돋우고 있었다. 띄엄띄엄 농부들이 한가로운 들짐승처럼 여유를 보이며 추수를 하는 모습들이 보이기도 했다.

    사내는 거의 십 리 길을 걸었을 것이라고 생각했다.

    읍내에서 버스를 내린 후 다시 버스를 갈아타고 삼십여 분을 자갈길에 흔들리며 달렸다. 길옆에 늘어선 플라타너스 가로수는 가지가 뭉턱뭉 턱 잘려 문둥이 손처럼 흉측해 보였다. 가지치기를 한 것일 텐데 왜 저렇 게 심하게 잘라놓은 것일까.

사내는 면 소재지에서 내렸다. 사내가 가려던 가지샛말이라는 마을은 면 소재지서부터 교통편이 없기 때문에 걸어서 가는 수밖에 없었다. 가지 샛말까지는 이십여 리 남짓한 거리였다. 사내는 걷다 보면 마을로 들어가 는 마차라든가 혹은 경운기라도 만나면 얻어 타고 갈 요량으로 십 리 길 을 꾸벅꾸벅 걸어온 터였다.

사내는 오랜만에 먼 길을 걷는 것이라 다리가 좀 아프긴 했지만, 시골 정취를 두리번거리며, 모처럼 맑은 공기를 마음껏 마실 수 있다는 사실에 한껏 기분이 좋아졌다. 몇 시간 전만 해도 사내는 고속버스를 타기 위해 서울의 터미널 속에서 와글버글 소음과 인파들 사이에 끼어 현기증을 느 끼며 버스를 기다리고 있었다. 지금 사내는 봉긋봉긋 부드러운 산등성이 와 그 사이로 흐르는 황금색 논줄기를 가슴으로 안듯 재어보며 담배 맛 을 새롭게 즐기고 있는 중이었다.

필터 끝까지 담배가 타들어 오자 사내는 다시 새 개비를 빼내어 불을 붙였다. 사내는 담배 연기를 깊숙이 들이마셨다가 천천히 풀어놓았다. 투 명한 연기 사이로 사내의 무의식 속에서 뒤엉켜져 잠들어 있던 낱말들이 아슴아슴 피어올랐다.

공항. 빠리행 비행기. 미혜. 다툼. 그저 싱거운 다툼. 찔끔거림. 미혜의 눈물. 그녀의 힐난. 몸매가 탄탄한 여자. 삼십 대의 애정. 싱거운 애정. 예 술이란 것. 그런 것. 그런 것들. 부질없는 것. 부질없는 것들. 산다는 게 그런 것. 그런 것이 아닐 수도 있음. 사는 것을 너무 심각하게 받아들이는 것은 치기의 소산임. 그렇지 않음. 그럼. 그림이 삶? 삶이 그림? 말도 안 되는 논리. 팔레트에 새 물감을 짜는 일. 그것도 버밀리온을. 버밀리온은 가슴을 뛰게 함. 그 옆에 프러시안블루를 짜내는 일. 둘은 항상 팽팽히 맞섬. 그러다가 둘이 어울려 버릴 때 가장 깊은 어두움이 됨. 그것은 완전한 절망의 어두움일 것임. 그녀는 그런 어두움에 항상 질색을 함. 그래서 다툼. 그렇지 않아도 다툼. 가치 기준. 가치관. 차이라는 것. 그래, 헤어지자. 잘 생각해 보세요. 당신도 빠리로 오세요. 빠리로, 빠리로, 빠리로…. 굉음. 그녀를 태운 거대한 여객기의 굉음.

사내는 요란한 경운기 소리에 몸을 일으켰다. 밀짚모자를 눌러쓴 젊은이를 태운 경운기가 기우뚱기우뚱 숨을 헐떡거리며 사내 쪽으로 달려왔다. 사내는 길 옆으로 몸을 물러서며 경운기를 향해 손짓을 해 보였다. 경운기가 외눈을 허옇게 부라리며 사내 옆에서 씩씩거리며 멎었다.

"어느 말루 가시는 감유?"

젊은이가 허연 이를 드러내며 물었다. 커피색으로 잘 익은 얼굴이 먼지로 뽀얗게 덮여 있었다.

"가지샛말인데요."

사내가 웃어 보이며 말했다.

"저는 가지샛말 아래쪽으로 가는디, 가지샛말 입구까지는 갈 수 있구먼유."

젊은이가 경운기에서 내려 사내의 백을 번쩍 들어다 실었다.

"야, 이거… 감사합니다."

사내는 젊은이의 친절에 머쓱한 얼굴로 미안해했다. 단추를 채우지 않은 남방셔츠 차림의 젊은이의 몸에서 시큼한 땀 냄새가 바람결을 타고 물씬 풍겼다.

"올라타세유. 쌀가마 위에 걸터앉아 짐받이 기둥을 잡으세유."

젊은이는 기수가 말을 올라타듯 경운기 안장 위로 한쪽 다리를 번쩍 치켜들어 올라타며 사내에게 머릿짓을 했다. 마차바퀴 자국으로 고르지 못한 들길을 기우뚱거리며 경운기가 달리기 시작했다. 쌀가마 위에 걸터앉아 덜컹덜컹 흔들리며 들길을 달리는 것이 사내에겐 사뭇 흥겨웠다

"담배 한 대 피우겠어요?"

경운기가 뒤뚱거리는 바람에 딸국질을 하듯 사내가 소리쳤다.

"야?"

젊은이가 사내 쪽을 돌아다보았다.

"담배요. 담배 한 대 피우라구요."

사내가 담배 한 개비를 젊은이의 얼굴 앞으로 내밀었다.

"아직 댐배 못 배웠구먼유."

엔진 소리에 묻혀 젊은이의 대답이 까부라졌다.

"방앗간에 다녀오는 모양이죠?"

사내는 내밀었던 담배 가치를 자신의 입에 꼬나물며 깔고 앉은 쌀가마를 툭툭 쳐보았다. 그리곤 하늘을 올려다보았다. 구름 한 점 없는 그야말로 청명한 하늘이었다.

"햅쌀 몇 가마 쪄 오는 길이구먼유. 근디 선상님은 가지샛말 누구네 가시는 감유?"

젊은이가 뒤를 돌아다보며 이를 드러내놓고 웃었다.

"누구네 집을 가는 게 아니라 아주 이사를 가는 길입니다ー."

사내가 엔진 소리를 제치려는 듯 손을 입에 대고 소리쳤다.

"야? 이사유?"

"그래요. 이사! 내가 가지샛말로 아주 살러 가는 중이라구요."

사내는 하늘을 바라보며 싱글거리며 고함이라도 치듯 대답을 했다.

"선상님이 가지샛골루 살러 가시는 거란 말예유?"

젊은이는 믿어지지 않는다는 표정을 지었다.

"그렇다니까요. 이젠 가지샛골 사람이 될 겁니다. 아래 윗동네 살다보면 앞으로 가끔 만날 수 있게 되겠네요."

사내는 빈 하늘을 계속 올려다보며 소리쳤다. 고추잠자리 몇 마리가 하늘 속으로 빨려 들어가듯 날아올랐다.

"선상님 같은 분이 워티케 이런 데서 사시려구… 농담하시는 거 아녜유?"

젊은이가 밀짚모자를 뒤로 젖혀 눌러 썼다.

"농담 아닙니다. 혹시 가지샛말에 사는 김청규 씨 아세요?"

"김청규 씨유? 아, 도재기 공장 허시는 김 선상님 말인가유?"

"맞아요. 그 사람이 제 친굽니다."

"그러시구먼유."

젊은이가 머리를 크게 주억거려 보였다. 아마도 도자기 하는 김 선생한테 다니러 가는 친구분인 모양이라고 젊은이는 생각했다.

가지샛골을 오 리 남짓 남겨 놓고 옆으로 나지막했던 산등성이들이 점점 가팔라지며 숲이 나타나기 시작했다. 들길로 이어지던 마찻길은 이

내 양쪽 산자락 사이로 빨려 들어갔다.

산길로 들어갈수록 숲이 무성해졌다. 상수리나무와 오리나무가 주종을 이루고 있는 숲은 옷을 벗은 부끄러움이 아직 익숙하지 않은 듯 빈 가지들만 하늘을 향해 흔들고 있었고 산 중턱 군데군데에서 단풍나무들이 무리를 잃은 짐승처럼 을씨년스럽게 몸을 붉히고 있었다. 빈 가지 사이로 파란 하늘이 흘렀다. 사내는 일어섰다. 그리고 마치 사열을 받는 장군처럼 경운기 짐받이를 붙들고 가슴을 한껏 펴 보였다. 산속으로 계속 이어지는 좁은 마찻길 위로 부서져서 떨어지는 햇빛 조각들이 얼룩무늬 양탄자처럼 펼쳐져 눈부셨다.

뒤뚱거리는 경운기는 개선장군을 태우고 열병하고 있는 병사들 사이를 달리는 장군의 마차처럼 당당해지기 시작했다. 사내는 감당키 어려운 해방감을 만끽하며 숨을 한번 깊이 들이마셨다.

그날은 온종일 비가 내리고 있었다. 며칠 전부터 꾸물꾸물 하늘이 내려앉더니 아침부터 봇물이 터지듯 빗줄기를 쏟아내기 시작했던 것이다.

사내는 화랑 가운데에서 소파에 몸을 깊숙이 묻고 어느 정도 취기에 올라 있었다. 아침부터 쏟아지는 비로 인해 전시회를 보러 오는 관람객은 불과 몇 명의 짝을 지은 남녀 대학생들에 지나지 않았다. 사내는 아침 집을 나서면서부터 오늘은 술 좀 마셔야겠다고 생각을 했다. 그것은 날씨 때문이 아니라 일주일 동안의 전시 기간 중 의식적으로 술을 피하며 자신의 내면에서 일고 있는 갈등들을 심각하게 생각해 보려는 이유였다. 그러나 시원하게 손아귀에 잡혀지는 것은 아무것도 없었다. 그렇다고 술을 전혀 마시지 않은 것은 아니었다. 전시회의 오픈 파티를 하는 날은 귀한 손님(?)들 접대에 신경을 쓰느라 제대로 술에 취하진 못했지만, 다음 날부터는 그림쟁이 동료들이 서너 명씩 화랑을 나설 무렵이면 몰려와 안국동 골목에서 퍼져 버리곤 했었던 것이다. 그러나 그는 기분 좋게 마실 흥이 날 수가 없었다. 친구들이 건네주는 소주잔을 받아 계속 입 안에 털어넣긴 했지만 의식은 점점 말똥말똥해지는 것이었다. 그것은 어떤 불안과 초조 뒤에 따르는 생리적인 현상일 것이었다. 개인전을 열기 전부터 그는 심한 자기 갈등과 승강이를 하는 중에 마지못해 전시회를 열게 되었던 것이다.

개인전은 화랑을 경영하는 친구의 주선으로 이루어졌다. 그것은 그의 뜻에서라기보다는 친구의 일방적인 호들갑으로 해서 벌어진 일이었다.

7월 말경 긴 장마의 꼬리가 감추어질 무렵 그날도 잔뜩 내려앉은 하늘은 짙은 회색 구름을 뭉클뭉클 뒤틀며, 금세라도 불만을 터뜨려 놓을 듯한 기세였다. 그는 미묘해지기 시작한 미혜와의 관계와, 또 자신이 하는 작업에 대한 회의로 본격적으로 심각해지고 있었다. 그래서 그날도 아침부터 화실에 틀어박혀 애꿎은 담배꽁초만 수없이 짓눌러 버리고 있는 중인데 화랑을 경영하는 친구인 장영두가 느닷없이 들이닥친 것이었다. 장영두는 화실에 들어서자마자 그의 기분은 아랑곳없이 자기가 찾아온 용건을 수다스럽게 늘어놓기 시작했다.

"열자구. 9월이면 여러 면으로 유리한 점이 많지. 소비시킬 수 있느냐 하는 건 걱정 말라구. 솔직히 이건 자네만을 위해서가 아니라 내게 이익이 되니깐 적극적으로 나서겠다는 거라구. 생각을 해봐. 자네 같은 작가가 여지껏 개인전 한번 열지 않았다는 건 아무래두 이상하잖아? 그 동안 쌓아놓은 작품 활동 경력도 그렇구, 공모전의 수상 경력도 그렇구, 여지껏 개인전을 갖지 않았다는 건 자네에게 도움될 게 하나도 없다구. 자네 그림을 좋아하는 애호가들을 위해서라도 이번엔 열어야 해. 작품 충분히 있겠다 젊은 작가치곤 이름도 알려질 만큼 알려졌겠다 망설일 이유가 도대체 뭔가. 내가 일사천리로 알아서 할 테니 자넨 그저 마음의 준비나 하고 있어. 고객은 이미 확보돼 있는거나 마찬가지지. 요즈음 미술품 수집 붐이 일어나고 있기 때문에 절호의 기회라구. 어쨌든 나만 믿어. 짭짤하게 재미를 보게 해줄 테니. 며칠 있다가 다시 들를 테니 계획을 잘 세워 보라구."

거의 일방적으로 일을 결정해 버린 후 장영두는 멍하니 앉아 있는 그의 어깨를 툭툭 치고는 휑하니 나가 버렸다. 장영두가 나간 후에야 후두둑거리는 빗소리를 들으며 그는 개인전이라는 낱말을 되씹어 보기 시작했다.

— 개인전? 내가 개인전을 열어서 어쩌겠단 말인가. 나에게 속해 있는 모든 것을 문질러버려 흔적도 없이 해버리고 싶은 이 지경에 개인전은 무슨 낮도깨비 같은 소린가. 내 인생을 끌어갈 수 있는 능력이 예술이란 허울을 뒤집어쓰고 올 데까지 온 것이 아닌가. 더 이상 그린다는 방법으로 어떤 확실한 것을 찾아낼 자신이 없다. 내가 하고 있는 이런 작업이 예술이라면 당연히 나는 이 짓을 끝내야만 하는 것이 아닌가.

며칠 후 장영두가 다시 그의 화실을 방문했을 때 그는 개인전을 열기로 응락하게 되었다. 그러나 그것은 그가 자신의 내적 갈등들을 해소했거나, 개인전이란 전시회를 긍정적으로 받아들여서가 아니었다. 첫째는, 수시로 신세를 진 장영두의 끈질긴 권유를 도저히 뿌리칠 수가 없었고, 둘째 현실적으로 볼 때 자신의 현재 심정으론 무엇인가를 정돈해 놔야 했기 때문에 얼마간의 돈이 필요했기 때문이었다. 어차피 자신의 휴지 조각처럼 느껴지는 그림을 그래도 찾는 사람들이 있다면 그 같은 사람들에게 주어버리면 그만인 것이었다. 그들이 어떤 이유로 해서 그림을 찾든, 그것은 그 자신에겐 관계될 문제가 아니었다. 그들은 그들 나름대로의 만족 지수를 충족시킬 수 있는 분명한 이유가 있을 테니깐. 결국 그는 새로운 출구를 위해 마지막으로 자기 합리화를 하고 있는 셈이었다.

그는 소파에서 등을 떼고 소파 끝에 걸터앉았다. 그리고 팔짱을 끼고 웅크린 자세로 화랑의 벽에다 느릿느릿 눈알을 굴렸다. 대부분의 그림들이 인체와 수종(樹種)을 알 수 없는 나무들의 형상이 데포르마시옹의 수법으로 처리되어 전체적인 화랑 안의 분위기는 은근한 환상적 분위기를 자아냈다. 푸른기를 띤 회색의 색조가 전체 화면의 배면에 깔리고 검푸른 색과 붉은기를 띤 회색이 조화를 이루면서 은근한 형상을 내보이고 있어 더욱 그런 기분이 들게 했다. 그러나 그것은 착각에 불과했다.

그림 앞으로 가까이 다가서게 되면 어느새 환상적인 분위기는 안개처럼 걷혀지면서 팽팽한 긴장과, 온몸에 스멀스멀 간지러움이 느껴지는 검푸른, 혹은 검붉은 상흔 같은 반점들로 온통 어우러져 있는 모습을 화면은 드러내놓고 있었다. 사실 그의 그림은 어떤 형상이나 이미지를 찾아내는 것이 아니라 그 수많은 반점들과의 투쟁이었다.

그의 작업은 여느 화가들이 흔히 쓰지 않은 그 나름의 독특한 테크닉을 사용하고 있었다. 그의 작업 과정을 순서대로 대강 기술해 보면 이러했다.

캔버스는 올이 굵은 마대류를 이용하는데 일단 검정색에 가까운 암갈색이나 검청색조를 전체 화면에 초벌바르기를 두껍게 한다. 초벌을 바를 때 붓을 이용하지 않고 페인팅 나이프를 사용한다(그것은 일정한 터치를 만들기 위해서다). 초벌이 어느 정도(2~3일) 마르면 초벌보다는 엷게 푸른기를 띤 회색조의 물감을 일정량 개어 또다시 전체 화면을 바른다(이 때부터 넓적한 큰 붓을 사용한다). 물감이 꾸덕꾸덕 굳을 무렵 다시 다른 색조의 물감을 바른다. 이후 이런 작업이 3~4차례 반복되고 화면이 어느 정도 마르게 되면(손으로 만지면 묻어나지 않아야 되고 손톱으로 긁으면 긁혀져야 한다) 이때부터 본격적인 작업이 시작된다. 이때부터는 칠하는 것이 아니라 긁거나 뜯어내는 작업이다.

작업 도구는 대부분 그가 고안해 낸 것들이다. 손칼 모양의 것, 송곳 모양의 것, 갈퀴와 같은 것, 하여튼 긁어내고 뜯어내기에 편리한 크고 작은 수술 도구 같은 것들이 십여 개가 이용되고 있다. 이렇게 긁고 뜯어내면 차곡차곡 감추어져 있던 색깔들의 깊이에 따라 또는 긁히는 속도에 따라 여러 모습의 흉터로 나타나게 되는데, 이 긁어내고 뜯어내는 작업이 클라이막스인 셈이다. 왜냐하면 그는 완성된 후의 작품은 자신에겐 아무런 의미가 될 수 없다고 생각하기 때문이다. 그가 이 반점들을 찾아내는 작업을 할 때 비로소 그는 작가로서의 희열과 흥분, 그리고 보람을 느끼는 터였다. 좀 더 구체적으로 그가 어떤 상황 속에서 어떤 식으로 작업을 이끌어 나가고 있는가를 관찰하려면 어느 하루의 작업하는 그를 묘사해

보는 것이 좋을 듯하다.

지난 봄날이다. 하늘은 맑고, 겨울을 털어내며 기지개를 켜듯 도시는 한결 흐드러져 보이는, 그런 기분 좋은 봄날인데도 그는 텔레핀유 냄새가 가득한 열평짜리 좁은 화실 속에서 고양이처럼 웅크리고 앉아 앞에 놓인 100호짜리 캔버스에 시선을 꽂고 있었다. 캔버스를 회색조의 푸른색 계통이 전체 화면을 덮고 있고, 벌써 반쯤은 여러 형태의 반점들이 어우러져 색조의 변화를 이루고 있었다.

그는 눈을 가늘게 뜨고 화폭을 가늠질하다가 몸을 일으켜 화폭 앞으로 다가선다. 그리고 가는 나이프로 조심스럽게 물감을 긁어낸다. 한 번, 두 번, 세 번…. 그렇게 계속해서 몇 군데를 여러 각도로 긁어 내린다. 나이프가 깊게 지나간 자리엔 암갈색의 상흔이, 엷게 지나간 자리엔 회색조의 갈색이, 또는 이끼가 낀 듯한 반점들이, 상처에서 피가 배어 나오듯 몽클몽클 스며 나온다.

그는 생각한다. 캔버스는 하나의 인격(人格)이다. 내가 캔버스를 대한다는 것은 인격과 인격의 만남이다. 우린 서로 적당한 간섭을 바라며 대화를 시작하는 것이다. 나는 지금 나무를 느끼고 싶다. 꼭 나무가 아니어도 된다. 그저 나무 같은 것을 막연히 느끼고 싶다. 그것은 나뭇가지에 매달리는 바람이라도 좋고, 두꺼운 나무껍질에 배어든 세월이라도 좋다. 아니면 뭇 새들이 남기고 간 지저귐의 흔적이라도 좋다. 나무의 실체가 아닌 나무가 서 있었던 자리의 감지할 수 없는 잊혀진 공간이라도 좋다.

그는 이런 것들을 구체적으로 인식하고 있는 것이 아니라, 의식의 한 귀퉁이로 막연히 흘려 보낸다. 그것들은 샘물처럼 끝없이 솟아나서 찰랑 찰랑 의식의 한 귀퉁이를 흐르고 있는 것이다. 그의 나이프는 자꾸자꾸 캔버스를 깎아낸다. 그러면 캔버스는 새로운 의지로 한 알 한 알 싹을 틔우듯이 살을 만들어 나간다. 그것은 상호 간의 묘한 역(逆) 작용인 것이다. 그는 거의 몇 시간 이상을 화폭에서 떨어질 줄 모르고, 깎는 작업, 뜯는 작업, 긁어내는 작업을 계속한다. 그의 이마엔 송골송골 땀방울이 맺힌다. 열 평의 화실은 그의 손끝 움직임으로 긴장되어 쥐어짜는 열기를 뿜고 있다.

네 시간 남짓 지나서야 그는 캔버스에서 떨어져 나와 낡은 소파에 몸뚱이를 내던지듯 풀석 주저앉는다. 아직도 눈은 캔버스에 꽂혀 있고 티테이블 위의 담배를 더듬더듬 찾아내어 한 개비 피어 문다.

캔버스 위엔 수백 수천 개의 크고 작은 반점들이 어우러져 회색조의 배경을 이루고 어떤 형상을 안개 속에서처럼 드러내 놓고 있다. 그것은 굳이 나무의 형상이랄 수도 없다. 나무라도 좋고, 아니라도 좋다. 중요한 건 한 개 한 개의 반점들이 서로 간섭하는 일들이다. 열심히 서로 간섭해야 한다.

그는 생각한다. 그림을 그린다는 것은 자기 확인이어야 하고, 아름다운 사건, 혹은 바람직한 사건을 드러내는 일이어야 한다. 그렇게 해서 인생이란 헝클어져 알 수 없는 타래로부터 긍정적인 실마리를 풀어내는 방법이어야 한다.

그는 거푸 두 개비를 태우고 나서 비로소 기름과 물감으로 얼룩진 가운을 벗는다. 그리곤 손가락에 묻어 있는 물감을 테레핀유에 적신 수건으로 닦아낸다. 찡긋한 송진 냄새가 언제나 좋다.

그는 가슴이 답답해 옴을 느끼고 소파에서 일어섰다. 불안한 표정이었다. 팔짱을 낀 채 텅 빈 화랑을 공허하게 맴돌기 시작했다. 하루 종일 별 관람객 없는 전시장을 지키며, 오후에만 두 홉들이 소주 두 병을 비워낸 그는 어느 정도 취기에 올라 있었다. 그는 마치 정신 나간 사람처럼 계속 전시장 안을 서성거리며 중얼거렸다.

─휴지 같은 거야. 내 모든 작품은 휴지조각에 불과한 것뿐이야. 내가 배설하고 난 자리를 닦아내기 위해 문질러 놓은 휴지 조각인 거야. 그런데 난 지금 구린내 나는 휴지 조각들을 펼쳐다 예술이란 위선의 껍데기를 씌워 놓고 작품이랍시고 내보이고 있지 않은가. 내 소화 기능이 정상적으로 작용을 하고 있다면 배설은 순조롭게 이루어질 것이고, 그 배설은 내 육신에 영양을 공급하고 난 찌꺼기일 뿐이다. 작품을 한다는 행위는 그 찌꺼기를 말끔하게 마무리 짓는 일에 불과한 것이다. 그런데 내 소화 기능은 어쨌었던가. 언제나 먹은 것은 소화불량 증세를 보였고, 그러다보니 배설다운 배설을 제대로 해 본 적이 없었다. 소화가 덜 된 설사 똥 아니면 탈이 생긴 곱똥이요, 그렇지 않으면 변비로 몇십 분씩 변기에 엉덩이를 까놓고 용을 쓰며, 눈물을 쭐쭐 흘려야 했었다. 그렇게 배설의 고통을 겪을 때마다 누런 황금빛의 뭉실뭉실한 똥을 한번 누어 본다는 게 얼마나 부러웠던가. 어쨌든 끝난 일이야. 이젠 위선의 허울을 훌훌 털어 버리면 그만인 거야.

다섯 시가 넘어서자 관람객들이 하나둘 늘어가기 시작했다. 밖에 비는 그친 모양이었다. 관람 시간이 끝나려면 한 시간은 더 남아 있었지만, 그는 나가서 술집에라도 들러야 할 것 같아 화랑을 관리하는 아가씨에게 몇 가지 일들을 부탁해 놓고 자리를 일어섰다.

그가 출입문을 나서려는 참에 미혜가 레인코트를 한쪽 팔에 걸쳐 들고 들어섰다.

"가시려구요?"

그녀가 가지런한 이를 드러내 놓고, 웃었다.

"…."

"오픈 파티에 참석 못 해 죄송해요."

그녀가 잘 다듬어진 눈썹 한쪽을 살짝 치켜 올렸다.

"아는 사람들을 만나기가 싫었어요. 우리 사이가 이상해졌다는 게 벌써 소문이 나 있더군요. 참새들 입에 오르내리는 건 정말 싫어요."

그녀가 눈을 내려뜨며 말했다.

"…."

"잠깐만 기다려 줘요. 작품들 좀 보고 오겠어요."

그녀는 살짝 웃어 보이고 화랑 안으로 들어갔다. 그는 밖으로 나와 현관문에 기대어 섰다. 흠뻑 젖은 빌딩들이 짙은 회색 하늘을 머리에 이고, 힘겨워하고 있었다. 그는 망연히 빌딩 사이에 걸려 있는 회색 하늘을 바라본다. 그의 손은 버릇처럼 더듬더듬 담배를 꺼내든다. 회색 하늘은 그가 그린 화폭처럼 암울해 보였다. 그는 나이프로 하늘을 긁어내고 싶다는 생각이 들었다. 긁고 뜯어내서 구름 밑바닥에 깔린 투명한 하늘색을 서서히 드러내 보이고 싶었다.

"아파트를 옮긴 줄 전혀 몰랐었어."

그가 거실을 둘러보며 중얼거리듯 말했다.

"저한테 무관심한 양반이 그런 걸 어떻게 알 수 있겠어요."

미혜가 커피 잔을 받쳐 들고 주방에서 나오면서 말했다.

"한번 쯤 전활 하지 그랬어?"

"나도 자존심이 있는 여자예요. 일방적으로 헤어지자는 남자에게 매달릴 만큼 순진하진 못해요."

그녀는 쟁반을 테이블 위에 내려놓고 그의 맞은편 소파에 앉았다.

"그런 뜻으로 얘기한 게 아냐… 이거 커피 말고… 뭐 좀 다른 것 없나?"

그는 머리를 쓸어 올리며 그녀의 꽂는 듯한 시선을 잠깐 받아내다가 담배를 더듬더듬 꺼내 물었다.

"술은 어느 정도 하신 모양인데…."

"아냐. 낮에 조금 마셨던 거야. 이젠 다 가셔버렸다구. 한 잔 주지."

그가 투정하는 소년 같은 표정을 지었다.

"위스키가 있어요. 한 잔만 드릴께요."

"병째로 갖다 놓지 그래. 내 주량은 당신이 잘 알잖아."

"그렇게 하죠. 하지만 잔 수 통제는 제가 하겠어요. 당신 취한 모습 보려고 만난 건 아니니까요."

그녀는 치즈 조각과 양주병을 들고 나와 그의 잔에 따랐다.

"전시회에 대한 반응들이 좋더군요. 성과도 괜찮았다면서요?"

"어리석은 짓이지…."

"어리석다니? 누가요?"

"나두 그렇고… 어쨌든 모두가…."

그는 잔을 들어 입술을 적시고 나서 투덜거렸다.

"그런 무책임한 말이 어디 있어요. 그렇다면 전시회는 왜 열었어요?"

그녀는 눈을 동그랗게 뜨고 그를 건너다보았다.

"마지막 위선을 결론짓기 위해서지. 그리고 돈이 좀 필요해서…."

그는 얼음이 풀리는 잔을 들여다보고 있다가 쭉 소리를 내면서 술잔을 기울였다.

"당신은 정말 이해하기 힘든 사람예요. 왜 그렇게 세상을 어렵게 살려구 그래요."

그녀가 짜증이 난다는 듯 눈살을 찌푸리며 말했다.

"세상이 어려운 것보다 내가 우둔해서 그래. 한 가지도 못 풀겠어. 허지만, 이젠 그렇게 풀어 보려고 애를 쓰지 않을 거야."

"정말 시골로 내려가실 건가요?"

"내려가야지. 자, 얘기만 하지 말고 당신도 한잔해요."

그는 술잔을 비워내고 그녀에게 잔을 내밀었다. 그녀는 말없이 잔을 받아 두 손으로 받쳐 들고 그를 바라보았다. 그는 그런 그녀의 시선을 그대로 받아들이면서 빨아들일 듯이 자신의 촛점을 그녀의 눈동자에 맞췄다.

이 여자에 대해서 아직도 나는 별로 아는 것이 없다. 2년을 넘도록 연인으로 가까이 해왔지만, 이 여자의 실체가 전혀 느껴지지 않는 것은 무엇 때문일까? 그래 애당초 나는 여자를 갖기를 원하질 않았기 때문일 꺼야. 육체적인 관계는 이어졌지만 상대방의 정신을 소유한다는 건 나로서는 감당할 수가 없다. 도저히 받아낼 수가 없다. 그래서 그녀에 의해 수동적으로만 이어져 왔던 관계가 아니었던가. 그녀에 대해서뿐만 아니라 나

이외의 어떤 사람도 서로 소속될 수는 없는 것이 아닌가. 그녀가 결혼을 하자는 얘기를 꺼냈을 때 난 결혼이란 것이 어떤 의미를 가지고 있는 것인지조차 알고 있지를 못했다. 결혼이란 것이 어떤 만남이어야 하는 것인지 난 내 성(城) 밖에 있는 것들로 생각하고 있을 뿐, 내 영역 안에서 이루어질 수 있는 사건일 수가 없었다.

"내려가시면 뭘 할 거예요?"

"응?"

"그림을 계속 그리실 건가요?"

"글쎄… 당분간은 그림을 그리지 않을려구…. 아니지, 그릴 수가 없을 거야."

그는 잔을 든 채 머리를 흔들었다.

"아주 포기하시는 건 아니겠죠?"

"그럴 가능성이 더 클 거야. 조그만 집을 하나 마련해 놨지. 땅도 조금."

"농사를 지을려구요?"

"못 할 것도 없지. 본래 시골 출신이니깐."

"정말 우습지도 않네요."

그녀의 입이 노골적으로 비죽거렸다.

"어쨌든 내려갈 거야. 뭐를 할지는 나도 아직 몰라. 우선 내려간다는 사실이 중요해."

그는 자신의 결심이 서 있다는 듯 입을 굳게 다물어 보였다.

"저… 시월 말경에 떠나요."

그녀가 술잔을 들여다보며 말했다. 그녀는 술잔을 뱅글뱅글 돌렸다.

"떠나? 어디로? 설마 당신도 시골 가는 건 아니겠지?"

그가 약간 놀라는 얼굴을 하고 그녀를 쳐다보았다.

"빠리로 갈 거예요. 학교에단 벌써 사직서를 냈어요. 공부나 더 해볼 참예요. 아파트도 처분했고, 지금 이곳은 임시로 세 들어 있어요."

그녀는 한 잔 마신 술에 양쪽 볼에 홍조를 띠며 말 보따리를 터뜨려 놓기 시작했다.

"사실 당신하고 같이 떠나고 싶어요. 결혼을 하자는 얘기가 아녜요. 당신도 빠리로 가서 세계 여러 곳에서 모인 화가들과 어울리게 되면 생각이 달라질 거예요. 이곳의 늪에서만 고민하고, 좌절한다는 건 어리석은 짓예요. 사람의 사고방식이란 상대적인 거잖아요. 홀홀 털어버리고 다른 곳에서 지금의 것들을 들여다보면 아무것도 아닌 걸 알 수 있을 거예요. 지금의 좌절이나 고민이 얼마나 유치한 것인가도 알게 될 수 있을 거예요. 그래서 저는 제 공부를 하고, 당신은 당신의 작품 세계를 정돈시켜 나가면 되는 거 아녜요?"

"미혜!"

갑자기 그가 소리를 질렀다. 정신없이 얘기를 늘어놓던 그녀가 흠칫 놀라며 말문을 닫았다.

"더 이상 얘기하지 마. 나의 좌절은 당신이 생각하는 것보단 더 깊어. 헤어날 수가 없어. 내 자신의 문제야. 주위 환경의 문제가 아니라구. 이것이 병인지도 모르지. 허지만 어쩔 수 없어. 그래, 그건 그렇고… 떠나면 얼마나 있게 되는 건가?"

그가 감정을 가라앉히며 물었다.

「몰라요! 몰라!」

그녀가 얼굴을 감싸 쥐고 어깨를 들먹이며 울기 시작했다. 그는 그녀의 어깨 위에서 출렁이는 탐스런 머리카락을 바라보며 망연히 담배를 꺼내 물었다.

얼마쯤 흐느끼던 그녀가 얼굴을 가다듬으며 흩어진 자세를 바로잡았다. 아직도 그녀의 눈에는 물기가 남아 있었다.

「언제쯤 내려가실 건가요?」

그녀가 차분해진 어조로 물었다.

"글쎄… 전시가 끝나고 대강 정돈이 되는 대로 내려가게 되겠지. 허지만 당신이 떠나는 것을 보고 가는 게 좋을 것 같군."

그는 담배 연기를 길게 내뿜으며 대답했다.

"그렇게 해 주시겠어요? 그렇다면 제가 욕심을 한 가지 더 부리겠어요."

"…?"

"저 하고 같이 있어줘요. 떠나기 전까지만이라도 당신이란 사람을 좀더 알고 싶어요."

"우린 서로 알아낼 수 있는 만큼은 알고 있는 것 아닌가?"

"그렇지 않아요. 당신은 처음부터 수동적이었고, 나라는 여자에게 끌려 왔을 뿐이지만, 전 당신을 알려고, 또 이해하려고 노력을 했어요. 그렇지만 2년이란 세월은 당신에 대한 더 큰 의문의 덩어리만 남겨 놓았을 뿐예요. 그래서 더욱 제가 당신 주위를 떠나버리지 못하는지도 모르지만…."

그녀는 말끝을 흐리고 빈 잔을 들여다보았다.

"당신에게 조금이라도 짐이 되고 싶진 않아."

"그건 저의 문제예요. 당신은 신경 쓸 것 없어요."

"…."

"피곤해요. 샤워 좀 하고 자야겠어요."

그녀는 정말 피곤해 보였다. 갑자기 몇 년은 더 늙어 보이는 얼굴이 되어 그녀는 욕실로 들어가 버렸다. 샤워 물소리가 귓바퀴에 뿌려지듯 들려왔다.

그는 잠시 물소리를 들으며 소파에서 몸을 일으켰다. 그리고 그녀의 침실로 들어가 옷장을 열었다. 그의 실내 옷이며 옷가지 몇 벌이 예전처럼 그대로 잘 정돈되어 걸려 있었다. 그는 고개를 절레절레 흔들어 보며 실내 옷으로 갈아입었다. 그의 옷에서도 그녀의 체취가 강하게 배어나왔다.

샤워를 끝내고 엷은 핑크빛 가운을 걸친 그녀는 물속에서 갓 건져 올려진 물고기처럼 싱싱해 보였다. 그녀의 약간은 까무잡잡한 피부는 더욱 탄력 있게 보였고 가운 속에서 살랑살랑 숨 쉬는 그녀의 조금은 너무 큰 듯한 젖가슴이 그의 관능을 저울질하는 듯했다. 가운 밖으로 비친 연보랏빛 작은 젖꼭지가 팽팽한 긴장으로 그를 가늠하고 있었다.

그는 아직 젖어 있는 그녀의 작은 몸을 안아다 침대 위에 눕혔다. 병아리처럼 작은 그녀의 몸은 언제나 작은 고무공 같았다. 그는 설레이기 시작하는 그녀의 젖가슴에 얼굴을 묻고 서두르기 시작했다.

"이… 이렇게 할 수도 있잖아요."

그녀가 눈을 감고 더듬거리듯 말했다.

"마… 말하자면… 보… 보부아르…나 사… 사르…트르처럼…."

그는 수밀도 같은 그녀의 젖가슴을 베어 물기 시작했다. 그는 이 밤 그녀를 한 조각도 남기지 않고 다 먹어버릴 것처럼 난폭하게 서둘렀다.

"우… 우린 그…렇…게 하…할 수…있…."

그는 이제 그녀의 도톰한 입술을 따먹기 시작했다. 어린 시절 뒤뜰에 있던 앵두나무 열매를 따먹듯이 자꾸자꾸 따서 주머니 속에 집어넣었다. 그녀는 이제 자기가 무슨 말을 하려고 했는지도 잊어버리고 두둥실 구름 위로 떠올라가기 시작했다.

경운기가 숲길을 빠져나오자 앞이 넓게 트이며 약간 경사진 아래쪽으로 커다란 내(川)가 꿈틀거리는 용처럼 가로질러 흐르고 있었다.

"저 내 이름이 뭡니까?"

사내는 고기비늘처럼 반짝거리는 내를 찡그린 눈으로 바라보며 물었다.

"야석천이라구 해유."

"야석천요?"

"야. 모두들 그렇게 불러유."

길은 그 야석천을 따라 양쪽으로 갈라져 있었다. 모래밭과 자갈밭을 양쪽으로 넓게 펼쳐 보이며 흐르는 야석천은 눈부시게 햇볕에 반사되며 몸을 뒤틀고 있었다.

길이 갈라지는 지점에서 젊은이는 경운기를 세웠다.

"지는 이쪽으루 가야 되는데유. 가지샛말까지 모셔다 드렸으면 좋겠는디…. 짐을 부리구 또 한 번 나와야 할 일이 있구먼유."

"아, 괜찮아요. 여기까지 타고 온 것만 해도 고마운데…. 정말 고마웠어요."

사내는 경운기에서 펄쩍 뛰어내리며 말했다.

"미안허구먼유."

젊은이는 허리를 굽실해 보이곤 덜컹덜컹 경운기를 몰고 반대쪽 길로 커브를 틀었다. 경운기 소리가 멀어져 가는 먼지 속으로 사라지자 이내 모든 것이 조용해졌다. 이따금씩 휘파람 같은 산새 소리가 들렸다.

야석천 쪽으로 비탈져 내린 길섶 사이사이 무성한 관목들의 가지를 타고 자란 개머루가 까맣게 익어가고 있었다. 그는 서산마루 몇 뼘쯤 위에 기우뚱 걸려 있는 태양을 찡그린 얼굴로 힐끗 쳐다보고는 백을 추켜들었다.

2장

　장작 몇 개를 집어넣자 너울거리던 불꽃이 주춤했다. 그러나 이내 새 장작을 핥으며 불꽃은 더욱 생기를 냈다. 탁탁 장작을 튀기며 으쓱거리는 불꽃은 마치 화룡(火龍)의 입 안에서 뿜어나오는 불꽃 같았다. 낮에 본 가마는 거대한 애벌레 형상을 한 괴물이 비스듬한 둔덕을 꾸물꾸물 기어 내려오는 모습이었다. 붉은 진흙으로 만들어져 그을음으로 덮여 검붉은 몸뚱이에다 입을 쩍 벌린 화구(火口)는 장작 뭉치를 붉은 혀를 낼름거리며 씹어대고 있었다. 전통식 도자기 가마를 처음 본 관수에겐 가마를 둘러싸고 주위에서 일어나는 모든 일이 흥미롭고 재미있었다. 가마는 오후 늦게 화입식(火入式)을 했다고 했다. 청규가 운영하는 월청요(月靑窯)에 관수가 들어섰을 때는 화입식 고사를 끝내 놓고 마당에선 술판이 벌어지고 있었다. 제물로 올려졌던 음식물과 술로 예닐곱 명의 청규네 사람들이 모여 앉아 얼큰히 기분 좋은 얼굴들로 관수를 맞이했다. 청규를 통해 관수에 대한 얘기를 공장 식구들도 알고 있을 터였다. 짐을 풀어 놓자마자 그들과 어울려 저녁 겸 막걸리 잔을 기울인 청규와 관수는 다른 사람들이 잠자리에 들자, 가마 앞에서 둘만이 소주잔을 나누고 있는 중이었다.

　"자, 잔 받지."

청규가 잔을 내밀었다.

"요즘도 술을 많이 하나?"

청자로 된 종지 같은 잔을 건네받으며 관수가 물었다.

"술은 내게 있어선 밥이 아닌가."

"밥?"

"밥이지. 물밥. 하루 세 끼 꼬박 먹어야 하니 내겐 밥이나 마찬가지지."

"여전하군."

관수는 어이없다는 듯 빙긋 웃으며 술잔을 기울였다.

"집이 맘에 들지 모르겠어. 자네가 편지에 쓴 정도의 집이긴 한데, 분위기가 어떨지…."

청규가 관수의 빈 잔에 다시 술을 따르며 말했다.

"편지에 쓴 내용이야 내 욕심이구, 이런 산골 분위기에 있는 집이라면 집 자체야 아무러면 어떤가?"

"알 수 없군. 구태여 자네가 이런 산골 마을에다 집을 사야겠다니…."

청규는 화구의 불길이 뜨거운지 뒤로 조금 물러나 앉으며 말했다.

"이곳에서 몇 년째 살고 있는 자네는 어떻구."

"이 친구야. 나야 애당초 작가가 될 소질이 없어 장사꾼이 됐던 것 아닌가. 내가 뭐 이곳에서 도라도 닦는 줄 아나? 처음 자네 편지를 받았을 때 난 가끔 내려와 머리를 식히기 위해 그러는 줄 알았는데, 나중 편지를 보니 그런 것이 아니었더군."

청규는 반쯤 남은 술잔을 입 안에 털어 넣고는 화구의 불길을 바라보며 말했다.

"사실 나 학교를 그만뒀네. 형식적으로야 휴직서를 낸 것이지만, 아마 금세 다른 사람으로 자리가 메워지겠지…."

관수도 불꽃을 바라보았다. 불꽃은 언제까지라도 꺼질 것 같지 않은 영원한 생명력을 가진 생물 같았다.

"어처구니없군. 내가 알기로는 그렇게 쉽게 따낸 강사 자리가 아닌 것 같은데."

청규가 장작 몇 개비를 더 집어 넣었다.

"사실 쉽게 따낸 자리는 아니었지. 경력을 쌓기 위해 어눌진 작품들을 부리나케 발표했고, 선배 교수들의 환심을 사기 위해 속으로는 거부 반응을 일으키면서도 겉으로는 그들 휘하의 심복이 되기를 열망했었지. 그렇게 하지 않고는 현실적으로 지탱해 나가기 힘든 사회니까."

관수는 말을 마치고 신경질적으로 자신의 잔에다 술을 따라 단숨에 털어 넣었다.

"엉뚱한 소리군. 자넨 할 만큼 했고, 또 누구보다도 능력 있는 화가야. 자네 같은 작가가 자기 세계를 지키지 못한다면 화단을 지킬 사람이 누가 있겠나."

청규가 심드렁하게 말했다.

"자네야말로 엉뚱한 얘길 하고 있군. 화단이 뭔가. 어울려 패거리를 만들고 어깻짓이나 하는 게 화단인가? 그런 얘기를 하는 자넨 왜 하루아침에 도깨비처럼 사라졌었나? 가장 유능한 신인으로 두각을 나타내던 자네가 끌과 망치를 팽개쳐 버리고 엉뚱한 도자기 장사나 하고 있는 건 뭐냐 말일세."

"…."

"난 자네에 대해 많은 생각을 했었지. 그렇게 홀연히 화단에서 사라져 버려야 할 이유가 어디 있었는가 하고 말야. 그런데 자네가 떠난 후 몇 년이 지난 지금에서야 비로소 자네의 뜻을 알 수 있을 것 같거든. 아냐. 이건 내 기분이지 자네하고는 또 다를지 모르지. 허지만, 난 그림도, 내가 그림을 그려야만 할 분명한 이유도 이젠 찾아낼 수가 없어졌어. 내가 그림을 그려야 하는 것은 내가 살아가는 가치관이어야 하는데 그렇지를 않아. 처음엔 분명 어느 누구보다도 진한 삶을 그림을 통해 살 수 있을 것이라고 믿었었어. 그러나 그게 아냐. 외부적인 화단이나, 주위의 짓거리들이 문제가 아니라 내 자신이 벽을 느끼게 된 거야. 온통 벽이야. 그림은 이제 내게 회의의 대상일 뿐이야. 산다는 것이 무엇인지 좀더 본격적으로 생각해 보고 싶어. 본격적으로 심각해지고 싶다 이거야. 허헛."

관수는 취기가 오르는 모양이었다. 독백처럼 지껄여대다가 헛웃음을 웃어보곤 청규를 돌아다보았다. 청규는 입을 굳게 다문 채 불꽃만 응시하고 있었다. 그의 눈이 불길에 반사되어 짐승의 눈처럼 이글거렸다. 관수는 그의 눈이 타고 있다는 생각이 들었다. 분명 작은 불꽃이 되어 타오르는 것 같았다.

"나 오줌 좀 누고 오겠어."

관수가 비틀 몸을 일으켰다. 청규는 관수의 행동에 아랑곳없이 마치 불꽃과 눈싸움이라도 하듯 움직이질 않았다. 관수는 가마 뒤쪽으로 돌아가 오줌을 갈겼다. 불 앞에서 마신 술이라 얼굴로 달아올랐던 것이 찬 밤 공기에 시원하게 가시는 듯했다. 찌르륵 찌르륵 이름 모를 풀벌레들의 울음 소리가 귓바퀴를 간질렀다. 관수는 하늘을 올려다 보았다. 검청색 하늘에 별밭이 보기 좋았다. 뽀오얀 은하수가 머리 위에서 길게 허리를 늘어뜨리고 있었다.

　ㅡ파스칼이 외쳤던가. 저 무한한 공간의 영원한 침묵이 나를 몸서리치게 한다고….

　관수는 가슴으로 중얼거리며 어깨를 흠칫했다. 오줌을 누고 관수가 돌아왔을 때까지도 청규는 활활 타오르는 화구를 마주하고 그대로 앉아 있었다. 관수는 걸음을 멈췄다. 장작 불빛이 밀어내고 있는 청규 주위를 제외하고 온통 어둠이 거인처럼 그를 둘러싸고 있었다. 등을 보이고 있는 청규는 검은 망부석처럼 오똑하니 어둠 속에다 굴을 뚫어 놓고 앉아 있는 모습이었다.

　관수는 잠시 그를 생각했다. 청규는 대학 시절부터 두각을 나타내기 시작했었다. 교수들은 그에게 기대를 걸었고, 동료들한테 부러움을 살 정도로 그는 우수한 면모를 발휘했다. 관수가 그와 친하게 된 것은 조각과의 철조실(鐵彫室)이 관수네 실기실 바로 옆에 붙어 있었기 때문이었다. 그는 언제나 밤늦게까지 철조실에 혼자 남아 산소 용접기를 가지고 폐품 고물철판을 자르고 녹여 대고 있었다. 육십년대 말 미술대학 주변은 물론 화단의 중심 그룹 안에서도 앵포르멜(Informel)의 열기는 아직 끈끈하게 남아 있었다. 청규의 철조 작업은 앵포르멜의 냄새가 짙은 추상표현주의적인 철조 작업이었다. 관수는 그의 철조 작업을 보고 있으면 작업 과정 자체가 뜨거운 열기의 치열한 싸움이었다. 캔버스 앞에 앉아 붓을 휘두르는 것보다 얼마나 진지하고 강렬하게 느껴졌는지 관수는 때때로 그의 옆에서 작업하는 그를 구경하는 것이 즐겁기까지 했다. 둘은 자주 어울리게 됐고, 작품에 대한 의기도 투합이 되어 술잔을 꺾으며 열띤 예술론을 펴기도 했다. 그 시절 화단은 사실 온갖 실험적인 작업이 서구로부터 흘러들어와 아우성을 치는 혼돈의 시기이기도 했다. 마르셀 뒤샹(Marcel Duchamp)의 변기(便器)가 이끌기 시작한 오브제(objet)들은 화랑 구석구석을 차지했고, 한쪽에서는 기상천외한 해프닝(Happening)이 심심찮은 화제가 되기 시작했다. 젊은 작가들은 정신이 없었다. 무엇을 어떻게 소화를 시켜 나가야 할지 어리벙벙할 뿐이었다. 결국 그것들은 관념의 덩어리만 허공에 덩그마니 남겨 놓을 뿐이었다. 그 즈음 청규는 그의 추상표현주의적인 철조 작품으로 학생으로선 유일하게 관전에 입상을 하게 되었고, 그때부터 그의 작업은 더욱 치열해졌다. 졸업 후 그는 철조를 집어치우고 새로 물결이 일기 시작한 개념 미술(Conceptual Art)에 빠져들고 있었다.

그 무렵 관수는 군에 입대를 하게 되었다. 입대 후 편지를 통해 서로의 예술론의 토론이 얼마 동안은 계속되었지만, 관수가 월남으로 파병을 하게 되면서 소식은 끊겨졌었다. 그것은 관수가 전쟁터에서 여유 있는 편지를 쓸 수 없는 심적 상황에서 편지를 뜸하게 보내긴 했지만 청규로부터의 답장이 계속 오질 않았기 때문이었다. 제대 후 그의 소식을 듣게 되었는데, 그는 E대 출신의 그림 그리는 아가씨와 결혼을 했고, 결혼을 한 후 한동안은 계속 두드러진 작품 활동을 하다가 갑자기 화단에서 사라져 버렸다는 것이었다.

그가 그렇게 갑자기 작품 활동을 청산해 버리고 화단에서 증발해 버린 이유를 아무도 알지를 못했다. 관수는 결국 그가 가지샛골이라는 산골에서 도자기 공장을 운영하고 있다는 사실을 알아내게 되었고, 자주 편지를 띄우면서 다시 옛날의 우정을 찾게 된 셈이었다. 그러나 청규는 많은 변모를 했고, 그에 대해서는 알 수 없는 일들이 많았다.

집은 관수가 생각했던 것보다 아담한 초가집이었다. 마루를 가운데 끼고 양쪽으로 방이 하나씩 있는데, 안방 격이 되는 쪽엔 부엌이 딸려 있었다. 작은 방은 청규네 공장에서 물레를 돌리는 노씨 부부에게 살게 했다. 대신 관수의 식사 문제는 노씨 부인의 신세를 지기로 한 것이었다.

겨울을 코앞에 당겨 놓고 있는 계절이라 집 주위의 분위기는 다소 썰렁했지만 부드러운 곡선의 토담이며, 토담 밑으로 가꾸어져 있는 작은 화단, 그리고 굵은 싸리나무를 엮어 만든 사립문은 관수를 만족하게 했다. 그리고 더욱 마음에 드는 것은 야석천이 앞마루에 걸터앉아서도 담 너머로 내려다보이는 것이었다. 관수는 뒤뜰로 돌아서다가 작은 우물이 있는 것을 뒤늦게 알아냈다. 그것은 우물이라기보다는 한 길 깊이로 파고 돌을 쌓아올린 샘에 가까왔다. 무릎 높이로 턱을 쌓아놓은 것이 어렸을 적 고향집 뒤뜰에 있었던 우물을 연상케 했다. 정말 뜻밖의 옛 친구를 만난 셈이었다.

고향 집의 우물은 어른 키 높이로 한 길 반 정도의 깊이였다. 우물 벽을 돌로 쌓아올렸기 때문에 돌을 짚고 내려가면 어린 관수도 쉽게 우물 밑을 내려갈 수 있었다. 전체 깊이가 한 길 반 정도였지만 지면에서 수면까지는 반 길 정도밖에는 안 되었다. 더욱이 우물 턱이 나지막했기 때문에 엎드려서 가슴을 괴고 우물 속을 들여다보기는 안성맞춤이었다. 이 우물 속에 관수의 비밀스런 세계가 자라고 있었다.

관수는 개울에서 잡아 온 붕어며, 송사리, 미꾸라지 또는 산딸기를 따러 갔다가 산골짝 돌 밑에서 잡아 온 가재들을 아무도 모르게 우물 속에다 키웠다. 때로는 죽어서 배를 하얗게 뒤집고 떠오르는 놈도 있었지만 대개는 잘 살았다. 관수는 이 비밀스런 일을 시작한 후 혼자 있는 시간이면 거의 우물 속을 들여다보며 즐거워했다. 우물 벽을 쌓아올린 돌은 부드러운 이끼가 초록빛 보료를 감싸놓은 듯했고, 우물 깊은 곳에선 언제나 하늘이 강물처럼 흘렀다. 그 강물 위에서 관수의 친구들은 여유 있는 몸짓으로 헤엄쳐 다녔다. 그것들은 관수가 만들어 놓은 세계였다. 관수의 지배하에 있는 그의 왕국이었다. 그런데 어느 날 어머니는 동네 청년 둘을 데리고 와선 우물을 처내야겠다는 것이었다.

「글쎄 그렇게 물맛이 좋던 우물이 왜 이런지 모르겠어요. 요즈음엔 물까지 흐려져 있으니 무슨 조환지 알 수가 없네요.」

어머니가 청년들에게 우물을 가리키며 말했다.

「매년 한 번씩은 쳐 내는 게 좋아요. 나뭇잎이랑 찌꺼기들이 바닥에 가라앉아 썩으면 아무래도 흐려지지요.」

청년이 타래박에 줄을 붙들어 매며 말했다.

"전엔 이렇게까지 물이 나빠진 적이 없었는데….."

두 청년은 타래박으로 우물을 처내기 시작했다. 관수는 가슴을 졸이며 우물 옆에 있는 장독대에 동그마니 걸터앉아 울상이 되었다. 우물물을 다 퍼내면 관수의 왕국에 속해 있는 친구들은 꼼짝없이 잡히고 말 것이 분명했다. 청년들 손에 잡히면 일을 끝낸 그들이 술자리의 매운탕이 되어버리릴 건 뻔한 사실이었다. 우물이 바닥을 드러내자 우물 속에서 바닥 찌꺼기를 긁어 올리던 청년이 소리쳤다.

"햐, 이거 붕어 아냐? 어? 미꾸라지도 있는데?"

"그으래? 타래박에 담아 올리라구."

"이놈들이 있으니 물이 안 흐려질 수가 있나. 이 미꾸라지가 우물 흐리는 덴 원흉이라구."

관수는 아예 눈을 질끈 감아 버렸다. 가슴이 콩닥거렸다. 청년들이 잡아 올린 것은 관수의 손바닥만 한 붕어 두 마리와 미꾸라지 네 마리, 그리고 가재가 세 마리였다. 그 중 가재 한 마리는 꼬리 안쪽에 포도송이 같은 알을 품고 있었다.

"어쩜. 어떻게 이런 것들이 우물에서 살고 있을까?"

어머니가 신기한 듯 타래박 속에서 비늘을 번쩍거리는 붕어를 들여다보며 말했다. 붕어는 뻐끔뻐끔 숨이 찬 듯 입질을 해댔다.

"장마 통에 들어가는 수가 있어요. 비가 억수로 쏟아지던 마당에 고기들이 떨어지는 수가 많아요."

"빗줄기를 타고 오르다가 떨어진다고 하던데요."

관수는 이상하게 생각했다. 자기가 잡아다 넣은 것은 훨씬 많은 숫자였다. 관수가 우물 속을 들여다보고 있을 때 세어본 것만 해도 붕어가 여섯 마리, 송사리가 세 마리 참방개가 두 마리, 그리고 미꾸라지는 일곱, 여덟 마리도 넘는 듯했다. 그렇다면 안 잡힌 놈들은 돌 틈에 숨어 있거나 깊은 은신처가 마련되어 있는 것이 분명했다.

다음날 새벽 관수는 어머니보다 일찍 잠자리에서 빠져나와 우물가로 달려갔다. 그리곤 가슴을 콩닥거리며 우물 속을 살폈다. 우물물은 어느 때보다도 맑게 가라앉아 있어 새벽하늘을 깊은 곳에서 밝히고 있었다. 그리고 그 하늘 위로 붕어와 송사리 몇 마리가 꼬리짓을 하며 아침 나들이를 하고 있는 것이었다. 관수는 얼마나 반가왔고 기뻤던지 하마터면 소리를 지를 뻔했다.

뒤뜰에서 돌아온 관수는 마루에 걸터앉아 저녁노을에 금빛으로 번쩍거리는 야석천을 바라보며 깊은 생각에 빠졌다. 이곳에 머무는 동안 진정 새로운 나의 우물을 만들어 낼 수 있을 것인가. 그리고 손아귀에서 퍼득이는 실체를 우물 속에 넣게 될 수가 있을 것인가.

집 정리를 대강 끝낸 관수는 오후가 되어 어슬렁어슬렁 월청요(月淸窯)로 올라갔다. 청규는 가마에서 완성된 도자기를 꺼내는 중이었다. 가마 옆구리에 칸칸이 문이 있어서 내화 벽돌로 쌓아올린 문을 헐고 차례차례로 도자기를 꺼내고 있었다. 가마 안은 아직도 후끈후끈 열기를 내뿜고 있었다. 밤새도록 장작을 씹어대며 불꽃을 들이마시던 화구는 시커먼 입을 어제와는 달리 조금은 멍청한 듯 벌리고 있었다.

"어때? 집이 맘에 들어?"

청규가 청자 주병들을 꺼내 들고 활짝 웃었다. 어제 취해서 홀린 듯 불꽃을 응시하던 모습과는 전혀 다른 쾌활한 표정이었다.

"생각했던 것보다 훨씬 좋아. 기막힌 우물까지 있구."

관수는 청규가 꺼내 놓은 도자기들을 들여다보며 말했다. 대부분 백토(白土)와 흑토(黑土)로 문양이 상감(象嵌)된 것들로 매병(梅瓶)·주병(酒瓶)·호리병 또는 차 도구로 쓰일 것 같은 잔과 주전자 모양의 것들이었다. 박물관이나 미술 잡지를 보면 흔히 볼 수 있는 국보급이나, 잘 알려진 골동품들의 모조 형태임을 금세 알 수가 있었다.

"모두 청자들인 모양이지?"

관수가 운학문(雲鶴文)이 상감된 매병 하나를 들어 올리며 말했다.

"처음부터 청자로만 시작했지. 빛깔만 제대로 나오면 백자보다 장사가 잘 되니까. 자네가 보기엔 어때?"

청규가 또 다른 칸을 헐어내며 말했다.

"글쎄…. 아직 이 계통에 눈을 덜 떠서…. 어쨌든 좋은 것 같아. 색깔도 은근하구, 문양도 조화가 잘 된 것 같아."

관수는 매병을 돌려가며 살펴보았다. 하얀 학들이 수십 마리 구름 사이를 헤치며 파란 하늘을 날고 있었다. 간결한 터치 몇 개로 새겨진 학이며 구름이었다. 구름과 학을 더 이상 간결하게 처리하여 특징을 나타낼 수는 없을 것 같았다. 천년을 넘는 세월을 꼬리에 달고 날아온 학이요, 구름일 것이었다.

「별로 그렇질 못해. 이 많은 것들 중에서 상품 가치가 될 만한 것은 잘해야 삼사십 프로 정도야.」

칸을 다 헐어내고 물건을 하나하나 살펴보기 시작한 청규가 말했다. 그는 흠이 있거나 색깔이 좋지 않은 것은 그 자리에서 깨어 나가기 시작했다. 관수로서는 애써 구운 것들이 아까왔다. 삼백여 개 중에서 남은 것은 백여 개 정도였다.

"이 정도면 그래도 성적이 좋은 편이야. 어떤 땐 이십 프로도 못 건질 때가 있으니깐. 쪽바리 상대 장사니깐 그들 비위를 안 맞춰 줄 수가 없지."

청규는 노 씨와 윤 노인에게 골라낸 도자기들을 창고에 갖다 넣으라고 지시를 하곤 관수를 가마 끝 쪽으로 끌고 갔다. 가마 끝엔 아직 헐지 않은 칸이 하나 남아 있었다.

"내가 요즈음 심심풀이를 하는 게 있지."

청규는 조심스럽게 칸을 막아 놓은 벽돌을 헐어내기 시작했다.

마지막 칸에서 꺼내 놓은 것들은 전혀 다른 모양의 형태와 색깔의 도자기들이었다. 어떤 형태를 갖췄다기보다는 그저 기둥 모양으로 원통형을 이루고 있을 뿐이었다. 큰 것은 높이가 칠팔십 센티미터에서 작은 것은 삼십 센티미터 정도의 것들이었다. 지름은 대부분 한 뼘 반 정도에서 좀 작거나 크거나 했다. 청자와는 달리 아무 문양도 없이 희뿌연 붓 자국이 무질서하게 묻어나 있는 것 같았고, 아주 투박스러워 보였다. 유약은 붓 자국에 따라 묻힌 곳이 있고 안 묻힌 곳이 있어 마치 거친 빗자루로 쓸어 놓은 것 같은 무늬를 이루고 있었다. 찻잔으로 쓰여질 것 같은 십여 개의 작은 잔들도 모두 그런 거친 무늬로 발려져 있었다. 청규는 잔 다섯 개와 원통형 모양의 자기 여덟 개를 골라낸 후 나머지는 모두 깨뜨려 버렸다.

"무엇에 쓰는 그릇들이지?"

관수가 고개를 갸웃하며 물었다.

"음. 작은 잔은 어디 선물할 것이고, 다른 것들이야 그저 원통형 기둥일 뿐이지 뭐."

청규는 제일 큰 원통형 자기를 들어 올려 지그시 들여다보곤 빙긋 웃었다. 기분이 꽤나 좋은 듯한 얼굴이었다.

"그저 기둥일 뿐이라니?" 관수는 어리둥절한 표정으로 웃고 있는 청규를 멍하니 바라보았다.

"그래. 그냥 흙으로 빚은 기둥일 뿐이야. 자, 우리 술이나 한잔하지. 아침에 노 씨가 투망질해 온 매운탕감들이 있지."

청규는 어리둥절해 하는 관수의 어깨를 치며 기분 좋아했다. 그는 윤 노인을 시켜 원통형 모양의 자기들과 잔을 자기 방에 갖다놓으라 일렀다. 그리곤 그중의 하나만 들고 물레실 옆에 있는 사무실 겸 응접실로 쓰이는 방으로 들어갔다. 관수는 무엇이 그를 그렇게 기분 좋게 하고 있는지 알 수가 없었다.

두 사람은 통나무를 켜서 만든 탁자를 가운데 두고 마주앉았다. 청규는 취사를 맡고 있는 충주댁을 불러 매운탕으로 술상을 보라고 부탁을 하곤, 탁자 위에 올려놓은 자기를 지그시 바라보았다. 낡은 소파에 비스듬히 기대어 원통형 자기를 바라보고 있는 청규는 눈을 가늘게 뜨고 있었다.

"청자도 아니구, 백자도 아니구 도대체 이건 무슨 종류에 속하는 거야?"

도자기에 관해 일반적인 상식밖에 알지 못하는 관수는 무시받고 있는 기분이 들어 좀 짜증스럽게 내뱉었다.

"어? 이거. 분청사기(粉靑沙器)라고 할 수 있지."

청규가 기댔던 등을 끌어당기며 말했다.

"분청사기? 이런 모양의 분청 그릇이 있었던가?"

"옛날 분청을 모조한 게 아냐. 분청 수법으로 내가 만든 창작품이라구."

"창작품이라…. 그럼 이 기둥이 자네 작품이라 이거지."

관수는 청규가 자기의 작품이라는 얘기에 새삼 원통형 자기에 시선을 던졌다.

"자네 말대로 기둥이야. 아무 의미도 없는 그냥 기둥일 뿐이지. 어때? 이거 자네한테 선물하지. 최근에 구워낸 것 중에 가장 쓸 만한 놈 같아."

청규가 담배를 꺼내 입에 물며 말했다.

"창작에 대한 애정을 아주 버린 게 아니었군. 자네가 아무리 외면한다 해도 내면에서 끓어오르는 창작 의욕이야 어쩔 수 없겠지. 요즈음은 이렇게 도자기 수법에다 무엇인가를 대입시켜 보려는 모양이군 그래. 잘은 모르겠지만, 자네의 작업에 대한 얘기를 듣고 싶어. 얘기 좀 해 주겠나?"

관수가 담배 한 모금을 깊숙이 빨아들였다가 후 하고 길게 내뿜고 나서 말했다.

"무슨 소리야. 창작품이란 건 괜헌 소리구, 그저 심심풀이 장난일 뿐이야. 엉뚱하게 비약시켜 생각할 필욘 없어. 붓통으로도 쓸 수 있고, 화병으로도 쓸 수 있을 거야. 허, 이거 술상이 왜 이리 늦지?"

청규는 관수 입에서 창작이니 어쩌니 하는 얘기가 나오자 왠지 화제를 돌리려고 애를 쓰는 것 같았다. 관수는 그런 그를 어떻게 생각해야 할는지 알 수가 없었다.

관수는 청규와 농주 잔을 주고받으며 이런 저런 얘기를 제법 많이 했다. 청규가 구태여 이 가지샛골로 오게 된 것은 그럴만한 연고가 있었기 때문이었다. 먼 친척 아저씨뻘 되는 송 노인이라는 사람이 고개 넘어 장승골이라는 데 살고 있다고 했다. 송 노인은 이십여 년 전에 딸 하나만을 데리고 이곳 장승골에 들어와 살고 있다고 했다. 송 노인에 대한 구체적인 얘기를 하진 않았지만, 송 노인이라는 사람은 거의 수도하는 사람의 자세로 살아가고 있고, 청규는 그 아저씨뻘 되는 송 노인으로부터 살아가는 일에 대해 많은 것을 배웠고, 또 느끼는 바가 많았다고 했다. 청규가 조각이라는 창작 활동을 집어치우고 이곳에 머물게 된 것은 전적으로 송 노인에게서 느낀 바가 있었기 때문이라고 했다. 그러나 그의 얘기는 좀 과장된 것 같았고, 무엇인가를 많이 숨기고 있는 것 같았다. 더욱 그의 아내에 대한 얘기는 의식적으로 피하려고 했다. 아내는 서울에 살고 있으며, 가끔 장사일로 올라가서 만나 본다고만 얼버무리는 것이었다. 청규는 언제 시간을 내서 자기와 함께 장승골에 넘어가 송 노인을 만나 보자고 했다. 요즘 세상에 산속에 묻혀 그런 수도사 같은 생활을 하는 사람이 있다니 관수도 호기심이 생겼다. 그래서 한번 찾아가 봐야겠다는 생각을 하게 되었다.

관수가 가지샛골에 내려온 지도 한 달이 지났다. 이제는 완연한 겨울 날씨였다. 아마 서울은 십이월의 설렘이 거리마다 술렁거릴 것이었다. 술집마다 크리스머스 캐럴이 뒤엉킬 것이고, 사람들의 발끝은 공연히 바빠질 것이었다. 그러나 아랫목에 누워 담배 연기만 천장을 향해 내뿜고 있는 관수에겐 이젠 관심 없는 세계였다.

관수는 한 달 동안 거의 방에 누워 담배 피는 일로 시간을 보낸 셈이었다. 도자기 공장도 몇 번 올라가 봤을 뿐 발길이 닿질 않았다. 공장 일에 항상 바쁜 것 같은 청규를 방해하고 싶지도 않아서였다. 이곳에다 집을 사 놓은 것은 사실 언제까지 이곳에서 살기 위해서는 아니었다. 원래 깊은 산골 마을이라 얼마 안 되는 금액이었고, 나중에 다시 서울로 올라가게 되더라도 가끔 내려와서 쉴 수 있는 장소는 하나쯤 있는 것이 좋을 것 같아서였다. 현재로선 자신의 모든 것이 절망이고 무의미해 보이지만 이곳에서 겨울을 지내다 보면 무엇인가 새로운 가능태(可能態)가 찾아지리라는 막연한 기대를 관수는 하고 있는 것이었다. 다시 그림을 그리게 될 것인지, 또는 학교로 돌아가게 될는지 스스로 정당한 새로운 의미의 시작을 할 수 있을 것이라는 생각이었다.

노씨 댁이 들여다 놓은 아침 밥상을 뜨는 둥 마는 둥 밀어 놓고 야석천 가를 산책이라도 할 셈으로 잠바를 걸치고 사립문을 나서다가 관수는 가마로 올라오라는 전갈을 받았다. 화입식(火入式)을 한다는 거였다. 관수는 노 씨를 따라 가마로 발길을 돌렸다. 하늘은 꾸물꾸물 내려 앉아 첫눈이라도 내릴 것 같았다.

화입 준비는 벌써 다 되어가고 있었다. 화구 옆에다 장작더미를 북어켜 쌓듯 단정하게 쌓아놓았고, 청규는 가마 주위를 돌아보며 가마 칸칸마다 꼼꼼하게 점검을 하고 있었다. 잔뜩 웅크린 모습으로 장작을 한 아름 빼어 물고 탐욕스런 눈으로 옆에 쌓인 장작더미를 흘끔거렸다. 끊임없는 식욕을 소유한 괴물처럼 가마는 탐욕스러워 보였다. 가마 점검을 끝낸 청규는 진흙 묻은 손을 가마니에 썩썩 문지르며 하늘을 올려다보며 중얼거리듯 말했다.

"눈이라도 내릴 것 같구만."

화구 앞에 멍석을 깔아 놓고 고사상이 차려졌다. 큼직한 교자상 가운데에 돼지머리가 지그시 눈을 감고 있었다. 떡과 과일이며 기타 제물들은 돼지머리를 중심으로 가지런하게 차려져 있었다.

"고사는 가마 불을 땔 때마다 지내는 모양이지?"

관수가 허옇게 털이 뽑힌 돼지머리를 좀 징그러운 듯 바라보며 물었다.

"화입식 때 고사를 지내는 건 도공들한텐 불문율로 되어 있지. 정성도 정성이지만 그런 때 한자리에 모여 술 한잔 마시는 기회가 되는 것이거든. 흙강아지가 되어 일을 하다가 목욕재계하고 술 한잔 마시는 기분 그거 괜찮거든."

청규가 삐뚜로 놓인 그릇들을 바로잡으며 말했다.

"허긴 그렇겠군."

관수는 아무래도 돼지머리가 기분 좋지 않았다. 빙긋이 웃는 듯한 모양이 야릇한 기분을 들게 했다.

"왜 아직 술이 안 와요?"

청규가 노 씨를 돌아다보며 말했다.

"글씨유. 영감님이 가져 오겠다구 했는데유. 지가 내려가 보겠구먼유."

노 씨가 머리를 긁적이며 공장 마당으로 내려갔다. 다른 사람들은 흩어진 장작이며 주변 정돈을 하고 있었다.

"장사는 잘 되는 셈인가?"

관수가 다시 물었다.

"쪽바리들이 현해탄을 넘나드는 이상 도자기업은 전천후 경기라고 할 수 있다구. 신경만 조금 써서 물건만 깨끗하게 나오면 백 프로 소비되거든. 쪽바리들처럼 그릇에 환장한 민족은 없을 거야. 좋은 찻잔 하나 보면 마치 신주 받들 듯이 한다니까….”

청규는 심드렁하게 말했다. 그들을 상대로 장사를 하면서도 그들에 대해 별로 좋은 인상을 갖고 있지 않는 듯한 태도였다.

“정부에서도 전통 문화 예술의 수출이라고 해서 많이 장려를 하는 것 같더군.”

관수가 좀 아는 체를 했다.

“전통 문화 예술? 웃기는 얘기지. 예술은 무슨 놈의 예술이야.”

청규가 내뱉듯이 말했다.

“그게 무슨 소리야? 도자기는 우리 민족 미술품 중에서 자타가 인정하는 가장 뛰어난 분야가 아닌가?”

관수가 의아해하며 말했다.

“허기야 안목 있는 일본인 하나가 우리의 도자기를 초극(超克)에서 오는 예술이라고 칭찬 비슷한 얘길 했지. 그 친구의 얘기로는 자기네 도자기는 여유에서 이루어진 거라는 얘기야. 그러니깐 자연 조건이 좋아 외세의 침입 없이 민족의 결성을 보았기 때문에 항상 시간적 생활적 여유가 있었다는 거지. 그러니 자연히 여기(餘技)가 생길 수밖에 없는데. 화도(花道)니, 다도(茶道)니, 또 도자기도 그렇게 발전한 것이라 깊은 맛이 없고 잔 재치에 머무른다는 얘기야. 또 중국 도자기는 거대한 대지의 에너지가 이루는 필연적 여력에서 생겼기 때문에 스케일과 화려함은 있지만 심층에 적셔 오는 무엇이 없다는 거야. 그러나 한국의 도자기는 그런 차원과는 많은 차이를 가지고 있다는 얘기지. 가장 비천한 하류 계급의 도공들은 자신들의 한과 현실적으로 이룰 수 없는 꿈을 도자기를 빚으며 무의식 속에서 승화시켜 나갔다는 거야. 그렇기 때문에 한국의 백자는 옆에 두고 보면 볼수록 가슴으로 져며 오는 애틋함이 있고, 무상으로 이어지는 정을 느끼게 된다는 거지. 그러나 그 얘기는 조상들이 남겨 놓은 도자기 얘기고, 지금 그릇쟁이들이야 조상을 등에 업고 돈벌이하는 것이지 별것 있나? 대량으로 생산되는 그릇, 획일적으로 창작성을 잃은 그것들이 무슨 예술품이 되겠느냐는 얘기지."

청규는 자신이 쓸데없는 긴 설명을 늘어놓았다는 듯 싱겁게 웃어 보였다.

윤 영감이 지게에 막걸리 통을 메고 들어섰다. 술잔이 준비되고 청규네 사람들은 정연하게 고사상 앞에 손을 모아 쥐고 섰다. 청규가 제일 먼저 술 한 잔을 따라 제상 위에다 놓고 큰절을 세 번 한 다음 술잔을 들어 가마에다 뿌렸다. 청규를 선두로 공장 사람들은 차례대로 예를 치러 나가기 시작했다. 관수는 다시 돼지머리로 시선을 돌렸다. 마치 얼큰히 취해 좋은 꿈이라도 꾸는 듯한 표정이기도 했다. 히죽이 웃는 듯한 입 모양은 넉살 좋은 시골 영감 같기도 했다. 그런데 정수리엔 손가락 굵기의 구멍이 뚫려 있었다. 그것은 기분을 섬뜩하게 했다. 망치로 도살당할 때 생긴 상흔일 것이었다. 아마 단 한 방의 망치질로 돼지는 즉사했을 것이었다.

관수는 국민학교 다닐 때 도살장을 구경한 적이 있었다. 도살장은 관수가 다니던 학교에서 조금 떨어진 곳에 있었는데 아이들은 그 근처에 가기조차도 무서워했다. 밤이 되면 이상한 짐승 울음소리가 들린다고도 했고, 또 어떤 아이는 귀신을 보았다고도 했다. 하필이면 학교 가는 길목에서 빤히 보이는 곳에 위치해 있었기 때문에 날이 어두워지면 몇 명씩 패를 지어 그곳을 지나가야만 했다. 길에서 보이는 도살장 돼지우리에는 항상 수십 마리의 돼지가 죽음에 대기하고 있었다.

그 시절 시골의, 관수 또래 사내아이들의 놀이는 주로 동네 아이들끼리 패를 갈라 빈 터에서 공을 차며 노는 일이었는데, 대부분 고무공을 살 형편이 못 되었다. 그래서 아이들은 주로 새끼를 가늘게 꼬아 꽁꽁 말아서 공으로 사용했는데, 언제나 경기 도중에 풀어져 버리곤 해서 여간 귀찮은 것이 아니었다. 그런데 어느 날 또끼(뒤통수가 많이 나온 아이를 그렇게 불렀다)라는 별명을 가진 아이가 이상한 공을 가지고 왔다. 커다란 비닐 풍선처럼 생긴 것이 물컹물컹해서 발로 차기가 아주 편했다. 새끼공처럼 발끝이 아프지도 않았다. 더욱이 아주 가벼워서 한번 지르면 제법 멀리 나갔다. 아이들은 모두들 신기해했다. 또끼의 말로는 아버지가 약에 쓰려고 도살장에서 얻어온 몇 개의 돼지 오줌통 중에 하나인데 밀짚으로 바람을 넣어 끝을 묶은 것이라고 했다.

그날 아이들은 당장 돼지 오줌통을 구할 수 있는 방법을 궁리해 내기 시작했다. 오줌통은 고기를 저장해 두는 창고 옆 내장 찌꺼기를 담아 놓는 커다란 나무통 속에 잔뜩 들어 있다는 것까지 알아냈으나, 결국은 누가 거기까지 가서 오줌통을 훔쳐내 오느냐가 문제였다. 대장격인 뱁새가 자기가 갈 테니 한 명만 더 나서라고 했다. 그러나 아무도 선뜻 나서질 못했다. 결국 가위 바위 보로 결정짓기로 했는데, 하필이면 관수가 걸리고 말았다. 관수는 눈앞이 아뜩했다. 친구들로부터 소외받지 않으려면 그 지옥 같은 도살장을 다녀올 수밖에 없는 것이었다. 해 질 무렵 뱁새와 관수는 도살장으로 숨어들었다. 음산한 도살장 분위기와 이상한 비린내는 두려움과 역겨움을 느끼게 했지만, 숨을 죽이고 어른들 눈에 띄지 않아야 했다. 관수와 뱁새는 벽에 몸을 바짝 붙이고 나무통 있는 곳으로 접근해 갔다. 나무통 있는 데서 어른 하나가 무엇인가를 하고 있었기 때문에 관수와 뱁새는 쪼그리고 앉아 기다려야 했다. 가만히 숨을 죽이고 있는데, 머리 위에서 이상한 소리가 들렸다. 바로 머리 위 창문에서 나는 소리였다. 관수는 호기심에 살며시 일어나 창으로 안쪽을 들여다보았다. 기차역의 개찰구처럼 나지막하게 목책을 한 통로로 어른 둘이서 돼지를 몰고 들어오면, 윗통을 벗어젖힌 어깨가 딱 벌어진 어른이 등 뒤로 뾰족한 쇠망치를 감추고 있다가 순식간에 정수리에다 쇠망치를 내리꽂았다. 돼지는 외마디 비명도 못 지르고 픽 쓰러져 버렸다. 한 마리, 두 마리, 세 마리, 돼지가 들어올 때마다 윗통을 벗은 어른은 기계처럼 정확하게 정수리에다 쇠망치를 내리꽂았다. 돼지들은 거짓말처럼 픽픽 쓰러졌다.

관수는 엄청난 광경에 숨이 막힐 것만 같았다. 얼마 후에 웃통을 벗은 어른은 쇠망치질을 끝냈다. 손등으로 이마의 땀을 문지르고 나서 그는 옆에 있던 소주병을 들어 턱을 치켜들고 벌컥벌컥 마셨다. 그의 가슴이며 배 위에 시뻘건 핏자국이 땀과 섞여 번질거렸다. 관수는 오줌통이고 뭐고 생각할 겨를도 없이 단숨에 집으로 도망쳐 버렸다. 아마 창문으로 들어온 저녁 노을이 그 사내의 온몸을 붉게 물들여 놓았기 때문에 더욱 흉측스러웠는지도 몰랐다.

공장 사람들의 예가 끝나자 청규는 화구에 넣을 장작에다 석유를 뿌리고 기름 먹인 솜뭉치에 불을 붙여 조심스럽게 화구에다 들이밀었다. 석유 먹은 장작이 금세 활활 타오르기 시작했다. 사람들은 환성을 지르며 박수를 쳤다.

고사상은 가마 앞의 마당으로 옮겨졌고, 사람들은 술잔을 주거니 받거니 하기 시작했다. 노 씨가 돼지머리를 썩썩 베어 내어 접시 위에 담아 놓았다. 관수는 청규가 따라 주는 술잔을 받으면서도 돼지머리 정수리에 깊이 패인 상처가 자꾸 거슬렸다.

"왜? 술이 땡기질 않아?"

관수가 너무 굳은 표정을 하고 있자 청규가 물었다.

"아… 아냐. 무슨 생각을 좀 하느라고…."

관수가 얼버무렸다.

"생각? 무슨 생각?"

"아무것도 아냐, 괜히 이런저런 거…."

"싱겁기는…. 자, 쓸데없는 잡생각 말고 술이나 들자구."

두 사람은 술잔을 높이 들어 마주 부딪쳐 보였다. 관수는 막걸리 잔을 단숨에 벌컥벌컥 마셔 버렸다. 싸 – 하니 위벽을 감싸며 내려가는 기분이 퍽 상쾌했다.

"저 돼지 대가리 말야…."

관수가 청규에게 잔을 건네며 말했다.

"돼지 대가리?"

청규가 상 위에 있는 돼지머리를 돌아보았다. 벌써 한쪽 볼은 다 베어져서 표정은 더욱 흉측스러워지고 있었다.

"저렇게 통째로 놓고 베어내니깐 보기 좋은 편은 못 되는군. 표정두 맘에 걸리구….”

“허 그래? 내가 보기엔 가장 돼지다운 표정인데…. 왜 돼지 머리를 고사상 제일 중심에다 모셔 놓는지 알아?”

“….”

“저 미소 때문이라구. 자기 몸뚱아릴 몽땅 인간을 위해 바치고 그것도 부족해 저렇게 미소까지 던져주는 돼지의 철두철미한 희생정신과 관용 때문이지. 인간이 죽으면서 어떻게 저런 미소를 지을 수 있겠어. 아무리 성인군자라도 어림없지. 내 몸뚱아릴 아무렇게나 뜯어들 잡수셔도 전 절대 화를 안 냅니다. 마음대로 저를 실컷 즐기시고, 귀하신 인간님네들 몸보신이 되십시오 하는 저 돼지의 미소야말로 선의 극치일 거야. 우리 같은 중생들을 위해 태어난 돼지 보살이라구.”

청규는 술이 얼큰히 오르는 모양이었다. 반은 장난스럽게 반은 무엇에 대한 불만을 털어놓듯 얘기를 늘어놓았다.

“위선으로 똘똘 뭉쳐진 사회, 그 사회 속에서 위선을 먹고 위선을 배설하는 우리 인간들과 비교한다면, 저 한 마리 축생이 얼마나 거룩하게 보이는가 말야. 돼지는 저 미소로 인간을 제도하기 위해 내려온 돼지 보살일지도 몰라.”

“돼지 보살? 흠… 돼지 보살이라….”

관수도 제법 취기가 올랐다.

“암, 보살이구말구.”

“그럼 정수리에 난 저 상처는 보살이 된 징표로구만.”

“정말 그렇군. 가만 있자, 그럼 이 중생이 보살님께 시주를 해야지.”

청규는 큼직한 대추알 하나를 집어 돼지머리 정수리에 난 상처 구멍에다 꽂았다. 대추알은 부처의 이마에서 빛나는 백호(白毫)인 양 반들거렸다.

"상구보리 하화중생(上求菩提 下化衆生) 하시는 돼지 보살님. 이 중생을 제도하시어 백팔번뇌(百八煩惱)의 수렁에서 벗어나게 하소서."

청규가 합장을 하고 돼지머리를 향해 허리를 굽실해 보이자 사람들이 와 하고 웃어젖혔다.

술판이 거의 끝나갈 무렵 희끗희끗 눈발이 날리기 시작했다. 관수는 눈이 맞고 싶어져 슬며시 자리를 빠져나왔다. 공장은 성형실(물레실), 조각실, 유약실, 점토 작업실 등 몇 구분으로 방이 나누어져 있었다. 블록으로 지었지만 지붕은 모두 초가 이엉을 얹어 그런 대로 보기 싫은 모양은 아니었다. 관수는 건물 끝에 붙어 있는 성형실을 돌아서다가 성형실 뒤쪽으로 작업실이 하나 더 붙어 있는 것을 알았다. 마당이나 가마 쪽에선 보이질 않았기 때문에 그 구석에 다른 작업실이 있는 줄은 몰랐었다. 두꺼운 판자로 만든 미닫이문이 큼직한 자물통으로 물려있었다. 관수는 청규의 안내로 다른 방들은 모두 구경을 했지만 이 방은 있는지조차도 몰랐던 것이다. 더욱이 다른 방에는 없는 자물통까지 채워져 있는 것이 궁금스러워 창문을 통해 안쪽을 들여다보려 했으나 커튼이 드리워져 있다. 관수는 무슨 중요한 물건들을 두는 곳인가보다 생각하며 다시 돌아서 나왔다.

눈발이 제법 굵어지기 시작했다. 겨울에 들어서며 내리는 첫눈이었다.

청규는 밤샘을 하자고 했다, 새벽까지 불을 때야 하기 때문에 화구를 지켜야 한다는 것이었다. 관수는 밤눈을 바라보며 장작불 앞에서 술잔을 기울이는 것도 이런 곳에서나 맛볼 수 있는 분위기일 것 같아 쾌히 밤샘하기를 동조했다.

초저녁에 멍석 두께만큼 깔리고 눈이 그치는가 했더니, 밤이 이슥해지자 다시 눈발이 희뜩이기 시작했다. 두 사람은 화구를 마주하고 통나무를 의자 삼아 걸터앉았다. 저녁 식사 후에 새로 시작한 술기운이 알알하게 눈자위에서 맴돌았지만 이상스레 의식은 맑아지고 있었다. 관수의 서울에서 있었던 주변 얘기며, 쓰잘데없는 화단의 에피소드들을 늘어놓으며 밤은 깊어졌다. 청규는 관수가 첫날에 느꼈던 그런 눈빛으로 불꽃을 응시하며 말문을 닫고 있었다. 그러고 보니 얘기는 거의 관수 혼자 한 것 같았다. 관수는 그런 청규를 흘낏 쳐다보곤 청규처럼 불꽃에다 시선을 던졌다.

두 사람은 한동안 말없이 후루룩후루룩 타오르는 불꽃의 너울거림만 가늠질 했다. 몇 송이의 눈송이가 날아들어 화구 앞에서 사라져 버렸다. 그것은 어둠 속에서 갑자기 나타나 불꽃 앞에서 자취도 없이 사라지는 것이었다. 인간의 소멸도 저런 것일까. 어떤 방법을 가지고 무엇인가를 인식하려는 인간의 의지도 결국은 눈송이의 소멸과 같은 것일 게다.

예술이란 것이, 그래 그림이란 것이 내게 무엇을 가져다 줄 수 있단 말인가. 더욱이 실존과 유리된 관념 안에서의 작업일진댄…. 관수는 머리를 절레절레 흔들었다. 그리곤 다시 청규를 돌아다보았다.

청규는 이제 옆에 다른 사람이 있다는 것조차 의식하고 있지 않는 것 같았다. 불빛에 드러나 있는 그의 얼굴은 렘브란트의 어느 그림처럼 어둠의 가슴 밑에서 음울하게 떠올라 있었다. 그래, 렘브란트는 어둠의 화가

였지. 그는 언제나 자기의 대상들을 어둠 깊숙이 던져 버렸다가는 우물물을 길어 올리듯 서서히 길어 올렸어. 조금씩 조금씩 대상물이 어둠 속으로부터 모습을 드러내면서 자신들의 윤곽을 내보이려고 할 때, 그는 필요 이상의 행동 없이 길어 올리던 손짓을 멈출 줄 알았어. 그는 어둠 속에 숨어 있는 어둠을 보는 방법을 알게 해주었고, 어둠은 캄캄한 것이 아니라 투명한 것이라는 걸 일깨워 주었지. 그리고 어둠의 빛깔은 맑음의 두께가 이르는 심연의 빛깔이라는 것을⋯.

관수는 열한 시가 넘자 집으로 내려와 버렸다. 밤이 깊어지면서 말문을 닫고 불꽃만 응시하는 청규의 태도에 이상한 소외감 같은 것이 느껴지기도 했고, 또 술기운이 잦아들면서 졸음이 밀려오는 것을 참을 자신이 없었다. 애당초 이런 저런 화제를 떠올려 술잔을 기울이며 밤샘을 하리라는 관수의 생각과는 전혀 다른 밤이 되었던 것이었다.

따뜻한 온돌의 온기를 즐기며 얼마를 잤을까, 관수는 갈증이 일어 방 안을 둘러 보았다. 어느새 새벽이 창문에 뽀얗게 밝아 있었다. 머리가 조금 지끈거렸다. 술 찌꺼기가 아직 코끝에서 퀴퀴하게 남아 있었다.

관수는 담배를 꺼내 피워 물었다. 한 모금 깊이 빨아들였다 후 하고 길게 내뿜어 보았다. 구겨져 있던 오장육부가 기지개를 켜는 것 같았다. 머리도 한결 맑아졌다. 관수는 베개를 가슴에 받치고 엎드려 두 개비의 담배를 잇달아 피웠다. 창문 밑에 있는 앉은뱅이 책상 위에 덩그러니 놓여 있는 원통 같은 도자기가 새벽빛에 유난히 밝아 보였다. 회청색의 거친 빗자루로 쓸어낸 듯한 도자기의 표면은 남실거리는 물살 같기도 했다. 관수는 그런 도자기의 분위기를 어디선가 많이 보았었다는 생각을 해내었다. 그리고 처음 그 도자기를 청규로부터 보았을 때 전혀 낯설지 않았던 이유를 이내 알아내었다. 그것은 관수의 대학 스승이었던 변 교수의 그림과 흡사한 분위기를 가지고 있었던 거였다. 그러나 변 교수의 그림 같은 분위기 이전에 그것은 이조 때의 전통 도자기인 분청사기들이 모두 그런 터치와 분위기를 가지고 있다는 것을 관수는 기억해 내었다.

한국의 현대미술은 그에 의해 이끌어져 나가고 있다는 변 교수는 몇 년 내 그런 그림을 그려 오고 있었다. 사실 그는 한국의 화단에 커다란 영향력을 행사하고 있는 실력자임이 분명했고, 그의 화풍은 많은 젊은 작가들에게 입김을 불어넣고 있었다.

그의 그림을 살펴보면 화면 전체에 회색 내지 청회색의 물감을 바르고 물감이 마르기 전 댓개비 같은 것으로 무심하게 반복되는 행위로 긁어낸 흔적이 가득했다. 분청사기의 한 부분을 확대한 것 같은 그런 분위기의 그림이었다.

변 교수는 자신의 작품 세계를 노자(老子)나 장자(莊子)의 철학 세계에 대입시켰다. 자신이 작품을 제작하는 행위는 완전한 무(無)의 세계로 향하는 중성(中性) 구조라고 말하기도 했다. 그 말대로라면 그의 작품 행위는 분명 구도(求道)의 자세였고 참선을 행하는 선승의 자세였다. 결국 화폭에 수없이 그어 놓은 무의미한 흔적들은 무아(無我)의 경지로 들어가기 위한 수행 방법인 셈이었다.

관수는 처음 그의 그런 작품 세계를 얘기 들었을 때 정말 그림이란 것이 그러한 방법이 될 수 있는 것인가 하고 놀라지 않을 수 없었다. 그러나 결국 관수의 눈에 비친 변 교수의 작품 행위는 허구로밖에 비치지 않았다. 변 교수의 주변 일들에 대해 어느 정도 소상히 알고 있는 관수로서는 그가 그림을 그린다는 행위에 이런 엄청난 얘기를 한다는 것은 정말 무모한 짓이라고 생각하게 되었고, 현대미술의 방법론이 그렇게 관념적으로만 치장을 해버리기 쉽다는 데 적이 실망을 하게 된 셈이었다.

관수는 새 담배에 불을 댕기며 다시 책상 위에 있는 분청 도자기를 바라보았다. 자세히 보니 직선으로 된 원통형이 아니라 약간의 곡선을 이루고 있었다. 그 곡선의 양감은 거의 눈에 띄지 않을 정도였지만, 어쩐지 여유 있는 양감을 느끼게 하는 이유는 그 곡선에 의해서인 것이 분명했다.

관수는 청규가 왜 이런 형태의 도자기를 만들게 되었는지 알 수가 없었다. 그가 가마에서 이 도자기를 꺼내며 만족해하던 표정으로 보아 무엇인가를 의도하고 있고 정성을 쏟고 있는 것은 분명했지만, 관수로서는 잘 이해할 수 없는 일이었다. 그리고 가마의 화구 앞에 앉아 있으면 어느새 불꽃을 빨아들일 듯한 눈빛으로 변해가는 그의 태도를 이해할 수가 없었다. 청규는 무엇인가를 앓고 있는 것이 분명하다고 관수는 생각했다. 자신은 벌써부터 창작에 대한 꿈을 버린 지 오래라고 강조했지만 그의 가슴속에서 무엇이 끓고 있는 것이 분명했다.

아침이 하얗게 방 안에 가득해졌지만 관수는 다시 돌아누워 버렸다. 벽에 걸린 옷가지들이 탈바꿈하고 나간 곤충의 허물처럼 을씨년스러워 보였다. 관수는 자신도 모르게 긴 한숨을 내쉬며 또다시 담배를 태우기 위해 머리맡을 더듬거렸다.

관수는 청규와 장승골을 넘어가기 위해 여느 때보다 좀 일찍 일어났다. 세수를 하려고 방문을 열고 마루로 나서다가 관수는 아! 하고 탄성을 지르며 현기증을 느꼈다. 백설의 장관이 눈앞에 펼쳐져 있었다. 아침 햇살의 순백의 빛으로 눈부신 설경은 갑자기 다른 차원의 세계에 들어와 있는 느낌을 들게 했다. 하룻밤 사이에 이렇게 세상이 변해 보이게 한다는 것은 아무리 생각해 봐도 자연의 경이로움뿐일 거였다.

관수는 서둘러 아침을 먹고 두툼한 방한복 차림으로 무장을 한 후 도자기 가마로 올라갔다. 눈은 발목 위까지 차올랐다. 청규는 벌써 준비를 끝내고 관수를 기다리고 있었다. 두 사람은 마을 뒤로 빠져나가 장승골로 가는 고갯길을 향했다. 청규는 옆구리에 작은 보퉁이 하나를 끼고 있었다. 송 노인에게 줄 찻잔이라고 했다.

"그 양반 오래전부터 차를 즐겨온 모양이야. 내가 심심풀이로 분청에 손대는 것을 보시곤 분청으로 된 차 도구를 가지고 싶어 하시더군. 벌써부터 해드려야 하는 걸 매번 맘에 들게 구워지질 않아서…."

청규는 보따리를 툭툭 쳐 보이며 말했다.

마을을 빠져나오자 길은 금세 고갯길로 이어졌다. 아무런 흔적 하나 없는 눈길을 걷는 것은 어쨌든 즐거운 일이었다.

─ 뽀드득. 뽀드득.

두 사람은 의식적으로 발끝에 힘을 주며 밟히는 눈의 소리를 즐기고 있었다. 하얀 숲속으로 이어진 오솔길은 두 사람을 환상의 세계로 빨아들이고 있었다. 숲속의 나무들은 단 한 가지의 검은색으로 굵고 가는 선을 수직으로 조화시키면서 섬뜩한 아름다움을 그려 놓고 있었다. 어느 화가가 한 가지의 검은색만으로, 그것도 수직으로만 수없이 반복되는 선으로 이런 감동을 그려낼 수 있을 것인가. 관수와 청규는 숲이 깊어 갈수록 엄청난 자연의 경관에 압도되어 숨조차 죽이며 발길을 떼어 놓았다. 노송의 휘어진 선은 신필(神筆)의 붓끝에서 그어진 선처럼 꿈틀거렸고, 관목들의 잔가지들은 눈길을 돌릴 때마다 드럼 치듯 동공을 두드리며 의식을 일깨웠다.

두 사람은 할 말을 잊은 채 뚜벅뚜벅 걷기만 했다. 관수는 청규를 돌아다보았다. 그의 이마에 땀이 맺혀 하얀 김을 피어올리고 있었다. 관수는 그때서야 자신도 땀을 흘리고 있다는 것을 깨달았다. 관수는 걸음을 멈추었다. 청규도 걸음을 멈추고 오던 길을 돌아다보았다. 길게 아래로 늘어진 오솔길 위엔 두 사람의 발자국이 어지럽게 따라 오고 있었다. 그물 같은 나뭇가지 사이로 야석천이 가늘게 흐르고 있었다. 끝없는 눈밭에 그어진 야석천은 그저 한 줄기의 검은 선일 뿐이었다. 삼태기 같은 산을 끼고 모여 있는 십여 채의 가지샛골 마을도 보였다. 둥지에 까놓은 물새알처럼 하얀 초가집들은 그렇게 올망졸망 머리를 맞대고 있었다.

"담배 한 대 피우고 가지?"

청규가 파카 윗주머니에서 담뱃갑을 꺼냈다. 관수는 청규가 건네주는 담배를 한 개비 뽑아 불을 댕기고, 청규에게로 라이터 불을 내밀었다. 청규는 입을 뾰족히 내밀고 불을 붙였다. 두 사람은 담배를 몇 모금 맛있게 빨았다.

"왠지 담배 피기가 송구스러운데…."

관수가 가지마다 눈꽃을 피우고 있는 적막한 숲속을 기웃거리며 말했다.

"송구스러울 거야 있나. 우리 자신도 조화를 이뤄 주고 있는 자연물 중의 하나인데."

청규가 담배 연기를 길게 내뿜고 나서 말했다. 갑자기 와사사 하며 숲속의 정적이 깨졌다. 잔뜩 눈을 이고 있던 소나무 가지가 무게를 이기지 못하고 눈을 털어내는 소리였다. 그 소리에 이어 푸드득 하고 산까치 한 쌍이 다른 쪽에서 날아올랐다. 산까치가 날아오른 곳에서 또 한 차례 눈을 털어내는 나뭇가지 소리가 들렸다. 숲속은 잠시 잠을 깨는 듯하더니 이내 더 깊은 정적으로 가라앉고 있었다.

"자네 우리 마을 이름이 왜 가지샛골인 줄 알아?"

"…"

느닷없는 청규의 물음에 관수는 말없이 그를 돌아다보았다.

"지금도 이 고갯길 숲이 무성하긴 하지만 옛날엔 더욱 우거졌었던 모양이야. 지금엔 면 소재지로 빠지는 마찻길이 나 있지만 이십 년 전만 해도 이 고갯길을 넘어 장승골을 지나야 읍내로 나가는 신작로로 나갈 수 있었다더군. 그런데 이 마을을 오기 위해 장승고개를 넘어서면 마을이 보이게 되는데, 숲이 너무 우거져 마을 앞에 다다를 때까지 시종 나뭇가지 사이로만 마을이 보였었다는 거야. 물론 지금도 그렇지만. 그러니깐 마을은 항상 빽빽한 나뭇가지 사이로만 아물아물 보였기 때문에 그런 이름이 붙었다는 거지. 가지 사이로 보이는 마을이란 얘기야."

"가지 사이로 보이는 마을? 하 그게 〈가지샛말〉이 됐군. 마을 이름이 좀 이상하다 했는데, 듣고 보니 그럴 듯해."

관수는 눈 덮인 가지 사이로 보이는 마을을 새삼 눈여겨 바라보며 고개를 주억거렸다.

고갯마루에 다다르자 숲이 서서히 걷히면서 시야가 환하게 트였다. 고개 너머부터는 거의 관목들로만 이루어진 숲이 이어지고 있을 뿐이었다. 두 사람은 입김을 하얗게 내뿜으며 언덕 아래로 펼쳐진 풍경을 내려다보았다. 고만고만한 산줄기들이 부드러운 등을 굽히며 꼬리를 늘어뜨리고 있었다.

"이젠 걷기가 좀 쉬울 거야. 언덕이 완만한 편이니깐."

청규가 보따리를 다른 쪽 옆구리로 옮기며 말했다. 두 사람은 다시 걷기 시작했다. 구름이 걷히기 시작하면서 눈길은 햇빛의 반사로 더욱 눈부셨다. 가끔 나뭇가지에서 흩어지는 눈가루가 비늘처럼 반짝거렸다. 언덕을 내려갈수록 관목 숲은 오리나무 숲으로 바뀌었다. 오리나무 사이사이엔 다복솔의 하얀 모자를 쓰고 있는 모습이 늘어났다.

관수는 청규의 아저씨뻘이 된다는 송 노인이라는 사람이 이렇게 외진 산속에서 살게 된 이유를 대강 듣기는 했지만 관수로서는 잘 이해가 되질 않았다. 더욱이 송 노인은 왜정시대 때 대학까지 나오고 법관까지 지냈다고 했다. 아웅다웅 사회 속에 참여를 하지 않더라도 조용히 살 수 있는 처지가 될 텐데 구태여 이런 산골로 들어와 사는 데는 깊은 사연이 있으리라고 관수는 생각했다.

"따님이 하나 있다고 했던가?"

관수가 파카의 지퍼를 올리며 물었다. 고개를 오를 땐 땀이 날 정도로 열이 났는데, 고갯길을 내려오기 시작하면서 땀에 젖은 목덜미가 서늘해졌다.

"두 식구뿐이지."

청규가 흘낏 돌아보며 대답했다. 관수는 송 노인이 전쟁이 끝난 후 바로 이곳으로 들어왔다는 얘기를 기억해 냈다. 그렇다면 딸의 나이는 스물 예닐곱 살은 될 것이 분명했다.

"따님이 결혼할 나이가 넘었을 텐데…."

"왜? 처녀라면 관심을 가져 볼 텐가?"

청규가 빙긋 웃으며 관수를 돌아다보았다.

"글쎄…. 자네 동생뻘이 되는 여자기 때문에 일단 관심이 쏠리긴 해. 더욱이 산골에서만 자란 처녀라면 요즈음 같은 시대에 희소가치는 있으니깐…."

관수도 마주 웃으며 농담기를 띠며 말했다.

"예끼! 이 친구야. 겨우 그딴 식의 관심이야?"

"야야, 실은 오늘 자네를 따라 나선 것은 순전히 그 아가씨에 대한 호기심 때문이라구. 자네 말로 상당한 미인이라고 했지 않았던가."

"그래. 미인이지. 그러니 한번 관심을 가져 봐. 그러나 만만치는 않을 거야. 비록 산골에서 자랐지만 아버지로부터의 철두철미한 교육을 받았으니까…. 더욱이 그 아가씨는 독신을 고집하고 있으니 염두에 두라구."

"호 – 독신주의자라…. 어려운 아가씨로구만. 아버지로부터는 주로 어떤 교육을 받는데?"

관수는 정말 호기심어린 표정으로 진지해졌다.

"자네가 직접 알아보라구. 정 관심을 갖고 싶다면 말야."

청규는 빙글빙글 웃었다.

두 사람은 한동안 말없이 걷다가 관수가 다시 물었다.

"이런 산골에선 주로 무슨 농사를 짓지?"

"농사라기보다 과수를 하시는 편이지. 집 뒤의 산을 개간해서 주로 복숭아를 재배하고 있는데, 밤나무며 자두나무 같은 것도 좀 있고… 일부엔 뽕나무밭도 제법 있고….'

"뽕나무?"

"누에 치는 뽕나무 모르나?"

"모르긴…. 그럼 누에도 친단 말이군."

"누에야 딸이 치지."

"흠. 그렇겠군."

시골에서 농고를 다닌 관수는 고등학교 일 학년 때 실습용으로 키우던 누에를 관찰한 적이 있었다. 관수의 과하고는 다른 과의 실습용이었지만 관수는 잠실 당번을 하고 있던 친구를 만나기 위해 몇 번 누에의 성장 과정을 보게 된 것이었다. 그때 본 누에의 변태(變態) 과정 중 관수의 호기심을 갖게 된 것은 누에가 입에서 실을 뽑으며 자신의 몸을 감싸기 시작하는 시기였다. 그러나 관수는 끝까지 누에의 변태 과정을 관찰할 수가 없었다. 과가 달랐기 때문에 그것을 관찰할 시간을 얻기가 힘들었기 때문이었다.

어쨌든 관수가 본 투명한 실을 뽑아내며 몸을 감싸기 시작하는 누에의 모습은 그 당시 관수에겐 이상한 흥분과 신비함을 느끼게 했다. 그것은 한 차원에서 또 다른 차원의 세계로 들어가는 과정이었다. 누에는 그렇게 실을 뽑는 작업을 거쳐 고치를 짓고 그 속에서 나비가 되기 위한 잠을 자는 것이었다. 그것은 얼마나 경이스러운 일인가. 그러나 졸업 때까지 관수는 나비가 되는 과정을 볼 기회가 없었다.

그 후 관수가 그림을 전공하게 되면서 그 시절의 감동을 그림으로 소화시켜 보려고 애를 썼으나 언제나 만족할 만한 그림이 되질 못했었다.

"봄이 되면 누에 치는 것을 볼 수 있을까?"

"그야 오월쯤이면 아무 때나 볼 수 있겠지. 왜? 누에 치는 일에 관심 둘 일이라도 있는 거야?"

"뭐 꼭 그런 건 아니지만… 대학 시절에 누에의 변태 과정을 테마로 그림을 그려 보려고 한 적이 있었지….."

"그렇다면 관심 둘 만하군. 관심 가져 보라구. 동생을 알고 싶다면 말 야…."

청규는 자꾸만 빙긋빙긋 웃었다.

오리나무 숲을 빠져나와 구릉의 모퉁이를 돌아서자 후미진 곳에 바로 집 한 채가 눈앞에 나타났다.

쌓아올린 돌담이 가슴께 높이로 벨트처럼 둘러쳐 있었고, 마당 가운데 쯤 눈을 잔뜩 뒤집어쓴 커다란 느티나무 한 그루가 늙은 거인처럼 우뚝 서서 돌담을 끼고 올라오는 두 사람을 내려다보고 있었다. 두 사람은 개나리 가지를 탐스럽게 틀어 올려 아치형으로 만든 문을 들어섰다. 마당에 눈이 말끔히 치워져 있었다. 꽤 넓었다. 느티나무를 마주 보는 위치에 본채로 여겨지는 집이 있고, 그 오른쪽 조금 떨어져서 작은 별채가 하나 있었다. 본채도 그리 크지는 않았지만 대청으로 여겨질 마루를 가운데로 안방과 건넌방, 그리고 안방 쪽으로 부엌이, 건넌방 쪽으론 광으로 쓰여질 것 같은 헛간이 있었다.

이엉은 가을에 새로 얹은 듯 추녀 끝이 단정하게 낫질이 되어 있었다. 더욱이 눈을 쓰고 있는 초가지붕은 단발한 여학생 머리처럼 정갈해 보였다. 돌담 밑으로 진달래며 철쭉 같은 관목들이 군데군데 무리져 눈꽃을 피우고 있고, 담 끝 장독대 위에서 몇 개의 크고 작은 독들이 갑작스런 침입자들을 할끔거리고 있었다.

"아저씨 계신가요?"

청규가 댓돌 밑에서 나직이 불렀다. 잠시 후 건넌방 문이 열리며 여인이 나왔다. 여인은 단추 달린 검정색 스웨터에 회색 통 넓은 바지(소위 몸빼라 부르는) 차림을 하고 있었다. 얼굴은 가무잡잡했지만 반듯한 이마며 속눈썹이 긴 눈이 시원스러웠다. 가운데 가르마를 탄 머리를 뒤로 빗어 넘겨 묶었기 때문에 이마는 아주 견고하게 보여 수도원의 여인 같은 인상을 주었다. 여인은 잠시 놀라는 듯하더니, 이내 청규를 향해 웃어 보이고는 별채로 향했다.

"어때? 괜찮은 미인이지?"

청규가 눈을 찡긋해 보였다. 관수는 고개를 끄덕이며 여인의 뒷모습을 바라보았다. 집 안의 야릇한 분위기가 괜스레 가슴을 두근거리게 했다. 집 안이 너무 잘 정돈돼 있어서 왠지 불안하기까지 했다.

두 사람은 별채로 안내를 받았고, 송 노인은 반갑게 그들을 맞았다. 머리가 백발로 센 것만 아니라면 육십이 넘은 노인으로 느껴지지 않게 정정해 보였다. 청규가 관수를 소개했고, 송 노인은 청규로부터 이미 얘기를 들어 관수에 대해서 알고 있다고 했다.

"이제사 좀 그럴듯한 잔이 나왔습니다."

청규가 보따리를 풀어 찻잔 몇 개와 차 도구로 쓰이는 듯한 그릇 몇
개를 꺼내 놓았다.

"허 - 이거 과분한데."

송 노인은 찻잔을 두 손으로 받쳐 들고 들여다보며 만족해했다. 그는
연신 좋아하며 껄껄 웃기까지 했다.

관수는 방 안을 조심스럽게 두리번거렸다. 백동 장식이 붙은 요즘 골
동품으로 취급될 먹감나무 농 한 쌍이 윗목에 있고, 그 위에 잇이 깨끗한
이불 한 채가 단정하게 개어져 있었다. 그리고 그 옆에 작은 책장이 하나
있는데, 책들이 모두 옆으로 쌓여 있어 무슨 종류의 책인지는 알 수가 없
었다. 두툼하고 누렇게 퇴색된 것으로 보아 젊은 시절부터 지녀왔던 한서
나 일어판으로 된 오래된 책들일 것이었다. 서쪽으로 붙은 들창문 밑에
석유 호롱이 동그마니 걸려 있는 것이 방 안 기물의 전부였다. 벽과 천장
이 잔잔한 회색빛 무늬의 벽지로 발라져 있어 방 안 분위기는 더욱 정갈
하게 보여 차가운 분위기까지 감돌았다.

관수는 방 안 분위기가 왠지 자신을 옥죄는 기분이 들어 가슴이 답답
해 왔다. 송 노인의 하얀 머리는 방 안에서 섬뜩한 금속의 빛을 보는 것
같기도 했다. 청규와 송 노인이 찻잔에 대한 얘기를 하고 있는 도중 송 노
인의 딸인 지희가 쟁반을 들고 들어왔다. 차를 달인 쟁반을 내려놓은 그
녀는 다시 방문을 닫고 나가버렸다.

그녀의 들어오고 나감은 마치 그림자처럼 조용했고, 한마디의 말도 꺼
내지를 않았다. 모든 것이 관수로서는 생소하고 어색하기만 했다. 송 노

인은 찻물을 따라 청규와 관수에게 돌렸다. 관수는 청규를 따라 찻잔을 들고 차를 마시기 시작했다.

오후 세 시나 되어 송 노인의 집을 나와 장승고개를 넘어온 관수는 그날 밤이 깊도록 잠이 오질 않았다. 송 노인과 그의 딸인 지희라는 여인, 그리고 그들을 둘러싸고 있는 집안의 분위기들, 이런 것들이 눈앞에 아른거리며 사라지지를 않았다.

송 노인은 관수와도 제법 얘기를 나누었다. 그는 그림이나 조각 또는 도자기 같은 방면에도 자기 나름의 얘기를 서슴없이 했다. 그의 얘기로는 어떤 분야이든 절실한 자기 수양의 방법이 된다면 그것으로 가치는 충분하다고 했다. 그러면서 그는 꼭 '그것이 사람이 살아가는 방법일진댄' 하는 수식을 붙이는 것을 잊지 않았다.

지희라는 여인은 한마디로 그림자 같은 여자였다. 조용히 나타났다가는 조용히 사라지곤 했다. 청규와 관수가 그 집을 나설 때도 송 노인 뒤에서 고개만 가볍게 숙여 보였을 뿐 내내 한마디의 얘기도 입 밖에 내질 않았다. 분명 그녀의 주위엔 쉽게 접근할 수 없는 분위기가 맴돌고 있었다.

어쨌든 송 노인과 지희라는 여인에게서 관수는 조용하고 평안해 보이고 모든 것에 만족한 것 같은 너그러움과 여유를 느꼈던 것이었다. 스스로를 가장 현명하게 길들이며 살고 있는 사람들 중의 하나일 것이라는 생각을 하며 관수는 담배 한 가치를 피워 물었다. 방 안에 어느새 어둠이 가득 차 아물거리던 천장의 무늬도 보이질 않았다. 담배를 빨아들일 때마다 담배 불빛은 두 개의 손가락을 코앞에다 내보일 뿐이었다.

관수는 자신은 이제껏 살아가는 일에 대해 절실한 마음을 가져본 적이 없었다는 생각을 했다. 막히는 것은 피하려 했고, 걸리는 것은 뛰어 넘었으며, 회의가 되는 것은 적당한 선에서 뒤로 밀어버리고 타협을 해 왔었다. 그렇게 살아온 것이 이제 엄청난 무게의 회의와 갈피를 잡을 수 없는 초조의 커다란 덩어리가 되어 자신을 밀어붙이고 있는 것이었다. 부딪치는 것들에 대해 좀 더 일찍부터 정면 대결을 했어야 했다. 관수는 방 안의 어둠이 답답해졌다. 어둠은 초조와 함께 관수의 목을 죄는 것만 같았다. 관수는 몸을 뒤집어 이불 속으로 기어들었다.

우기(雨期)였기 때문인지는 몰라도 벙커 안은 습기가 차 있고 언제나 곰팡내가 가득했다. 더욱이 밤이 되면 각양각색의 벌레들이 들끓고 있었다. 야간 근무 시간에 담배나 성냥을 소지한다는 것은 절대 금물이었으나 관수는 용케 선임하사의 몸수색을 피해냈다. 탐조등이 중대 베이스 겹겹이 쳐진 철조망부터 고지 아래쪽까지 밤새도록 핥아대고 있었지만 매일 밤 세 시간 동안 벙커 구멍을 통해 그런 풍경만을 응시해야만 한다는 것은 못 견디게 지루한 일이었다. 탐조등이 핥고 지나가는 능선이며, 관목 숲이며, 또 고지 아래에 탐조등의 혀끝이 닿을 때마다 깜짝 놀라 몸을 하얗게 드러내 놓은 실개천이며, 관수는 눈을 감고 있어도 그 풍경들이 어떤 순서로 보여지고 사라지는지를 미리 알 수가 있었다.

지루함을 견디기 위해 언제부터인가 관수는 벙커 속에 촛불을 켜놓게 되었다. 그것은 처음에 탐조등을 쫓다가 떠오르는 작품에 대한 구상을 메모하기 위해서였는데 차츰 촛불을 켜놓는 시간이 길어지게 되었다.

선임하사가 벙커마다 순찰을 하게 되어 있었지만, 마지막인 관수의 근무 시간엔 돌지 않는 것이 상례로 되어 있었다. 상급 부대로부터 특별한 경계 강화의 명령 하달이 없는 한 그 시간은 완전히 관수의 시간이 될 수 있다는 것을 벙커 근무를 하기 시작한 지 얼마쯤 후에 알게 된 것이었다. 끈적끈적한 습기가 어둠과 뒤범벅이 되어 겨드랑이며 사타구니를 근질 거리게 했었지만 촛불을 켜놓기 시작하면서 벙커 안은 아늑한 분위기가 되었다. 그리곤 전혀 예상하지 않았던 동료들이 생기기 시작했다.

촛불이 켜지면 관수는 벙커 한구석에 쪼그리고 앉았다. 시간이 조금 흐르기 시작하면서 벙커 안은 서서히 두런거리기 시작했다. 아주 작은 날 벌레들이 어느 틈에 안개처럼 무리를 지어 불꽃 주위를 맴돌기 시작하고, 습기 찬 벙커 통나무 벽 틈바구니에서 도마뱀들이 슬슬 기어 나온다. 작 은 놈은 여자애들 머리핀만 한 놈에서부터 한 뼘 이상 되는 놈들도 많았 다. 이 도마뱀들이 스르륵 스르륵 통나무 천장이나 벽을 타고 돌아다니기 시작하면 통나무 맨 밑바닥 틈바구니에서 갑충류들이 행차를 서두른다. 딱정벌레며, 이름을 알 수 없는 열대의 갑충류들이 갑옷을 번들거리며 기 어 나올 때면, 불꽃 주위를 맴돌던 날벌레들의 흥은 절정에 올라 이내 불 꽃 속으로 몸을 던지는 놈이 생긴다. 직. 지지직. 불꽃을 먹은 놈들은 바 닥에 추락해서 파르르 몸을 떨다가 죽어간다. 잠시 촛불이 너울거리고 벙 커 안은 불꽃을 따라 몇 번 일렁거려 보인다. 한 마리, 두 마리, 날벌레의 시체는 늘어간다. 노린내가 짙어진다.

이때쯤이면 벽 위에서 어슬렁거리던 도마뱀은 촛불로 다가와 날벌레 의 시체를 빠른 몸놀림으로 먹어치워 버린다. 애당초 이놈들은 이 먹이들 을 노리고 천장이나 벽에서 어슬렁거리고 있는지도 모른다. 한쪽 구석에선 갑충류끼리 엎치락뒤치락 승강이를 벌이고 있다. 이놈들은 언제나 자기들끼리 싸움이다. 다른 부류의 놈들이 하는 짓엔 아예 무관심일 뿐이다.

푸드득. 지이익. 큼직한 나방 한 마리가 날아들어 와 불꽃에다 대가리를 처박는다. 촛불은 꺼지고 벙커 안은 일시에 어둠이 채워져 버린다. 술렁거리던 벙커는 다시 침묵이 흐르고 탐조등의 잔광이 관측구를 통해 칼날처럼 희뜩거릴 뿐이다. 희뜩거릴 때마다 몸을 드러내 놓는 관측구의 LMG 기관총이 흉물스럽다. 실탄을 빼물고 어딘가를 가늠하고 있는 모양은 음모로 가득찬 것 같아 불쾌하다.

관수는 다시 성냥을 긋는다. 확! 하며 어둠은 관측구로 빠져 달아나 버리고 관수는 초에 불을 댕긴다. 크게 화상을 입은 나방이 추락한 전투기처럼 곤두박질쳐서 바둥바둥 몸을 떨고 있다. 이제 그놈이 나올 차례다. 그놈은 언제나 무드가 절정에 오를 무렵 모습을 드러낸다. 통나무가 썩어 빠끔이 벌어진 틈에서 아주 천연덕스럽게 거동을 한다. 손바닥만 한 두꺼비 놈이다. 이놈은 벙커 안의 제왕이다. 아주 난폭한 독재자다. 이놈이 한껏 거드름을 피우며 어기적어기적 걷는 모습은 희극적이긴 하지만, 그런대로 위엄이 있어 보여 이 곳의 제왕답다. 툭 튀어나와 데룩거리는 눈은 한꺼번에 벙커 전부를 보고 있는 것 같다. 불빛에 번들거리며 목덜미를 불룩거리는 놈을 바라보고 있으면 관수는 공연히 위축이 되었다. 불룩거리며 점점 커져서 관수도 답삭 집어삼킬 것 같은 기분이 들었다. 촛불 가까이 다가서서 걸음을 멈춘 놈은 날벌레들의 무리를 겨냥하기 시작한다. 이놈이 먹이를 사냥하는 솜씨는 어찌나 빠른지 입을 벌렸는가 하면 어느새 입맛을 다시고 있다. 결국 벙커 안의 날것들은 대부분이 이놈의 식사가 되어 버리고 만다. 쩍. 덥석! 쩍. 덥석.

　관수는 다시 몸을 뒤척였다. 그리곤 몸을 잔뜩 웅크렸다. 방 안에 거대한 두꺼비 같은 것이 버티고 앉아 자신을 답삭 먹어 치울 것 같은 기분이 들어 이불 밖으로 머리를 내밀 수가 없었다.

3장

쌀쌀하던 꽃샘바람도 삼월의 꼬리에 말려 지나가 버리고 관수의 마당
엔 사월의 아침 햇볕이 눈부시게 쏟아지고 있었다.

관수는 창문을 두들기는 햇살에 눈이 부셔 잠이 깼다. 늘어지게 기지
개를 켜고 관수는 대강대강 이부자리를 개어 윗목에 밀어놓고 마당으로
내려섰다. 관수는 잠시 얼굴을 찡그리고 눈을 비볐다. 태양은 벌써 둥실
떠올라 관수를 내려다보고 있었다.

관수는 칫솔질을 하면서 하늘을 올려다보았다. 쪽빛 하늘이 잔잔한 수
면처럼 흐르고, 몇 조각 흰 구름이 한가롭게 떠 있었다. 관수는 자신이 긴
겨울잠을 자고 난 짐승 같다는 생각을 하면서 빙긋 웃었다. 토담 밑에 한
아름의 개나리 무리가 노랗게 꽃망울을 부풀리고 있었다.

관수는 푸푸 투레질을 하며 기분 좋게 세수를 했다. 그리곤 오늘 송 노
인 댁에 넘어 가봐야겠다고 생각했다.

청규를 통해 송 노인을 소개받은 후 겨울 동안 몇 번 송 노인 집에 드
나들었다. 그렇게 몇 번의 왕래를 통해 관수는 송 노인과 그의 딸에 관한
이런저런 사연들을 알게 되었고, 송 노인의 면모를 하나하나 알고 나면서
더욱 그에게 친밀감을 느끼게 되었다.

송 노인은 일본 식민지 하에서 법률을 공부했다. 법률을 공부하게 된 동기는 무지로 인해 법의 혜택을 받지 못하고 일본 사람들에게 수탈을 당하거나 억울한 죄를 뒤집어쓰는 일들로부터 같은 민족을 도와야겠다는 사명감 때문이었다. 그 시절의 젊은 애국지사들이 그랬던 것처럼 송 노인도 일본 식민지 정책에 대한 불같은 분노와 가난하고 무지한 겨레에 대해 연민을 가지고 정열을 불태우기로 한 것이었다.

송 노인은 동경 유학을 마치고 스물 다섯의 젊은 나이로 변호사 자격을 획득했다. 그때 같이 공부한 사람들 중에는 지금도 이름을 대면 알만한, 근년에까지 법조계에서 활동을 하던 분들도 있었다.

송 노인은 약자와 무지한 사람을 위해 변호사로서 할 수 있는 모든 일을 부지런히 해냈다. 그러나 그는 세월이 지나면서 자기 능력으로서 할 수 있는 일이 너무 한계가 있다는 사실에 회의를 느끼기 시작했다. 그렇다고 어쩔 수 없는 일이었다. 능력 범위 안에서 최선을 다할 뿐이었다. 그러다가 독립 운동을 하는 지하 조직에 자금을 댔다는 죄목으로 구속되어 실형을 받게 되었다.

형을 치르는 도중에 해방을 맞았다. 송 노인은 벅찬 감격으로 그야말로 찬란한 햇볕을 받으며 옥문을 나섰다.

그해 동료의 중매로 결혼을 했고, 이어 서울 지방법원 검사가 되었다. 그러나 해방의 기쁨은 잠시였다. 좌익이니 우익이니 하면서 날이 갈수록 세상은 혼미에 빠져 버렸다. 송 노인은 이런 어처구니없는 승강이에 울화가 치밀었다. 식민지 하에서는 뚜렷한 명분과 사명감을 가지고 일을 할 수 있었지만, 해방이 되자 그런 명분도 찾을 수가 없게 되었다. 송 노인은 집안 싸움에 말려들기가 싫었다. 그래서 미련 없이 법조계를 떠나버렸다. 몇몇 옛 동료들이 툭하면 집으로 찾아와 자기들과 손을 잡고 큰일을 해보자고 했지만 그는 냉정하게 거절했다. 그러다보니 어떤 친구로부터는 회색분자라는 오해까지 받고 절교를 당하기도 했다.

송 노인은 생각했다. 이념이란 것이 궁극적으로 이상적인 사회를 만들어 나가는 것이라면, 그 과정도 이상적인 방법이 되어야 하는 것이라고. 그런데, 사람들은 자기중심적인 영웅심으로 인해 혼란을 불러일으키고 있었다.

송 노인은 인간이 한평생 살아가는 일에 관해 종교적인 측면에서도 많은 생각을 하게 되었다. 사회 활동을 떠나면서 그는 더욱 그런 방향으로 자신을 몰입시켰다. 그러던 중 전쟁이 터졌다. 엄청난 비극이었다. 피비린내 나는 부끄러운 집안싸움이었다.

송 노인은 피난살이를 하면서 다섯 살 된 아들을 열병으로 잃었다. 가장 진하게 느껴왔던 한 생명을 잃게 되면서 또 한 생명이 태어났다. 지금의 딸인 지희였다. 지희는 그런 와중에서 태어난 것이었다. 불행은 그것으로 끝나지 않았다. 지희가 두 돌을 지난 해에 부인마저도 몹쓸 전염병에 빼앗겨 버리고 말았다. 부인을 잃은 그 해에 송 노인은 살고 있다는 것 자체를 회의하면서 재산을 정리해 어린 딸을 데리고 지금의 장승골로 들어오게 되었다. 한평생을 산다는 것에 대한 명상을 하며 보낼 것이라는 생각으로 장승골 깊은 곳으로 정착을 하게 된 것이었다. 송 노인은 야산 수천 평을 개간해서 과수원으로 만들었고, 또 밭을 만들었다. 이십여 년 동안 거의 혼자 힘으로 해낸 일이었다. 과수원 한쪽으론 뽕나무를 심어 누에도 치기 시작했다. 누에치기는 지희가 성장을 하면서 그녀의 일이 되었다.

관수는 바바리코트에 스케치북을 옆구리에 끼고 집을 나섰다. 봄이 되면서 관수는 그림을 그리고 싶은 충동이 일기 시작했다. 몇 개월 만에 처음으로 일어나는 욕망이었다. 그렇다고 본격적으로 작품을 제작하고 싶은 그런 것은 아니었다. 들꽃이며, 야석천 가에 흩어져 있는 조약돌이며, 물오른 나뭇가지며, 이런 것들을 그저 가볍게 스케치하고 싶은 것뿐이었다.

지난겨울은 관수에겐 그저 움울하기만 한 시간의 덩어리였을 뿐이었다. 늪 속에 고인 물처럼 겨울은 관수 가슴속에서 그렇게 무겁게만 고여 깊은 두께로 꽁꽁 얼어 있었다. 그런데, 야석천 얼음이 풀리면서 관수 가슴의 겨울도 풀려나갔다. 이상한 일이었다. 봄이라는 계절이 가져다주는 분위기 때문만은 아니었다.

관수는 며칠 전 서울을 다니러 간 청규 편에 간단한 그림 도구들을 부탁해서 스케치를 시작하게 된 것이었다. 오늘도 관수는 길을 가다가 예쁜 들꽃이라도 피어 있으면 스케치를 할 양으로 장승골을 향하는 터였다. 양지바른 길섶엔 벌써 파랗게 풀잎이 깔렸고 꽃망울을 터뜨린 제비꽃이 쏘옥쏘옥 고개를 내밀기도 했다. 얼음 풀린 야석천은 고기비늘처럼 눈이 부셨다. 관수는 잠시 야석천을 내려다보며 지희를 생각했다.

그녀는 여러모로 특이한 여자였다. 지난겨울 동안 여러 차례 송 노인을 방문하면서 그러한 면을 느낄 수가 있었다. 그녀는 말수가 아주 적었다. 꼭 필요한 말이라든가 묻는 말에만 간단히 입을 열 뿐 좀체로 얘길 안 했다. 송 노인도 말수가 적은 편이었지만, 관수와 어느 정도 마음을 트기 시작하면서 얘기들을 제법 많이 주고받게 되었다. 그녀는 말수가 적긴 했지만 표정은 언제나 상냥해서 어떻게 보면 표정으로 말하는 것 같은 생각이 들기도 했다.

그녀는 학교를 통한 교육을 받지는 못했지만, 송 노인에 의해 상당한 수준의 지식을 쌓고 있는 것이 분명했다. 그녀의 지식 수준이 어느 정도인지는 자세히 알 수 없었지만, 송 노인으로부터 체계 있고, 철두철미한 교육을 받았음이 그녀의 언행을 통해 느낄 수가 있었다.

송 노인 집에서 그리 멀지 않은 곳에 몇몇 집들이 듬성듬성 모여 마을을 이루고 있었지만, 그곳 사람들과도 거의 왕래가 없었다. 그 마을 사람들 중 몇 가구가 가끔 음식이나 곡물을 가지고 송 노인 집을 방문한다거나 하는 일이 고작이었다. 스물일곱이라고 했지만, 팽팽한 젊은 여자가 그러한 생활을 감수하고 있다는 게 관수는 신비롭게까지 느껴져, 그녀를 볼 때마다 공연히 미안하기도 하고 가까이 할 수 없는 기분이 들기도 했다.

고갯길을 오르는 관수를 물오른 참나무며, 오리나무들이 뾰족뾰족 잎을 내밀며 맞이했다. 처음 걷는 길처럼 숲은 전혀 다른 모습과 다른 냄새를 내보이고 있었다. 삽상한 숲 내음이 바람에 불어 와 코끝을 스쳤다.

– 푸드득!

산까치 한 쌍이 날아올라 골짜기로 숨어들었다.

산의 숨소리가 역력히 들려왔다. 숲속 여기저기서 알지 못할 소리들이 들려왔다. 숲은 기지개를 켜고 나서, 가슴을 내밀며 호흡을 조절하고 있었다. 긴 겨울잠을 털어버리고 있는 중이었다. 자연은 항상 모르는 사이에 모습을 바꾸고는 사람들 앞에 경이로운 자신의 모습을 내보이고 있었다.

고갯길을 거의 다 오를 무렵 관수는 길섶에서 노랗게 웃고 있는 민들레꽃을 발견했다. 아직 민들레가 피기에는 이른 시기였는데 양지바른 곳에서 하루 종일 햇볕을 듬뿍 받아 남보다 부지런을 떨어 꽃망울을 터뜨린 모양이었다.

관수는 쪼그리고 앉아 민들레를 스케치하기 시작했다. 그는 스케치를 하면서 그렇게 억세게 겨울을 딛고 올라서서는 이런 애잔한 꽃을 피우고 있는 것이 신기하기만 했다. 이렇게 자신만만하고 자랑스럽게 자기를 피워낼 수 있는 것은 삶이 있어야 할 충분한 이유가 되지만, 그렇지 못할 땐 삶이란 의미가 있을 수 없다고 막연한 생각을 하고 있었다.

관수는 어렸을 때 민들레를 아주 좋아했다. 꽃도 꽃이지만 꽃이 지고 나면 솜같이 피어오르는 나중의 모습을 더욱 좋아했다. 솜같이 피어오른 민들레 송이를 따서 입으로 훅! 불어 젖히면 수많은 낙하산이 하늘에서 떠다니듯, 백색 관모(冠毛)가 삿갓 모양으로 달린 씨들이 낱낱이 흩어져서 날아다녔다. 그래서 관수는 민들레 씨가 영글 무렵이면 동네 친구들과 들판으로 나가 뛰어다니며 민들레 꽃씨를 흩날리는 일로 온종일을 보내기도 했다.

관수는 스케치를 끝내고 몸을 일으키며 자신이 무엇인가 많이 변해 있는 것 같다는 생각을 했다. 이런 들꽃 하나에 호기심을 갖게 되었다는 건 성장을 한 후로는 없었던 일이었다. 이제껏 관수의 작업은 무수한 관념 속에다 뿌리를 내려 또 관념으로 이어지는 꽃을 피우려고 했었다. 그러나 그 관념의 꽃은 실제로 가슴에 와 닿지를 않고 언제나 한 발자국 물러나 저만큼에서 피어 있었다. 물론 관수 자신은 그런 식의 꽃을 만들려고 한 건 아니었지만, 피워놓고 보면 언제나 꽃은 관수의 곁에 있어 주질 않았다. 그러나 지금 관수는 조그만 들꽃을 스케치북에 옮기면서 절실하게 가슴에 와닿는 무엇을 느끼고 있었다.

돌담 너머로 개나리 가지들이며, 빨갛게 꽃망울을 빼물고 있는 진달래들이 밖을 향해 기웃거리고 있었다. 관수는 돌담을 돌아 마당으로 들어서다가 걸음을 멈췄다. 마당 가운데 버티고 서 있는 느티나무가 오늘따라 더욱 우람스럽게 느껴졌다. 수백 년을 의연한 모습으로 살아온 늙은 느티나무가 새삼스레 경이롭게 보였다.

관수는 인기척을 내면서 마당을 가로질러 별채 쪽을 향했다. 송 노인은 다른 집안 일이 없으면 별채에서 책을 읽거나 명상으로 시간을 보냈다.

"선생님 계십니까?"

관수는 문 앞에서 조용히 송 노인을 불렀다. 그러나 안에서 아무런 인기척이 나질 않았다. 다시 한번 불러 봤지만 아무도 없는 모양이었다. 관수는 본채로 가서 불러 보았으나 아무도 없었다. 과수들을 손질하기 위해 부녀가 뒷산으로 올라간 모양이었다. 과수원은 집 뒤로 바로 연결되는 동산을 개간해서 만들었다. 과수들은 수명이 거의 다한 복숭아나무들과 그 사이 사이에 3~4년생의 어린 나무들이 잘 가꾸어져 있었다. 관수는 과수원으로 오르려다가 곧 내려오겠지 하면서 별채 쪽으로 향했다.

댓돌 위에 신발을 벗고 관수는 문을 열었다. 방 안의 어둠이 눈에 익지를 않아 관수는 잠시 눈을 껌벅거리며 방 안의 밝기에 눈이 익기를 기다렸다. 잠시 후 방 안을 둘러보다가 관수는 깜짝 놀랐다. 누군가가 앉아 있었기 때문이었다. 관수는 곧 지희라는 것을 알았다. 그녀는 돌부처처럼 반가부좌한 자세로 꼼짝 않고 앉아 있었다. 관수는 생각지도 못했던 일이라 어쩔 줄 몰라 했다. 그녀가 왜 그러고 앉아 있는지를 알 수가 없었다.

그녀는 관수가 방 안에 들어온 것조차도 모르고 있는 것 같았다. 눈은 반쯤 내려뜨고 두 손은 손바닥을 위로 하고 아랫배 밑에 가지런히 포개 놓은 자세로 그대로 굳어버린 석상처럼 움직이질 않았다.

관수는 그녀를 불러볼까 하다가 알 수 없는 분위기에 밀려 살며시 문을 닫고 밖으로 나왔다. 관수는 가슴이 쿵쿵 뛰었다. 그녀가 그러한 자세로 방 안에 사람이 들어오는 것조차도 느끼지 못하면서 무엇을 하고 있다는 말인가.

관수는 뛰는 가슴을 가라앉히고 생각을 가다듬었다. 좌선을 하고 있었던 것일까. 분명히 좌선하는 자세였다. 좌선이란 선승들이 깨달음을 얻기 위해 행하는 수행 방법이 아닌가. 그렇다면 그녀는 벌써부터 좌선의 방법으로 자신을 수양해 왔던 것인가.

불가(佛家)에서는 선(禪)을 통해 누구든지 깨달음만 획득한다면 부처의 경지로 들어갈 수 있다고 한다. 그렇다면 그녀는 그러한 깨달음을 위해 좌선을 하고 있는 것일까.

관수는 그녀가 종교적인 차원 속에 자신을 깊숙이 밀착시켜가며 일반적인 사회생활을 외면한 채 살아가고 있는 것이라는 생각을 했다. 그녀가 아버지로부터의 교육을 통해 그녀 나름의 관(觀)—인생관이라든가 세계관—을 정립시키며 살아가고 있음을 느낄 수는 있었지만, 이렇게 구체적인 방법으로 자신을 수양하고 있으리라는 것은 전혀 뜻밖의 일이었다.

관수는 느티나무에 기대어 서서 깊은 생각에 빠져들어 갔다. 미술대학을 다니면서 그림이라는 표현 수단을 자기 살아가는 방법으로 선택한 관수는 그 수단을 통해 살아 있는 의미도 찾아낼 수 있다고 믿고 있었다. 그래서 그는 열심히 그 수단에 몰두해 왔다. 그렇게 몰두해 온 결과 사회에서는 그를 화가라는 명칭을 붙여 주게 되었고, 장래성이 있는 젊은 작가라는 부산물도 얻어낼 수가 있었다. 그러나 그는 근년에 들어서서 무엇인가 초조감에 항상 쫓기는 듯했다. 그것은 그가 현대미술이라는 것이 논리라는 옷으로 한 겹 두 겹 갈아 입혀지는 것을 의식하면서부터 더욱 그러했다. 애당초 그가 그림이라는 수단을 통해 찾고자 하는 것과는 다른 방향으로 현대미술(現代美術)이라는 강물이 흘러가고 있다고 그는 생각하게 되었다. 물론, 그런 흐름을 외면할 수도 있는 일이지만, 그것이 필연적인 것이었다면 일단은 관심을 가져야만 했기 때문에 그럴 형편도 못되었다.

항상 전위(前衛)이기를 모토로 삼고 있는 몇몇 교수군과 그들을 추종하며 그들의 방법론을 탐욕스럽게 갈망하는 젊은 작가군이 한국의 현대미술이라는 거점을 확보하면서 관수의 갈등은 더욱 심각해지기 시작했다. 관수의 그림이 현대미술의 표현 방법에 속하는 것으로 인식되어 왔기 때문에 본의 아니게 그들과 같은 부류로 취급되어 왔었다. 그러나 관수는 스스로 겉돌기를 원했다. 그들처럼 분석적인 논리나 시대 반영이라든가, 실험주의적인 방법론을 동감할 수가 없었다. 그런 것보다도 더 심각한 것은 그림을 그린다는, 자신이 믿어왔던 삶의 방법마저 회의하기에 이르렀던 것이었다.

"민 선생님 언제 오셨어요?"

등 뒤에서 지희의 목소리를 듣고 관수는 번쩍 정신이 들었다.

"아, 네. 조금 아까…."

관수는 당황하면서 말을 더듬거렸다.

"전 오신 줄도 몰랐어요. 죄송해요. 별채로 들어가세요."

"아… 아닙니다. 바깥이 좋은데요. 선생님은 안 계신가요?"

관수는 시선을 머뭇거리다가 그녀의 까만 스웨터 단추를 바라보면서 말했다.

"아버님은 새벽에 읍내에 들어가셨어요. 연장 좀 살 것이 있어서요."

그녀는 스웨터를 여몄다.

"그러셨군요…. 늦으시겠죠?"

관수는 그녀를 마주 보지 못했다. 언제나 그녀 앞에 있으면, 자신이 알 수 없게 위축되어 버리는 것이었다. 가끔 그녀의 맑은 눈과 마주치게 되면 관수는 흠칫 놀라곤 했다. 그래서 그녀와 얘기를 할 땐 시선 둘 곳을 찾느라고 항상 애를 먹었다. 오늘 그는 더욱 시선 둘 곳을 찾지 못하고 쩔쩔매는 꼴이 되었다. 이상한 자세를 하고 있던 그녀의 모습을 훔쳐보게 된 것이 죄를 짓거나 한 것처럼 느껴졌기 때문이었다.

"새벽에 나가셨으니깐 일찍 돌아오실 거예요. 차를 다릴 테니 들어가세요."

"정말 괜찮습니다. 날씨가 너무 화창해서요. 과수원이나 산책 좀 해야겠습니다."

관수는 송 노인이 돌아올 때까지 뒷산에나 올라야겠다고 생각했다.

"그럼 마루에서 잠깐 기다리세요."

그녀는 미적미적거리는 관수를 두고 부엌으로 들어갔다.

관수는 마루에 걸터앉아 돌담 밑으로 꽃망울을 잔뜩 부풀리고 있는 진달래를 바라보았다. 송 노인이 산에서 캐다 심은 것들이었겠지만, 정원수처럼 잘 가꾸어져 있었고, 또 햇수가 오래된 나무들이기 때문에 가지가 무성해서 산에서 막 자란 나무들과는 품격이 달라 보였다. 산수유나무며, 철쭉, 산동백, 어느 나무 하나라도 송 노인의 손길이 역력히 느껴졌다. 특히 마당 입구에 개나리나무를 덩쿨처럼 양쪽으로 끌어올려 아치형으로 대문 구실을 하게끔 가꾸어 놓은 것이 노랗게 물들어 있어 눈부시게 했다.

지희는 찻잔을 받친 쟁반을 관수 앞에 내려놓고 할 일이 있다면서 뒤뜰로 가버렸다.

찻잔은 따끈하게 손바닥에서 맴돌았다. 처음 마셨을 때는 별로 느끼지 못했었지만, 이곳에 올 적마다 이 차를 마시게 되어서 이젠 어느 정도 익숙해진 그였다. 떨떠름한 듯하면서 구수한 뒷맛은 언제나 길게 여운을 남겨 놓았다.

관수는 차를 즐기고 나서 그녀가 하는 일을 도우려는 생각으로 뒤뜰로 갔다. 그녀는 양잠실 앞에서 반절지 크기만 하게 대나무로 엮어서 만든 네모난 판들을 솔로 닦아내고 있었다. 똑같은 대나무 판이 수십 장은 족히 되어 보였다.

"제가 좀 도와드리겠습니다."

관수는 어줍게 다가서며 말을 건넸다.

"괜찮아요. 바쁜 일도 아닌걸요."

"그냥 있자니 심심해서요. 무얼 하는 도구들인가요."

관수는 대나무 판 하나를 집어 들면서 말했다.

"누에를 칠 때 쓰는 도구죠. 누에 채반이라고 해요. 이 달 말경에는 누에를 깨야하기 때문에 미리 도구들을 손질해 놔야 되지요."

그녀는 부지런히 솔질을 하면서 설명했다. 관수는 그녀가 하는 대로 솔질을 하면서 아까 좌선을 하던 일에 관해서 물어보려고 했지만, 어떻게 얘기를 꺼내야 할지를 몰라 그녀를 건네다 보며 주저주저했다. 따사롭게 내리쬐는 햇볕이 그녀의 이마 위에서 아지랑이처럼 피어올랐다. 그녀의 긴 속눈썹이 눈 밑으로 서늘한 그늘을 드리우고 있었다.

"이런 데서 사시는 것이 외롭지 않으신가요?"

관수는 자기도 모르게 엉뚱한 얘기를 꺼내 놓고 금방 후회를 했다.

그녀는 천천히 고개를 들더니 잠시 그를 빤히 쳐다보았다. 그러다간 이내 상냥한 웃음을 띠며 말했다.

그녀는 잠시 말을 끊었다가 또박또박 말을 이어나갔다.

"사춘기 시절을 보낼 때에 좀 그런 기분에 싸여 우울해한 적이 있었죠. 사람들이 모여 사는 곳에서 무엇인가 새로운 것을 알고 싶어했고, 사람들과 어울려 이것저것 느껴보고 싶기도 했었어요. 그러나 지금은 그렇지 않아요."

얘기가 끝날 때까지 관수를 빤히 쳐다보고 있었기 때문에 관수는 누에 채반만 내려다보며 얘기를 들었다. 그는 왜 그렇게 그녀의 눈길을 받아낼 수 없는지 자신이 바보스럽게 느껴졌다. 그래서 그는 의식적으로 그녀의 눈을 마주할 생각으로 고개를 들었다.

"그럼 지금 생활에 만족하신 건가요?"

관수는 자기가 자꾸 엉뚱한 질문을 한다고 생각했지만, 눈길을 피하진 않았다.

"만족하다든가, 만족하지 못하다든가 하는 식으로 제 생활을 얘기할 수는 없어요. 다만 이곳에서 살아가는 것 이상을 바라고 싶지 않다고는 말씀드릴 수가 있어요."

그녀는 그에게서 눈길을 돌리고 다른 채반을 들어 올리며 말했다.

"바라고 싶지 않다는 건 자신의 어떤 것을 지키기 위한 의식적인 절제를 통해 스스로 그렇게 되길 원하신다는 말씀인가요?"

관수는 그녀의 말꼬리를 물고 어떤 확실한 대답을 듣고 싶어 하는 소년처럼 질문을 했다.

그녀는 다시 얼굴을 돌려 관수를 빤히 쳐다보았다. 그녀의 눈이 깊은 늪처럼 그를 빨아들이는 것 같아 관수는 전율 같은 것이 몸속으로 잦아들었다.

"무어라고 말씀드리기가 어려울 것 같군요."

그녀는 더 이상 깊이 얘기를 하고 싶지 않는 것 같았다.

관수는 그녀의 얼굴에서 그런 표정을 읽을 수가 있었다.

"죄송합니다. 실없는 질문을 해서…."

관수는 머리를 긁적거리며 멋쩍게 웃었다. 사실 관수는 그녀의 좌선에 관한 것을 물어보고 싶었으나 엉뚱한 질문만 하고 말았던 것이다.

그녀는 채반 손질을 끝내놓고 양잠실을 정돈해야겠다며 양잠실 안으로 들어가 버렸다. 관수가 도울 수 있는 일이라면 돕겠다고 했으나 그녀는 남자들이 할 일이 못 된다며 도움받기를 거절했다. 관수는 그녀가 자기의 질문에 기분이 상한 것이 아닌가 하고 눈치를 살폈으나 그런 낌새는 보이질 않았다. 관수는 누에 채반만 양잠실 안으로 들여다 놓고 뒷 과수원으로 올라갔다.

과수원은 제법 넓었다. 주로 복숭아나무였으나 위쪽으로는 자두나무며, 배나무 등 여러 종류의 나무들이 몇 그루씩 가지치기로 잘 가꾸어진 모습으로 줄지어 있다. 과수원 제일 높은 곳에선 집 마당까지 내려다 보였다. 과수원을 뒤로 반원을 그리며 돌담이 쌓여져 있는 것을 관수는 처음으로 알았다.

계곡에서 내려오는 물이 돌담 오른쪽 조금 떨어진 곳으로 흘러내리고 있다는 것도 처음으로 발견했다. 겨울 동안 얼어 있었고, 줄곧 눈에 덮여 있어 그쪽으로 계류가 흐르고 있는 줄은 전혀 몰랐다. 돌 틈을 흐르는 물은 계곡의 눈이 녹으면서 많이 불어나 있었다. 송사리떼가 물 위로 튀어 오르 듯, 바위 사이사이 반짝거리며 흐르는 물이 눈부시다. 산수유나무는 어느새 만개하여 노랗게 웃고 서 있다. 송 노인 집과 야트막한 구릉을 사이에 하고 네 채의 초가집이 겨울 동안 시리던 굽은 등을 햇볕에 쬐고 있는 모습도 보인다. 마치 양지에 쪼그리고 앉아 장기를 두고 있는 노인들의 구부정한 등처럼 회색 지붕은 쓸쓸해 보이기도 했다.

관수는 담배를 꺼내 물고 불을 댕겼다. 그리고 눈을 가늘게 뜨고 연기를 길게 내뿜었다.

지난해 가을 개인전 때 관수는 미술평론을 하는 이상춘 씨와 함께 저녁을 한 적이 있었다. 관수는 평론을 하는 사람들과 별로 접촉이 없었고, 또 의식적으로 그런 사람들과의 접촉을 달갑게 생각하지 않았다. 그건 그가 예술이란 걸 실험실에서 개구리를 해부하듯 해서 이해를 하려는 그들의 체질과 맞지가 않아서였다.

이상춘 씨는 관수와 대학 선후배 관계였다. 대학 시절에는 그의 해박한 지식에 반해 그의 서재를 자주 찾기도 했었다. 이상춘 씨는 본래 서양화를 전공했으나 졸업 후 다시 다른 대학에서 미학(美學)을 전공하여 미술 평론가로 나서게 되었다. 그의 폭넓은 지식과 예리한 두뇌는 그가 본격적인 평론을 한 지 오륙 년 만에 현대미술의 주축을 이루고 있는 작가들의 정신적 지주가 되었다.

그날 관수는 이상춘씨와 본래 만날 약속은 없었으나 이상춘씨가 전시장으로 그를 찾아왔다. 둘은 안국동 골목의 자주 드나들던 술집으로 들어갔다. 저녁 이른 시각이어서 손님은 몇 안 되었다. 그들은 방으로 자리를 잡았다.

"맥주로 할까요?"

"초장부터 맥주로 되겠나. 쏘주로 하지."

이상춘 씨가 안경을 밀어 올리며 말했다.

"요즈음 바쁘신 모양이던데요. 이곳저곳에서 선배님 글 많이 읽었습니다."

관수는 술과 안주를 시켜 놓고 그를 건네다 보았다.

"웬 전시회가 그리 많은지. 먹고살기가 좀 나아지긴 나아진 모양이지. 이름 좀 알려진 작가가 개인전을 열었다 하면 시장 바닥처럼 붐빈단 말야."

"그런 곳에 몰려드는 사람들이야 어디 먹고사는 일에 걱정하는 사람들인가요. 거의가 돈 쓸 데가 없어 주체를 못 하는 사람들이지. 헌데 선배님은 그런 현상을 어떻게 생각하십니까. 요즘 신문에서도 이러쿵저러쿵

말들도 많던데요. 참 H일보에서 선배님 글도 읽어 봤습니다."

H일보에 이상춘 씨가 쓴 글은 미술품 붐이 일기 시작하자 일부 돈 많은 마나님들이 그림을 투기 대상으로 삼고 무분별하게 사들이는 기현상이 생기게 되었고, 그러한 현상을 계기로 일부 유명 화가들이 수준 낮은 그림을 남발하는 경우가 생겼고, 또한 화랑에서는 그런 작가들에게 상품을 주문하듯 고객들의 기호에 맞는 그림을 주문하기까지 하는 어처구니없는 일이 일어나고 있는 미술계에 대한 문제점을 이야기하는 글이었다. 이상춘 씨가 쓴 글의 내용은 대강 이러했다.

경제 성장과 더불어 국민소득의 증가로 미술 붐이 이루어진 것은 당연한 현상이다. 한 폭의 그림이라도 벽에 걸어 놓고 싶어 하는 사람들의 수가 많아지고 있다는 것은 국민의 정신문화 수준이 높아져 가고 있다는 증거이다. 설사 그것이 주택 공간 구조의 변화로 인해 벽을 장식하기 위한 동기에서 그림을 찾게 된 것이었더라도, 그림을 알게 되는 기회가 되는 것이며, 그렇게 시작된 걸음이 뿌리를 내리는 것이 아니겠는가. 문제는 일부 돈 많은 부인들이 그림을 투기 대상으로 삼는 데 있는 것인데, 그런 것은 과도기에서 있을 수 있는 일이다. 시간이 지나면 저절로 해결될 것이다. 가난을 상징하던 화가가 생활에 걱정을 않고 예술에만 전념할 수 있다는 것은 어쨌든 바람직한 일이다. 단 모든 작가들이 양심과 자기 작품 세계에 확고한 뿌리를 갖고 있을 때 우린 그러한 것을 기대하게 되는 것이다. 상식적인 이야기였다. 어찌 보면 그런 화단의 풍토가 한 과도기 현상으로서 오히려 앞으로 화단이 발전할 수 있는 밑거름이 될 것이라는 식의 옹호하는 얘기였다. 이상춘 씨의 글치고는 맥 빠진 글이었다.

"아, 그거….'

이상춘 씨가 멋쩍다는 듯 싱긋 웃어 보였다. 이상춘 씨가 무언가 얘기를 꺼내려고 할 때 술과 안주가 들어왔다. 살이 너무 통통하게 쪄서 손등이 터질 것 같은 아가씨가 지글지글 끓는 전골냄비를 가스레인지 위에 올려놓았다.

"식으면 부르세요. 불을 붙여 드릴께요.'

관수는 이상춘 씨의 잔에 술을 따랐다.

"다른 게 아니라 다음 달 호에 젊은 작가들의 좌담회를 열어 특별 기획으로 내기로 했는데 자네도 참가 좀 해줘야겠어.'

이상춘 씨는 단숨에 소주잔을 털어 넣고 말했다. 그는 미술 전문지의 책임 편집을 맡고 있는 터였다.

"좌담회요?'

모여서 토론을 한다거나, 무슨 세미나를 연다거나 하는 일에 무관심한 관수는 심드렁하게 말했다.

"〈한국 현대미술의 현 위치〉라는 주젠데, 일주일 후에 모이기로 했으니깐 그동안 준비를 해 둬.'

"전 안 되겠습니다.'

관수가 별 흥미 없는 투로 말하자 이상춘 씨는 약간 표정을 굳혔다.

"안 되겠다는 건 무슨 뜻야?'

"제가 언제 그런 좌담회에 참석한 경험이나 있습니까. 말주변 없는 건 선배님도 잘 아시잖아요.'

관수는 좀 미안하다는 듯 웃음을 흘리며 말했다.

"자, 술잔 받으십시오."

"자넨 언제까지 그렇게 겉돌 셈인가. 영 요새 젊은이답지가 않아. 벽을 쌓고 외곬으로 작품을 하는 시대는 벌써 지난 지 오래인 걸 자네도 잘 알텐데. 왜 그래? 이번 좌담회에 추천을 한 것도 자넬 위해서야. 이왕이면 능력 있는 후배에게 기회를 만들어 주자는 게 내 욕심이었다구."

이상춘 씨는 후배를 위한 자기의 호의를 묵살당한 것 같아 완전히 언짢은 얼굴을 하고 힐책하듯 관수에게 말했다.

"선배님의 배려는 감사합니다만, 전 우리 미술계에서 움직이는 현대미술 운동을 이해하고는 있지만 공감을 하고 있는 편이 못 됩니다."

"현재 작가로서 느끼고 있는 점들을 얘기하면 되는 게 아닌가. 공감을 하든 않든간에…."

이상춘 씨는 거의 신경질적으로 술잔을 비우고 나서 말했다.

"어쨌든 사양하겠습니다. 죄송합니다."

관수는 정말 미안하다는 듯이 머리를 굽실했다.

이 나라의 현대미술 속으로 반일루저니즘(反Illusionnism)의 물결이 스며든 후 미술계는 벌집을 쑤신 듯 소란스러웠다. 팝(Pop Art)이다, 컨셉츄얼(Conceptual Art)이다, 또는 미니멀(Mininal Art)이다 하며 한껏 소리를 높이면서 근간에 와서는 이벤트(Event) 행위가 심심찮게 화제에 오르고 있는 형편이었다. 물론 관수는 그러한 운동을 부정하는 것은 아니었다. 그것들은 그것들대로의 설득력이 있었기 때문에 젊은 작가들에게 영향을 끼치고 있다는 것도 인정하고 있는 터였다.

그러나 관수 생각으로는 그러한 움직임이 결국 어줍잖은 관념의 덩어리만 덩그러니 남겨놓을 거라는 생각이었다. 관수는 미술을 그런 식으로 이해하고 싶지가 않았다.

관수는 소주 한 병과 물오징어 안주를 하나 더 시켰다. 바깥 테이블에는 어느새 술꾼들이 자리를 메우고 서서히 입담의 열기를 올리고 있었다. 천장 밑으로 연기가 자욱하게 쌓여 있어 마치 물빛처럼 보였다. 어찌 보면 좁은 어항 속에서 뻐끔거리며 입질을 하는 물고기 무리들 같았다. 날렵한 꼬리와 투명한 피부의 금붕어나 열대어가 아니라, 방죽에서 건져 올린 메기나, 가물치 같은 칙칙한 물고기들만 가득 모여 입질하는 모습이었다. 관수도 메기처럼 입을 쩍 벌리고 안주 한 점을 집어넣고 우물우물 씹어댔다. 이상춘 씨는 귀밑까지 빨갛게 술기가 올라 있었다. 술기가 오르기 시작하면서 관수에 대한 그의 입담이 걸어졌다. 관수는 자기가 호의를 거절한 것에 대한 불만일 거라고 생각하며 될 수 있으면 그의 비위를 맞추려고 애를 썼다.

"자네 작품이 왜 촌스럽게 보이는지 아나? 스스로 시야를 좁히고 있기 때문이야. 이 시대의 절망이라든가, 이 시대의 열기를 같이 호흡하고 고민할 때 작품은 저절로 세련되는 거 아닐까. 뭐야 자넨 두더지식의 사고방식으로 어떻게 현대미술을 호흡할 수 있겠어? 물론 자넨 노력하고 있지. 그러나 노력한다고 작품이 되는 건 아니잖아. 이 시대의 물결 속에다 면도날 같은 문제성을 제시할 수 있는 지혜는 이 사회가 안고 있는 문제점들을 속속들이 알아야 가능한 일이 아니냐 이 말야…."

관수는 이상춘 씨의 얘기를 귓가로 들으며 자신은 현대미술이니, 전위니 하는 곳에다 자기가 하는 작업을 대입하고 싶지 않은 것이라고 생각했다. 그런 거창한 대열에 낄 자신이 없었기 때문이었다. 자신의 문제가 우선 중요했다. 자신에 관해서도 이렇다 할 확신을 가질 수 있는 게 없는 마당에 무슨 재주로 이 시대를 비판하고, 이 시대의 물결에 무슨 놈의 면도날 같은 문제를 제시할 수 있겠느냐 하는 생각뿐이었다.

건너편 분지를 이루고 있는 곳에 보리밭이 초록색 물결로 남실거렸다. 관수는 담뱃불을 발로 비벼 끄고, 양잠실 쪽을 내려다봤다. 지희가 무엇인가를 들고 잠실 안에서 나오고 있었다. 스웨터를 벗었는지 쑥색의 블라우스 차림이었다. 그녀가 본채로 들어간 후 얼마쯤 후에 다시 뒤뜰로 나와서 여기저기를 두리번거렸다. 그러다가 관수가 있는 쪽을 올려다보았다. 관수를 본 그녀가 손을 흔들었다. 내려오라는 손짓이었다. 관수는 알았다는 시늉으로 손을 들어 보였다. 그녀는 다시 본채로 들어가 버렸다. 느티나무의 짙은 그림자를 드리우고 있는 마당이며 집 주위 풍경이 달리의 풍경화처럼 초현실적인 분위기를 띠고 있었다. 하얗게 쏟아지는 햇볕으로, 모든 사물은 그림자를 물고 정지된 시간 속에서 똑같이 그런 분위기를 자아내고 있었다. 관수는 잠시 그런 풍경을 내려다보다가, 천천히 과수원을 내려갔다. 노랑나비 한 쌍이 서로 몸을 어울려 뒤채면서 날아올랐다. 관수는 햇볕에 눈이 부신 건지 아니면 무엇을 곰곰이 생각하고 있는지 양미간을 잔뜩 찌푸리고 터덜터덜 내려갔다.

지희는 관수의 점심상을 차려놓고 있었다. 관수는 송 선생님이 늦게 오실 모양이니 다음에 다시 오겠다고 했으나 그녀는 오실 때가 됐으니 점심 식사를 하라는 것이었다. 냉이무침, 말린 산나물을 튀긴 것, 콩자반,

그리고 아직 이를 것 같은 두릅나물 무침이 정갈하게 차려져 있었다.

"벌써 두릅나물이 나왔군요."

"아직 흔치는 않지만 양지바른 쪽의 나무들은 잎을 피운 것들이 더러 있어요."

"허, 이거 귀한 걸 제가 먹는군요."

관수는 만족한 얼굴로 싱긋 웃었다.

점심을 끝낸 관수는 그녀가 일하고 있는 양잠실로 갔다. 잠실 창문을 열어 젖혀 놓고 청소를 끝낸 그녀는 헐거워진 누에 시렁을 손질하고 있었다. 누에 시렁은 군대 내무반처럼 가운데 통로를 두고 양쪽으로 층층이 되어 있는 침대들처럼 칸을 만들어 백여 칸이 넘게 짜여있었다. 그녀는 콧등에 송골송골 땀이 맺히도록 망치질을 하고 있었다.

"제가 도와드리겠습니다. 이런 일이라면 진작 제가 도왔어야 하는 걸 그랬습니다."

관수는 그녀에게서 망치를 빼앗아 들었다.

"이렇게 헐거워진 곳만 찾아서 못을 하나씩만 더 치면 되는 거죠?"

관수가 일방적으로 일을 맡고 나서자 지희는 할 수 없다는 듯 미소를 지어 보였다.

"거의 다 됐으니 심하게 흔들리는 부분만 하고 끝내세요."

그녀는 머리에 썼던 수건을 풀어 이마의 땀을 닦아냈다.

"점심값은 해야 할 테니까요. 자, 지희씨는 내려가 쉬십시오."

관수는 힘을 주어 망치질을 했다.

4장

관수는 언제부터인가 불면증으로 잠을 설치는 횟수가 늘어가기 시작했다. 그것은 잠자리에서 지희의 환상을 떠올리기 시작하면서 비롯된 일이었다. 지희라는 여인은 어느새 관수의 의식 속에 크게 자리를 차지하는 존재가 되어 있었다. 스스로 생각해 보아도 좀 엉뚱한 일이었다. 잠을 청하기 위해 눈을 감고 있으면 긴 속눈썹을 깜박거리며 미소를 짓는 그녀의 얼굴이 천장 가득히 채워지는 것이었다. 사실 관수에겐 그녀의 얼굴을 떠올리며 잠이 든다는 것은 즐거운 일이었다.

그렇게 매일 밤 잠자리에서 천장 가득히 떠오르는 그녀의 얼굴은 이상하게도 매일 다른 모습이었다.

어떤 때는 방금 과수원 일이라도 끝내고 온 듯 흠뻑 땀에 젖은 모습으로 이마 위로 흘러내린 머리카락을 쓸어 올리기도 했고, 때로는 눈을 가늘게 내려뜨고 내면 깊숙한 곳으로 가라앉아 관수로는 알 수 없는 미지의 세계를 향한 듯한 모습이 보이기도 했다. 그런 모습일 때에는 무표정한 표정 속에서 알 수 없는 신비한 압박감으로 관수를 당황하게 하는 것이었다. 그런데, 때때로 관수를 끝내 잠 못 이루게 하고 밤새도록 뒤척이게 만드는 모습이 있었다.

눈동자가 어느 한 곳을 응시하는 듯하면서도, 자세히 보면 촛점을 잃고 턱으로 해서 가슴으로 흘러내리는 긴 목의 선이 슬픔을 자아내게 하는 옆모습이었다. 그런 그녀의 모습은 금세라도 눈을 껌벅하면 눈물방울이 떨어질 듯한 쓸쓸한 얼굴이었다. 그런 모습을 보게 된 날 밤이면 관수의 가슴은 빈 들판처럼 황량해져서 한 마리 들짐승처럼 헤매게 되는 것이었다. 그러나 그러한 모습은 가끔 나타날 뿐 대부분 그녀의 모습은 건강해 보였고, 관수의 가슴을 시원하게 쓸어주는 미소를 머금고 있었다.

그런데 요즈음 들어 떠오르는 그녀의 모습은 때때로 이상한 모양을 나타내기 시작했다.

처음에는 여느 때와 같은 모습으로 나타나다가 관수가 더욱 그녀를 가까이 보려고 의식을 집중하고 있으면 그녀의 얼굴은 이상한 광채를 발하며 그 빛과 함께 서서히 지워져버리는 것이었다. 그렇게 그녀의 모습이 사라져버린 자리엔 이상한 형태의 잔상들이 너울거렸다. 그건 마치 해초들이 무리지어 흔들리는 것 같기도 했고, 때로는 투조(透彫)로 된 금빛 광배(光背)같은 형상이 빙글빙글 돌면서 관수의 의식을 혼란으로 끌어들이기도 했다. 그런 현상은 관수가 구체적으로 그녀의 모습을 갈망할 때 일어났다.

어느 날 관수는 거의 한잠도 이루질 못 했다. 그것은 환상과의 어떤 결말을 보려는 투쟁이었다.

가르마를 가운데로 타고 머리를 뒤로 묶어 반듯한 이마가 더욱 도드라져 보이는 그녀의 모습이 두둥실 떠올랐다. 그는 그녀의 모습에서 눈동자를 들여다보려고 애를 썼다. 모습을 끌어당겨 그 맑은 눈동자를 코끝에서 바라보려고 의식을 집중시키자 그녀의 모습은 솜같이 풀어지면서 사라져버렸다. 은빛을 내는 뭉게구름 같은 잔상만 자꾸자꾸 피어오를 뿐이었다. 그는 눈을 번쩍 뜨고 머리를 흔들었다. 희끄무레한 천장만이 눈앞에 가득 차 왔다. 그는 가슴을 가라앉히고 다시 눈을 감았다. 미소를 짓는 그녀의 모습이 떠올랐다. 그는 그녀의 해맑은 미소를 받아들이며 그녀의 얼굴을 코끝 가까이 끌어들이려고 다시 애를 쓰기 시작했다. 그러나 그녀의 모습은 조금 멀리서 검은 눈을 깜박이며 미소를 지을 뿐 좀체로 다가와 주질 않았다. 그는 초조해졌다. 온몸의 신경을 아미에 끌어올리며 전력을 다해 그녀가 가까이 오기를 열망했다. 그러자 그녀의 모습은 또다시 물결에 흔들리듯이 허물어지면서 이상한 잔광만 넘실거렸다. 눈을 뜨니 이마에 땀이 흥건했고 손아귀가 땀으로 끈적거렸다.

관수는 그런 싸움을 되풀이하면서 밤을 꼬박 새우고 말았던 것이다.

관수는 휘청거리는 몸으로 아침에 일어나 지난밤 일들을 되새기고 있었다. 그러다가 무엇인가 머리를 스치는 것이 있어 정신을 가다듬었다.

그녀의 모습이 허물어져 가는 과정은, 보면 볼수록 신비한 형태와 색깔들로 어우러진 잔상이었다. 그것은 말할 수 없는 아름다움과 감동을 가지고 있음을 관수는 깨달았다. 관수는 그 잔상들을 화폭에 옮겨 놓는다면… 하는 생각을 하게 됐다.

관수는 며칠 전부터 그런 지희의 모습이 남겨 놓은 잔상들을 스케치하기 시작했다.

방 안에는 들풀과 들꽃들, 그리고 야석천에 흩어져 있는 조약돌 같은 것을 스케치한 것이 한쪽 벽에 가득히 붙어 있었고, 다른 쪽 벽에는 최근에 시작한 잔상에 대한 수채화 물감을 사용한 스케치가 채워지고 있었다.

관수는 그 잔상들이 만족하게 옮겨지진 않았지만, 지금까지 그가 해 왔던 조형과 채색과는 전혀 새로운 것이어서 스케치를 할 때마다 조금씩 흥분을 더해 가고 있었다.

관수는 오늘도 오전 내내 어제의 잔상을 스케치하느라 연필로 긋고, 물감을 칠하면서 땀을 뻘뻘 흘렸다.

"집에 있었군!"

사립문을 밀어젖히고 청규가 들어서며 활짝 웃었다.

"이렇게 화창한 날 방구석에서 뭘하는 거야. 요샌 공장에도 안 들리구…."

청규는 마루에 걸터앉아 머리를 방 쪽으로 들이밀며 수다를 떨었다.

"어? 이거 뭐야. 언제 이렇게 그렸어. 햐, 놀랠 일인데…."

벽에 붙어 있는 스케치들을 보자 청규는 눈을 동그랗게 뜨고 연신 수다를 늘어놓았다.

"며칠 얼굴을 안 비치길래 의리 끊을려나 하고 겁을 먹었다구, 하하핫. 몇 개월만에 발동이 걸린 거야. 난 자네 발동기가 녹슬어 버렸는 줄 알고 은근히 걱정을 했었지. 하핫핫…."

청규는 관수가 다시 작업을 시작하고 있다는 것이 즐거웠다. 그래서 자꾸 웃었다.

"이 나이에 고물이야 될 수 있나. 허지만 지금 하는 짓은 작품을 하려는 건 아냐. 그저 기록일 뿐이라구."

관수는 자신의 스케치들을 청규에게 들킨 것이 괜히 부끄럽기도 하고 멋쩍기도 했다. 그리던 그림을 한쪽으로 밀어 놓고 관수는 얼른 마루로 나왔다.

"흠 흠. 좋군. 좋아. 이건 굉장한 변모야."

청규는 엉거주춤한 자세로 방 안을 훑어보며 혼자 중얼거리듯 말했다.

"자 이쪽으로 와 앉아, 별것 없다구, 나중에 한꺼번에 보여줄 테니…."

관수는 청규의 허리채를 잡아끌었다. 두 사람은 마루에 걸터앉았다. 대문 밖으로 내려다보이는 야석천이 햇볕을 희롱하고 있었다.

"내일 서울 좀 다녀와야겠어."

청규가 관수에게 담배를 권하며 말했다.

"며칠 걸리나?"

"그럴 것 같아. 수금할 것도 있고, 마누라가 급히 의논할 일이 있다는 거야…."

청규는 잠깐 침울한 표정을 지었다.

"자네 서울을 너무 안 가는 것 같아. 그래가지고서야 자네 부인이 불만 없을 수가 있나?"

"그 친구야 어디 내가 없다고 쓸쓸해 할 사람인가. 항상 바빠서 쩔쩔매는 사람인데…. 그건 그렇고 자네 같이 안 올라가겠어?"

청규는 자기 부인 얘기를 의식적으로 피하려는 인상을 풍기며 화제를 돌렸다.

"아직 올라가고 싶지 않아."

"바람도 쐴 겸, 그곳 돌아가는 짓거리도 좀 알아 두는 게 안 좋겠어?"

청규가 담배꽁초를 구두 끝으로 비벼 끄며 말했다. 관수는 담배만 빨아대다가 한참 후에 입을 열었다.

"당분간 이곳 분위기에서 벗어나고 싶지가 않아. 서울엘 올라갔다 오면 지금 기분이 어지럽혀질 것 같은 생각이 들어."

"그렇다면 안 올라가는 게 낫지. 자네, 뭐 필요한 것 있으면 얘기해. 올라가는 길에 심부름해 줄 테니."

"흠… 그렇다면 집에 좀 들러 줘. 작업실에 화구들을 챙겨 놨는데, 이모한테 말씀드리면 알아서 내주실 거야. 약도를 내가 그려 주지."

관수는 수첩을 꺼내 관수가 기거하던 이모님 댁 약도를 그렸다. 화실은 이모님 댁 이 층을 사용하고 있었다.

"다른 연락할 건 없구?"

"내 입장을 편지로 자세하게 했으니깐. 여름에 한번 올라 갈 텐데 뭐…"

"오늘 읍내로 내려갔다가 내일 첫차로 올라갈 참이야. 어때 오랜만에 읍내 들어가서 소주 한잔하는 게…"

청규가 일어나 관수의 어깨를 치면서 말했다.

"읍내에서?"

"그러자구. 내가 좋은 곳으로 안내하지."

"글쎄…."

관수는 오늘 장승골을 넘어가 보려는 참이었다.

"글쎄는 뭐가 글쎄야. 자, 옷 갈아입고 나오라고."

청규는 재촉하면서 관수의 어깨를 흔들었다.

두 사람이 읍내에 들어섰을 때는 한낮이 조금 지나서였다. 마침 장날이라 각 마을에서 장 보러 온 사람들로 좁은 거리가 제법 복작거렸다.

술을 마시기엔 아무래도 좀 이른 시간이어서 관수는 청규를 쳐다보며 물었다.

"어쩔까? 좀 이르잖아?"

"그렇겠지? 흠… 그럼 이렇게 하지. 조합에 있는 친구를 만나야 할 일이 있으니깐, 그리로 가서 얘기 좀 하다가 그 친구랑 같이 나오는 게. 아주 재미있는 친구야."

"그러지 말고 볼일 보고 있어. 오랜만에 시골 장 구경하는 것도 재미있을 것 같아, 한 바퀴 돌고 그리로 갈께."

"그러겠어? 좋아. 저기 로타리에 붉은 벽돌로 지은 일본식 건물 있지. 그게 협동조합 건물이거든. 그리로 오면 돼."

"한 시간쯤 후에 가지."

관수는 장이 서고 있는 쪽을 향했다.

어물전을 들어서자 생선 비린내가 코를 찔렀다. 좌판 위에 각종 생선들이 흐린 눈을 부릅뜨고 누워 있었다. 싱싱하다고 소리치는 생선장수의 말같이 그렇게 싱싱해 보이지는 않았다. 내륙 지방의 외딴 읍이라 생선류들은 그리 풍성치를 못했다. 대부분 소금에 절인 자반류며, 아직 피부에 물기가 있는 것은 꽁치나, 방어, 그리고 물오징어가 고작이었다. 어물전을 지나자 소채류가 길 가운데 더미로 쌓여 상긋한 냄새를 풍겼다. 전대를 허리에 둘러차고 머리에 수건을 질끈 동여맨 소채 장수들이 가락을 섞어가며 봄배추 단을 흔들어댔다. 미나리 줄기가 싱싱했고, 하얗게 씻긴 봄 무우 다발이 터질 듯했다. 타래로 엮어 아낙네의 손에서 흔들리는 산나물도 삽상했다. 비좁은 소채 시장을 벗어나니 약간 넓은 터에 옷가지, 신발가지 등 잡상들이 한두 평씩 자리를 잡고 한층 시끌적거렸다.

모두 생기에 차 있었다. 두 눈을 반짝거리며 일상의 삶을 구가하려는 의지로 좁은 시장 구석구석은 열기로 후끈거렸다. 관수는 괜스레 위축되는 기분이 들어 시장을 벗어났다. 상인들의 열기 있는 외침들이 한참을 귓가에서 윙윙거렸다. 함석 차양을 드린 농기구며, 연장 가게를 돌아서자 어느 쪽에선가 소들의 울음소리가 들려왔다. 시장을 벗어나 조금 떨어진 둔덕진 공터 아래 소떼들이 우글거리고 있었다. 우시장인 모양이었다. 관수는 어슬렁어슬렁 우시장으로 향했다.

가장자리로 몇 군데 차일이 드리워져 있었고, 기백 마리는 될 듯한 황소들이 말뚝마다 고삐를 매인 채 북적댔고, 바닥은 여기저기 쇠똥으로 질퍽거렸다. 파리떼가 윙윙거리며 날아올랐다. 사람들은 대부분 하얀 무명 옷에 밀짚모자를 쓰고 있었다.

한쪽에선 무슨 시비가 붙었는지 와자지껄 욕설이 오가고 있었다.

"야 이눔아! 이 소가 어째서 션찮단 말여!"

머리를 짧게 깎고 키가 작달막한 노인이 밀짚모자를 벗어들고, 잠바를 입은 중년 사내를 향해 고함을 치고 있었다.

"이 늙은이가 어따 대고 욕이여! 션찮으니까 션찮다고 하는디 왜 악다구리여!"

잠바 입은 사내가 눈을 부라렸다.

"중재를 할려믄 똑바루 혀 이눔아! 네눔들 속 내가 뻔히 다 안단 말여. 거간꾼 놈들헌테 내가 한두 번 당헌 줄 알어 이눔아!"

노인은 계속 삿대질을 하며 입에 거품을 물었다. 몹시 분한 모양이었다.

"이눔에 늙은이 증말 말끝마다 욕이여. 여기가 어딘 줄 알구 이려!"

잠바의 사내가 팔을 걷어붙이며 노인에게 다가서자 옆에서 구경만 하던 다른 사내가 끼어들었다.

"왜들 이랴! 깨진 흥정이면 그만 아닝감. 영감님도 저리 가슈. 흥정이 깨졌으면 안 팔면 되는 거 아뉴."

그 사내가 노인을 가로막았다.

"네눔두 한패 아녀! 남의 소 농간질 혀서 값만 깎아 버리구 뭐이가 어쩌!"

노인은 중개꾼들이 자기 소를 헐뜯어 값만 내려놓고 흥정이 잘 안되자 시비가 붙은 모양이었다.

"이 영감탱이가 웬 생트집여! 자, 가자구 가. 재수 옴 붙었구만 그려. 에이 툇!"

그 사내는 가래침을 돋구어 뱉고는 잠바 사내의 팔을 끌고 사람들 틈을 비집고 다른 쪽으로 가버렸다.

노인은 그들 뒤를 향해 몇 번 욕설을 더 퍼붓더니 제 풀에 싱거워져서 자기 소의 고삐를 잡고 씩씩거렸다. 빙 둘러서서 싸움 구경을 하던 사람들은 다시 자기들의 흥정에 열을 올리기 시작했다.

관수는 다른 모퉁이로 기웃기웃 걸어갔다.

차일을 드리운 건너편에서 또 왁자지껄 소란스런 소리가 들렸다. 관수는 그 쪽으로 얼른 걸음을 옮겼다.

"고삐를 잡으란 말여! 고삐를!"

시커먼 황소 한 마리가 말뚝에 매어 놨던 고삐를 풀고 앞다리를 번쩍번쩍 치켜올리며 앞에 있는 암소의 등에 올라타려고 용을 쓰고 있었다. 커다란 눈이 화등잔처럼 충혈되어 있었고, 사타구니에서 시뻘건 물건이 튀어나와 건늘거렸다. 주위에 있던 다른 소들도 놀라시 말뚝에 매인 채 우왕좌왕 요동을 쳤다.

"쥔이 누구여! 저눔에 황소 쥔이 어디 있는 거여!"

암소 주인인 듯한 사내가 버럭버럭 고함을 쳤다. 몇몇 사람들이 날뛰는 황소의 고삐를 잡으려고 황소 주위를 맴돌면서 기회를 노렸지만, 흥분한 황소는 말뚝에 고삐 줄이 매인 채 빙글빙글 도는 암소의 뒷 꽁무니를 올라타려고 발버둥을 치는 통에 접근하기가 어려운 모양이었다. 다른 소 임자들은 자기 소를 말뚝에서 끌러 뒤로 물러나 구경들만 할 뿐이었다. 검은 황소는 마치 투우처럼 씩씩거리며 암소의 뒤를 쫓고 암소는 황소가 올라탈 때마다 화들짝 놀라며 계속 말뚝을 중심으로 돌았다. 암소 주인과 고삐를 잡으려는 한두 사람 외에는 모두들 호기심을 가지고 구경들을 하고 있었다. 흥정에 열을 올리던 사람들도 얘기를 중단하고 구경하는 데 끼어들었다.

"그놈 물건 한번 큰데 그랴."

무명 바지를 무릎까지 걷어 올린 중년 사내가 이죽거렸다.

"등치 큰 눔이 꽤나 굶었든가벼."

검은 작업복을 입은 젊은이가 아랫도리를 긁적거리며 말했다.

"암눔이 발정한 거면 그냥 붙여 버리지 뭘 그려. 그눔 씨받이 할만 하구먼 그려."

몇 올 안 되는 수염을 쓸어내리며 중늙은이 하나가 헛기침을 했다.

그런 소동이 벌어지고 있는 도중 사람들을 헤치고 체격이 딱 벌어진 젊은이가 얼굴이 불콰해 가지고 뛰어들었다.

"쌍눔시키! 환장했능가벼, 왜 이 지랄여 지랄이! 워! 워!"

젊은이는 황소 주인인 모양이었다. 아마 주점에서 술을 마시다가 뛰어온 모양이었다. 젊은이는 마치 황소처럼 씩씩거리며 황소의 코뚜레를 낚아채려고 애를 썼다. 황소가 잠시 멈칫거리자 젊은이는 잽싸게 달려들어 코뚜레를 잡아 비틀었다.

코뚜레를 붙잡힌 황소는 뻘겋게 충혈된 눈을 까뒤집으면서 씩씩거릴 뿐 젊은이의 손아귀에서 움쩍 못했다.

"잘 매 놓지 않구 뭐여! 어디 그런 쌍눔의 소가 다 있능거여!"

암소 주인인 사내가 암소의 고삐를 거머쥐고 도끼눈을 했다.

"발정난 눔을 앞에다 매놓긴 왜 매뉴유."

젊은이가 투덜거리면서 고삐를 말뚝에 칭칭 동여맸다. 구경하던 사람들은 아쉬운 표정을 지으며 흩어졌다. 그리곤 이내 자기들 흥정에 열을 올리기 시작했다.

관수가 조합에 도착한 것은 약속보다 삼십 분 정도 늦어서였다. 청규와 그의 친구인 최명달이 조합 문 앞에서 기다리고 있었다.

그들은 읍내 후미진 곳에 위치한 극락장(極樂莊)이라는 원색 간판이 붙어 있는 술집으로 들어갔다. 실내 장치가 시골답지 않게 요란스러웠다. 중앙에 홀이 하나 있고 홀을 지나 방이 몇 개 붙어 있었다. 홀 한구석에 젊은이 둘이 여자 하나를 앉혀놓고 노닥거리고 있을 뿐 홀 안은 아직 조용했다.

"이거 손님 안 받는 거야."

조합에 있는 최명달이 아무도 안 나오자 헛기침을 하면서 안쪽에다 대고 소리를 쳤다. 이내 커다란 모란꽃을 수놓은 한복을 입은 여자가 쪼르르 뛰어나왔다.

"어서 오세요. 최 부장님."

여자가 눈웃음을 흘리면서 최명달 팔에 매달렸다.

"오늘 귀한 손님이 계시니깐 알아서 해."

"최 부장님은 귀한 손님 아니신가요 머어―."

"김 마담 한동안 못 봤더니 더 예뻐졌어. 나 말고 다른 서방 구한 거 아냐?"

최명달이 여자의 궁둥이를 철썩 때렸다.

"전 일편단심이라구요. 최 부장님 발길이 뜸하시니깐 정말 사는 재미 없드라아―."

여자는 코 먹은 소리를 내면서 그들을 방으로 안내했다. 술상이 들어오고 이어서 한복차림의 여자 셋이 짙은 화장 냄새를 풍기면서 들어왔다. 술은 정종이었고 안주는 이곳에서는 흔하지 않은 해산물이 주로 한 상 가득했다.

"미스 정예요."

좀 뚱뚱한 편의 여자가 고개를 까딱하며 인사를 했다.

"윤이라고 불러 주세요."

앞섶이 벌어지도록 유방이 너무 큰 여자가 눈웃음을 치며 최명달 옆에 앉았다.

"홍이라구 해요."

아직 앳되 보이는 여자가 저고리 섶을 매만지며 관수 옆에 앉았다.

"이런 촌구석에서 민 선생님 같은 예술가를 만나게 되어 정말 영광입니다. 그런 의미에서 오늘 술은 제가 사는 겁니다."

최명달이 윗도리를 벗으며 짐짓 목소리를 낮추어 말했다. 그 옆에 있던 미스 정이 냉큼 받아 옷걸이에 걸었다.

관수는 왠지 어색했다. 이런 술자리에 별로 익숙하질 못하기도 했지만, 옆에 착 달라붙어 있는 아가씨가 부담스러웠다.

"어머! 저 선생님 예술가세요?"

청규 옆에 있는 윤이라는 아가씨가 호들갑을 떨었다.

"느네들 영광이다. 저 선생님 예술가라구. 우리 같은 시골 촌뜨기들하곤 차원이 다른 분야."

최명달이 수다를 떨었다.

관수는 뭐라고 얘기를 해야 좋을지 몰랐다. 괜스레 유치해지는 것 같아 부끄러웠다.

술잔이 돌기 시작했다.

여자가 따라 주는 술을 마시면서 관수는 이런 분위기로 마시려고 읍내에 온 건 아닌데 하면서 계속 찜찜해 했다.

"이곳이 발전하지 못하고 있는 것은 지리적인 조건 때문이지요. 관광자원도 없지요. 그렇다고 교통 요지가 될 수도 없구요. 하다못해 강이라도 끼어 있으면 여러 면으로 유리한 점이 많을 텐데 그런 조건도 안 되거든요. 그래서 십 년 전이나 지금이나 별로 달라진 게 없어요. 허나 앞으론 좀 달라질 것 같습니다. 암 달라지게 돼 있죠. 읍내 주변으로 큰 공장들이 몇 개 벌써 들어섰어요. 서울 공장 지대를 지방으로 분산시킨다는 정책

덕분에 이제 빛을 보기 시작한 겁니다. 그리고 2년 후쯤에는 서울에서 이곳까지 산업도로가 뚫리게 돼 있습니다. 벌써 공사가 착공됐지요. 그렇게 되면 아마 이 곳도 여러 가지 변화가 오게 될 겁니다.”

최명달은 술이 몇 잔 들어가자 읍내의 유지 축에 든다는 것을 강조하려는 듯, 읍내에 관한 문제들이며, 자기가 조합에서 하고 있는 일들에 관해 한참 얘기를 늘어놓았다.

관수는 어차피 이렇게 마시게 된 바에야 분위기를 깨뜨려 놓고 싶지가 않아 의식적으로 반응을 보이며 기분을 돋우었다.

술은 계속 돌아갔고, 최명달은 여자들에게 차례로 노래를 시켰다. 여자들은 젓가락 장단을 두드리며 구성지게 유행가를 뽑아 올렸다. 여자들도 어지간히 술이 올라 있는 것 같았다. 아니면 좌석의 분위기를 돋우려고 일부로 취한 채 자세를 흐트러뜨리는지도 몰랐다. 남자들도 한차례 뽑아 올렸다.

최명달은 여자의 저고리 속으로 손을 집어넣고 희희낙락 흥이 겨워 있었다.

청규는 연신 여자가 따라 주는 술잔을 털어냈고, 관수도 어지간히 마셔댔다. 바로 앞에 있는 최명달과 여자의 모습이 흔들거렸다.

“아저씨, 무슨 예술을 하세요?”

턱 밑에서 여자가 올려다보며 콧소리로 물었다. 관수는 그녀를 내려다보았다. 아직 비릿한 냄새가 날 것 같은 얼굴이었다. 화장을 별로 하지 않았는데도 밉지는 않게 생겼다. 도톰한 입술이 관수의 관능을 슬쩍 건드렸다.

“예술? 무슨 예술? 끄윽!”

관수는 딸국질을 하기 시작했다.

"무슨 예술이라…. 흠. 그래 난 예술은 모르고 지금 애술을 하고 있지. 애술을… 끅!"

"네에? 애술은 또 뭐예요?"

"애술? 끄윽! 술을 사랑하는 게 애술이지 뭐야. 난 그런 애술가라 이거야."

"피이―. 순 엉터리셔."

"맞았어. 난 본래 엉터리야. 끄윽. 그래서 예술가가 못 되구… 끄윽. 애술가가 되려는 거지."

"농담 마세요. 그럼 제가 한번 맞춰 볼까요?"

여자는 담뱃불을 붙여 관수 입에 꽂아 주며 말했다.

"좋아. 꼭! 맞춰 보라구. 무슨 소리가 나나, 빈 소릴 거야… 끄윽!"

"아까 노래를 들어 보니 형편없는 실력으로 봐서 음악가는 아니실 테구…. 혹시 화가 아니세요?"

"화가? 그거 괜찮은 거지."

"아니세요?"

"틀렸어. 끄윽!"

"음― 그럼… 소설가시죠? 소설가."

"소설가? 그것도 괜찮은 거지. 끄윽!"

"무슨 대답이 그래요."

"괜찮은 거라구."

"괜찮긴 뭐가 괜찮단 말예요."

여자는 그가 취했다고 생각했다.

"순 가짜신가봐."

여자가 뽀루퉁해서 담배를 꼬나물었다.

"맞았어! 가짜라구! 가짜!"

관수가 갑자기 손뼉을 치며 소리를 질렀다. 그 바람에 여자를 무릎에 앉혀 놓고 노닥거리던 최명달이 깜짝 놀라 관수를 처다보았다. 청규도 술잔을 들다 말고 의아한 표정을 지었다.

"뭐가 가짭니까? 너 선생님 잘 모시랬는데 왜 그래!"

최명달이 관수 옆에서 눈을 동그랗게 뜨고 있는 여자에게 눈을 치켜떴다. 아마 그녀가 관수에게 실수라도 저지른 줄 알았던 모양이었다.

"그만할까?"

청규가 시계를 들여다보며 말했다. 열한 시가 넘어 있었다.

"끄윽! 미안합니다. 내가… 가짜라는 얘깁니다."

관수는 자기 때문에 판이 깨진 것이 미안해서 어물쩡거렸다.

"시간도 됐는데 일어섭시다."

청규가 무릎을 펴며 말했다. 최명달은 관수를 흘깃 처다보고 아쉬운 얼굴을 했다.

그들은 로타리를 지나서 여관으로 들어갔다. 청규는 최명달과 의논할 게 있다면서 관수를 이 층에 있는 침대방으로 데려다놓고 나가 버렸다.

관수는 목이 말랐다. 딸국질이 계속 멎지를 않았다. 방 가운데 탁자가 하나 있고, 그 위에 스테인리스 물 주전자와 컵이 쟁반에 담겨 있었다. 관수는 주전자 꼭지를 입에 물고 벌컥벌컥 들이켰다. 술이 좀 깨는 것 같았다.

관수는 옷을 벗으려다 침대 옆에 걸려 있는 체경에 비친 자신의 모습에 눈길을 멈췄다. 뻘겋게 충혈되어 있는 눈, 머리는 헝클어져 더부룩했다. 관수는 낮에 보았던, 생식기를 발기한 채 눈알을 데룩거리던 황소의 충혈된 눈을 떠올렸다.

– 쳇! 이 지랄이라니….

관수는 중얼거렸다.

노크 소리가 들렸다.

"누구쇼?"

관수가 퉁명스럽게 물었다.

소리 없이 문이 열리고 웬 여자가 들어왔다. 물방울무늬가 있는 원피스를 입고 생글생글 웃고 있었다.

"누구요?"

관수는 벗으려던 윗도리를 도로 걸치며 말했다.

"취하셨어요?"

여자가 계속 눈웃음을 치며 의자에 다소곳이 앉았다. 관수는 눈을 껌벅이며 여자를 살펴보았다. 자세히 보니 극락장에서 관수 옆에 앉았던 미스 홍인가 하는 여자였다. 한복을 원피스로 갈아입고, 머리를 뒤로 빗어넘겨 스카프로 묶었기 때문에 전혀 딴 사람 같았다.

"뭐야 술값을 덜 받았나?"

관수가 의아해하며 물었다.

"아녜요. 최 부장님한테 팁도 두둑히 받은걸요."

여자가 고개를 꼬며 말했다.

"그런데 왜?"

여자는 대답없이 눈을 내리깔고 배실배실 웃기만 했다.

"으흠, 누가 이리로 가라고 했지?"

관수는 뒤늦게서야 눈치를 채고 물었다.

"두 분 친구분께서요."

"허— 이런 친구들 봤나…."

관수는 망연한 표정을 지었다.

"이봐. 아가씨. 그냥 돌아가. 나 지금 술이 취해서 자야겠어 응?"

관수는 어느새 딸국질이 멎어 있었다.

"통금 시간예요. 왜 그러세요? 제가 싫으세요?"

여자는 갑자기 울상을 지었다.

"아저씨 잘해 드릴께요. 네?"

여자는 거의 애원조였다.

"이거야 원…."

관수는 어이가 없었다. 담배 한 개비를 꺼내 물었다. 여자가 테이블 위에 있는 성냥을 냉큼 집어다 불을 당겨 관수 코앞에 내밀었다. 관수는 여자의 얼굴을 물끄러미 들여다보았다. 앳된 얼굴이었다. 여자가 또 눈웃음을 쳤다. 관수는 담배 한 모금을 깊이 빨아들였다가 한숨처럼 길게 내뿜었다.

"아가씨, 지금 몇 살이나 됐지?"

관수가 부드럽게 물었다.

"저 몇 살이나 돼 보여요?"

여자가 활짝 얼굴이 밝아지며 관수 앞으로 다가앉았다.

"몇 살이냐고 물었잖아!"

관수가 좀 신경질적으로 말했다.

"저…스…무 살예요."

여자가 웃음을 거두고 더듬거렸다.

"…."

관수는 어떻게 해야 할지 망설이면서 천장을 바라보았다. 원색의 연속 무늬가 눈을 아른거렸다. 연속무늬는 수많은 벌레 떼가 되어 곰실곰실 천정을 기어 다녔다.

"아저씨, 안 주무세요?"

여자가 관수의 무릎을 건드리며 말했다. 관수는 입맛을 쩍쩍 다셨다.

"아가씨. 어디서 술 한 병 구할 수 있을까?"

"더 마실 수 있으세요?"

"음."

"기다리세요. 구해 올게요. 무슨 술 가져올까요?"

"소주."

여자는 토끼처럼 깡총 뛰어나갔다.

관수는 창녀나 술집 여자와 잠자리를 하는 일을 금기로 하고 있었다. 그런 행위는 자신의 이성으로서 용납할 수 없는 일이었다. 적어도 남녀의 성관계는 서로의 정신적인 교감이 이루어지고, 쌍방간에 필연적인 만남의 이유가 있어야 하는 거라고 생각해 온 터였다. 욕정에 의해 아무 여자와 잠자리를 한다는 건 동물적인 욕심에 지나지 않는 것이었다. 정상적인 이성인이라면 그런 욕정을 억제할 수 있어야 한다는 것이 관수의 성에 관한 신념 같은 것이었다. 그러나 관수는 몇 번 그의 신념을 지키질 못했었다. 그런 일이 있은 다음 날 아침, 얼마나 자기혐오와 자의식에 사로잡혔었던가. 때로는 자기혐오에 싸이는 자신이 또 얼마나 유치하게 보이는지.

여자가 금세 돌아왔다. 여자는 두 홉들이 소주 한 병과 구운 오징어를 쟁반 위에다 놓고 잘게 찢어냈다. 관수는 그녀가 건네는 잔을 받아 한 모금에 털어 넣었다.

"저도 한잔 마시겠어요."

여자는 스스로 잔을 따라 관수를 흉내내듯 한 모금에 홀짝 마셨다. 관수는 술이 받질 않았다. 먼저 술과 짬뽕이 되어 속이 좋질 않았다. 여자는 홀짝홀짝 몇 잔 마시더니 주정을 하기 시작했다. 자기 같은 여자는 여자로도 안 보는 모양이라는 둥, 자기도 여학교 시절엔 꿈 많은 소녀였다는 둥 횡설수설이었다. 그러더니 옷을 활활 벗어 붙이고 브래지어도 하지 않은 슈미즈 바람으로 관수 목에 매달렸다. 엉겁결에 관수는 침대 위로 자빠졌다. 말랑거리는 젖가슴이 관수의 가슴을 누르며 물결처럼 출렁거렸다. 관수는 여자의 작은 몸뚱이를 으스러지도록 껴안았다. 여자가 캑캑거렸다. 관수는 갑자기 팽개치듯 여자를 밀쳐 버리곤 벌떡 일어나 앉았다. 여자가 침대 위에 벌렁 나자빠져 관수를 쳐다보며 혀 꼬부라진 소리로 흥얼거렸다.

"이러시기예요. 정말 이러시기예요?"

여자는 누운 채 훌쩍훌쩍 울기 시작했다. 여자는 훌쩍거리더니 금세 잠이 들어 버렸다.

여자의 짧은 슈미즈 자락이 치켜올라가 팬티 차림의 아랫도리가 그대로 보였다. 하얀 팬티가 형광등 불빛에 창백한 색깔로 빛났다. 꼭 끼여 도드라져 보이는 두덩 부분에 분홍색 꽃 몇 송이가 수놓아져 있는 것이 유별나 보였다.

여자는 이제 가늘게 코를 골기 시작했다.

관수는 여자의 그런 모습이 꿈속에처럼 아련하게 보였다. 분홍색 꽃이 가물거리며 피어올랐다. 관수는 눈을 지그시 감으면서 언젠가의 기억을 더듬기 시작했다.

관수가 소총 중대에서 대대 본부 정보과로 차출된 것은 대학을 다녔다는 학벌 때문이었다.

어느 날인가 베트콩 용의자로 체포된 여자가 정보과로 넘어 왔다. 스무 살 남짓해 보였다. 정보과에서는 중대에서 넘어온 베트콩들이나 그 용의자들을 일단 심문해서 정보를 캐낸 다음 연대로 넘기곤 했다. 용의자들은 보통 하루나 이틀쯤 대대 정보과에서 취조를 받게 되는데, 정보과 막사 옆에 네댓 평 되는 취조실을 마련하고 그들을 그곳에다 재웠다.

그 여자는 한사코 베트콩 첩자가 아니라고 부인을 했다. 월남어를 잘하는 김 병장이 위협을 하면서 다그쳐도 그녀는 자기의 주장을 굽히지 않았다. 밤이 깊어져서 과장 명령으로 취조를 끝내고 그녀를 두 발과 양손을 묶은 채 야전침대에 눕혀 자게끔 했다.

관수와 경상도 태생인 최 상병은 그녀를 아침까지 감시하라는 명령을 받고 열두 시 넘어서 근무에 들어갔다. 최 상병은 우리가 졸기라도 한다면 그녀가 무슨 짓을 할지 모른다며 묶인 발을 아예 침대 끝에다 묶어 버렸다. 그리곤 모포 한 장을 덮어 주었다. 우기(雨期)가 끝나지 않은 때라 그날 밤도 주룩주룩 빗줄기가 쏟아지고 있었다. 한밤중에 그것도 다른 나라 전쟁터에서 빗소리를 듣는다는 것은 꽤나 착잡한 심정이 드는 일이었다.

관수와 최 상병은 나무 의자에 기대고 앉아 가끔 담배를 피우며 지루한 하품을 해댔다. 여자는 묶인 손과 발목이 아픈지 간간이 작은 신음소리를 냈다. 관수는 여자를 바라보며 마음이 편하질 않았다.

하품을 연실 뿜어대던 최 상병이 갑자기 눈을 반짝이며 은근하게 관수 곁으로 다가섰다.

"어이, 민 상병."

관수가 최상병을 쳐다보았다.

"우리 저 가시나 슬쩍 해뿌리제?"

최 상병이 입을 쓱 닦는 시늉을 했다.

"뭘?"

"저 가시나 낼이면 연대로 보내 뿌릴거 아니가. 이럴 때 재미 안 보면 언제 볼끼고."

최 상병이 침을 꿀꺽 삼키며 싱글싱글 웃었다.

"최 상병, 미쳤어?"

관수는 어이없다는 듯 내뱉었다.

"걱정 말그라. 전에두 가시나덜 들어오믄 고참병이 으례 시식하는기라."

최 상병은 여자가 누워 있는 침대를 흘깃 돌아다보며 눈빛을 밝혔다. 여자는 그들의 애기를 불안한 눈으로 기웃거렸다.

"이거 봐 최 상병. 정신 나간 소리 하지 말고 졸려우면 잠이나 자. 내 혼자 근무할 테니."

관수는 단호하게 잘라 말했다.

"머슴아 자슥이 머 이리 겁이 많노. 정 그라몬 내 혼자 재미 볼 끼구마. 니는 귀경만 하그라."

최 상병은 정말 일을 저지르려는 듯 소총을 벽에 기대놓고 일어섰다.

"최 상병! 그만두라고! 정말 이러면 가만 안 있겠어!"

관수는 화를 내며 최 상병을 쏘아보았다.

"지랄허고 있네. 배짱 읍스몬 귀경만 하몬 될 거 아니가. 본래 귀경하는 기 더 재밌는 기라."

최 상병은 관수의 말에는 아랑곳하지 않고 여자에게서 담요를 벗겨 내렸다. 여자는 공포에 질린 눈으로 관수를 돌아다보았다. 애원하는 듯 뭐라고 지껄였다. 여자는 와들와들 떨었다. 관수는 갑자기 소총을 거머쥐고 의자에서 벌떡 일어났다.

"야, 최 상병! 그대로 가만있지 못하겠어!"

관수는 자신도 모르게 소총의 노리쇠를 후퇴 전진시키며 소리쳤다. 철커덕! 실탄 장전되는 첫소리에 여자의 아오자이 자락을 걷어 올리던 최 상병이 멈칫 놀라며 관수를 돌아다봤다.

"어? 이 짜슥 환장한 거 아니 가 니… 내를 쏠 끼가?"

최 상병이 당황한 목소리로 말했다. 관수의 눈이 불꽃을 튀겼다.

"니… 지금… 제정신이가? 브이씨(V.C.베트콩) 가스나 X 좀 맨져 볼라카는데 와 이 지랄이가?"

최 상병이 여자의 아랫도리에서 손을 떼며 기가 죽은 얼굴로 투덜거렸다.

－너 그게 사람이 할 짓이냐. 저 여자는 아직 브이씬지 아닌지도 밝혀지지 않은 상태 아닌가. 브이씨라도 마찬가지다. 짐승이 아닌 담에 여자를 그렇게 겁탈할 수가 있는 거냐. 과거 우리가 전쟁을 겪었을 때 우리가 당한 일을 생각해 봐라. 얼마나 수많은 여자들이 그런 수모를 겪었겠는가. 그래서 우린 그네들을 얼마나 저주하고 이를 갈았던가. 그런데 우리가 이런 짓을 어떻게 저지를 수가 있단 말이냐.－

관수는 흥분해서 대강 이런 내용의 얘기를 정신없이 지껄였다.

여자는 완전히 공포에 질려 최 상병과 관수를 번갈아 돌아보며 침대가 흔들리도록 몸을 떨었다. 여자의 몸뚱이를 내려다보며 관수의 얘기를 듣고 있던 최 상병이 가래침을 돋구어 뱉으며 지껄였다.

"툇! 니 대학 물 좀 먹었다고 항상 잘난 체하는데, 니놈 X대가리는 성인군자 X털이라도 삶아 묵은 긴가. 암튼 좋구마. 오늘 재수는 옴 붙은 기라. 니놈이 하라고 붙여 봐도 못 할끼 구마. 이 가시나 밑구멍에 황하강 터진 날 아니가. 에이 툇! 낸 내무반에 가서 잠이나 잘 테니 니놈 혼자 가스나 젖탱이라도 주무르면서 밤샘하든지 맘대로 해삐라. 에이 재수 없구마, 툇!"

최 상병은 얼굴을 찡그리고 침을 몇 번 뱉어 내고는 거칠게 문을 닫고 나가 버렸다.

관수는 소총을 내려놓고 물끄러미 여자를 내려다보았다. 아오자이가 걷혀진 사이로 여자의 팬티가 빨갛게 물들어 있었다. 그는 어떻게 해야 될지 몰라 당황하다가 그녀의 묶인 팔과 발목을 풀어 주었다. 묶였던 자리가 벗겨져 피가 맺혀 있었다. 아픔보다도 자신의 부끄러운 모습을 보인 것이 수치스러워 그녀는 어쩔 줄을 몰라 했다. 관수는 관물함에서 거즈 뭉치와 군용 팬티 한 벌을 꺼내 여자에게 주고 뒤로 돌아서서 담배를 피워 물었다.

그 후 월남 생활을 하면서 관수는 그 붉은 핏자욱이 이상한 이미지로 떠오르곤 했다. 벙커 속에서 근무를 할 때나, 아니면 매복을 나가서 칠흑같은 어둠을 응시하고 있을 때면 그녀의 홍건히 피에 젖은 팬티가 이상한 모습으로 떠올랐다. 그것은 많은 것을 상징하고 있는 한 폭의 그림, 그러니깐 앵포르멜 계통의 어느 그림같이 느껴지기도 했다. 눈앞에서 번져가는 그 빛깔과 형태는 인간의 모순, 우매성, 동물적인 잔인성, 비리, 천박스러움, 갈구, 욕망 등 이러한 것들이 뭉개진 것의 현상이라는 생각이 들었다. 분명 그것은 총을 맞은 동료가 가슴에서 흘리는 선혈보다도 더한, 또 다른 종류의 분노였다. 그것은 즉각적으로 본질을 느끼게 하는 이미지였다.

관수는 그 체험으로 2차대전이 끝난 후 불길처럼 번졌던 앵포르멜 운동이 왜 그렇게 광적으로 전 세계를 휩쓸었는지를 알 것 같았다.

관수는 눈을 떴다. 여자의 팬티에 수놓아진 분홍색 꽃송이가 왜 그런 기억을 떠오르게 했는지 알 수가 없었다. 아마 지금 침대 위에 누워 있는 여자의 헝클어진 모습이 그때의 월남 여자의 자세를 연상시킨 모양이었다. 특히 분홍색 꽃무늬가 그런 기억을 자극시켰었던 것 같았다.

여자가 몸을 뒤챘다. 얇은 슈미즈가 벌어지며 그녀의 탐스런 젖무덤이 눈을 떴다. 관수는 그녀의 가슴을 내려다보며 알지 못할 연민과, 천천히 고개를 드는 관능으로 이상한 기분에 젖어들었다. 관수는 그녀 곁에 누워 그녀를 끌어들였다. 여자는 관수의 손길이 닿자 이내 자석처럼 달라붙어 왔다. 무어라고 잠꼬대를 중얼거리고 있었다. 관수는 다급해지고 있었고, 여자는 이제 이상한 신음 소리를 내면서 관수의 목을 끌어안았다.

통금 해제 사이렌이 울리자 관수는 여관을 빠져나왔다. 마침 물건을 싣고 떠나려는 트럭을 만나 그는 면 소재지까지 타고 올 수가 있었다.

관수는 심호흡을 하면서 어제저녁 일이 꿈처럼 느껴졌다. 코에선 아직도 기분 좋지 않은 술 냄새가 화끈거렸고 혓바닥은 깔깔했다.

상수리나무며, 떡갈나무들이 어느새 무성하게 숲을 이루어 놓고 있었다. 관수는 오솔길 좌우를 두리번거리며 걷기 시작했다. 계절은 아는 듯 모르는 듯하게 변하면서 참 빠르게 지나가고 있었다. 철 늦은 철쭉꽃 한 무리가 구석진 바위틈에서 아침 햇살을 받고 환하게 웃고 있었다.

모퉁이를 돌아서자 야석천이 눈앞에 다가왔다. 비늘처럼 눈부시게 반짝거리며 흐르고 있었다. 관수는 빨리 올라가 한잠 자야겠다고 생각하며 부지런히 걸음을 옮겼다. 등골이 으슬으슬추워 졌고, 부지런히 발을 떼어 놓는데도 빤히 보이는 동네가 멀게만 느껴졌다.

노씨 댁이 점심 식사를 하라고 관수를 불렀으나 기척이 나질 않았다. 노씨 댁은 잠이 깊이 들었나 보다고 방문을 열어보니 관수는 이불을 머리까지 뒤집어쓰고 끙끙 앓고 있었다. 노씨댁이 놀라 관수를 흔들며 어디가 아프냐고 물어도 관수는 괜찮다고만 하면서 앓는 소리를 그치질 않았다. 관수는 약을 먹었으니 걱정 말라며 노씨댁을 내보냈다.

관수는 몸살일 거라고 생각했다. 식은땀이 흐르고 오한이 덮쳐왔다. 어제 과음한 것과 밤잠을 설친 것이 몸살을 일으킨 모양이었다. 몸뚱이는 마치 공중을 부유(浮遊)하고 있는 것 같았다. 그렇게 풍선처럼 둥둥 떠다니다간 갑자기 깊은 수렁으로 빠져들어 가는 기분에 아 – 하고 소리를 지르려 했으나 목소리마저도 그 깊은 수렁 속으로 빠져들어가 버리고 말았다. 관수는 고슴도치처럼 몸을 오그리고 깊은 수렁의 늪에다 자신의 몸뚱이가 빠지는 대로 내버려 둘 수밖에 없었다.

그는 어느 들판을 걷기 시작했다. 전혀 낯선 들판이었다. 들에는 아무것도 보이질 않았다. 회색에 가까운 풀밭만이 끝없이 펼쳐져 있을 뿐이었다. 주위를 둘러보던 관수는 불안해지기 시작했다. 자신이 왜 이런 곳에와 있는지 알 수가 없었다. 그는 어느 쪽을 향해 걸어야 할지 갈 바를 잡을 수가 없어 걸음을 멈추고 다시 주위를 살펴보았다. 눈에 띄는 건 아무것도 없었다. 회색의 하늘 끝닿는 곳에 수상쩍은 잔광이 새벽처럼 밝혀 있을 뿐이었다. 하늘에 태양도 보이질 않았다. 그는 새벽 같은 빛을 밝히고 있는 지평선 쪽을 향해 걷기 시작했다. 얼마쯤을 걸었을까 그는 지쳐 더 이상 한 발자국도 내디딜 수가 없을 것 같았다. 갈증으로 입 안은 바작바작 타들어 갔다. 그는 이제 죽는 모양이구나 생각하면서 감기려는 눈을 가까스로 뜨고 앞을 바라보았다. 멀지 않은 곳에 어떤 물체들이 서 있는 것이 희미하게 보였다. 마치 수종을 알 수 없는 나무들이 서 있는 모습 같았다. 그는 나무들이 저렇게 자라고 있는 곳이라면 물이 있을 거라는 생각이 들어 안간힘을 다해 다시 걷기 시작했다. 나무들은 그가 한 번도 보지 못한 이상한 형태의 나무들이었다. 꾸불꾸불한 가지들이 땅으로부터 여러 갈래 동시에 올라와 산호처럼 가지를 뻗고 있는 것도 있었고, 어느 것은 해면동물의 형상으로 유기적인 줄기를 꾸물꾸물 움직이듯 솟아 있기도 했다. 그러나 그 이상한 수목들은 굵은 줄기만 꾸불꾸불 뻗히고 있을 뿐 잎이 하나도 붙어 있지를 않았다. 그는 별스러운 나무도 있다고 생각하며 우선 샘을 찾는 일이 급해 여기저기 나무 사이를 기웃거리며 헤매었다. 하지만 샘이라든가, 어디 한 곳이라도 습기가 느껴지는 곳은 없었다. 그렇다면 이 나무들은 어떻게 자라고 있는 것일까. 그는 타는 목을 움켜잡고 이상스러워했다. 그는 이제 더 이상 견딜 수가 없었다. 두 다리는 뻣뻣해져 한 발자국도 떼어 놓을 수가 없었다. 그는 나무에 기대어 몸을 가누다가 스르르 미끄러져 누워 버리고 말았다. 가물거리는 의식을 놓치지 않으려고 그는 몸을 비껴 앞에 있는 나무 기둥을 더듬거렸다. 나무는 이미 죽어버려 껍질이 갈라지고 속살이 터져 버린 고목 같은 나무였다. 그는 절망적인 눈으로 나무를 훑어보았다. 나무 표피에 갈라지고 터져서 생긴 수많은 반점들이 눈에 익어 보였다. 자세히 보니 그것은 그가 캔버스 위에서 뜯어내고 긁어내서 만들어낸 반점들이었다. 이럴 수 있단 말인가, 이럴 수 있단 말인가, 그는 신음처럼 웅얼거렸다. 그리곤 주위에 빽빽이 솟아 있는 나무들을 둘러보았다. 모든 나무들이 관수의 반점으로 터지고 갈라져서 회색으로 말라 죽어 있었다. 그것들은 전화가 휩쓸고 간 자리에 잔해로 남아 있는 수목들처럼 앙상했다. 그는 자신에게 주어지는 이 재앙이 무엇으로 연유한 것인가를 생각하려 했으나 타는 목의 고통으로 아무것도 생각할 수가 없었다. 이젠 고통스런 신음만 캑캑거리며 내뱉을 뿐이었다. 관수는 자신의 목을 두 손으로 쥐어뜯으며 아 – 하고 단말마를 내뱉었다.

관수는 눈을 떴다. 그리고 더듬더듬 자리끼를 찾아내어 미친 듯이 물을 들이켰다. 한 대접을 단숨에 들이켠 관수는 겨우 정신이 들어 방 안을 두리번거렸다. 뿌연 새벽이 문살 사이로 배어들고 있었다.

관수는 자신이 꾸었던 꿈을 더듬어 보면서 머리를 갸웃했다. 어쨌든 기분 좋은 꿈은 아니었다. 자신의 어떤 불안감과 초조감의 잠재의식이 그런 꿈의 형태로 나타난 것인가 보다고 그는 생각했다. 꿈으로 인한 여운이 찜찜하긴 했지만 한낮 한밤을 꼬박 앓고 일어나 앉은 지금은 오히려 머리가 개운해져 있었다.

창이 하얗게 밝아지자 관수는 자리에서 일어났다. 다리가 후들거렸고 약간 현기증이 났지만, 몸은 가벼워진 기분이었다. 마당으로 나서니 새벽 공기가 폐부를 상큼하게 적셔주었다. 아주 오랜만에 맞아 보는 새벽 같았다. 관수는 한 바퀴 산보를 할 양으로 야석천으로 향했다. 운동화 바닥을 통해 전해지는 모랫발의 감촉이었지만, 사각사각 모든 모래알 낱낱의 감촉이 전부 전해지는 기분이었다.

야석천은 언제나 잠자는 듯 흘렀다. 그래서 바람이 없는 날이면 건너편 산이며, 하늘에 떠 있는 구름까지 모두 거울처럼 빨아들였다. 둥근 바위들이 검은 등을 반쯤 물 밖으로 내밀고 새벽 발자국 소리에 여기저기서 눈을 비비고 있었다. 관수는 물가의 자갈들을 밟으며 걸었다.

– 딸가닥. 딸가닥.

조가비 같은 조약돌들이 발밑에서 간지러운 소리를 냈다. 야석천 주위에 깔려 있는 돌들은 언제나 이끼로 흠뻑 몸을 뒤집어쓰고 있었다. 그것은 물 가까이 있는 돌일수록 이끼의 색깔과 양이 두꺼워져 개천 주변은 마치 초록색 물감이 번져 있는 것처럼 보였다. 특히 물속에 가라앉아 있는 돌들은 초록색 양탄자를 뒤집어쓰고 있는 듯했다. 물의 흐름이 완만하기 때문인지 이곳 돌들이 이끼로 덮여 있는 것은 어느 개천보다 특이했다. 그래서 也石川(야석천)이란 이름이 붙은 모양이었다.

한 무리 어린 송사리떼가 물가로 나들이하고 있었다. 수백 마리도 넘을 것 같았다. 관수는 그들의 노니는 모습을 들여다보고 있다가 놀라운 질서를 보게 되었다. 수백 마리가 넘는 무리가 방향을 바꿀 때마다 일시에 똑같이 움직이는 것이었다. 앞에 있는 놈이나 뒤에 있는 놈이나 조금의 시간차가 있을 수 없었다. 잘 훈련된 군대가 제식 훈련을 하듯 절묘한 집단 운동을 하고 있었다. 관수는 아연한 질서에 감탄하고 말았다.

하얀 달이 야석천 깊은 곳에 내려 앉아 관수를 올려다보며 희미하게 웃고 있었다.

5장

관수는 차창 밖으로 시선을 던져 놓고 담배에 불을 붙였다. 무르익은 5월의 신록으로 말쑥한 차림을 한 들판이며, 부드러운 산등성들이 왈츠라도 추듯 핑그르르 돌며 자꾸자꾸 뒤로 빠져 달아나고 있었다. 관수는 어제 있었던 일에 생각이 미치자 다시 가슴이 쿵쿵 뛰기 시작했다.

어제 오전에 관수는 도자기 공장의 노 씨로부터 서울에서 온 편지 두 통을 받았다. 한 통의 편지는 관수가 관계하고 있는 미술그룹 회장 이름으로 온 편지였다. 몇 번의 모임에 아무 연락도 없이 불참을 해서 회원들 간에 여러 가지 문제가 생기고 있으니 이번 회의 때는 꼭 참석하라는 통지였다.

관수는 그룹 활동이라는 것이 무의미하다는 것을 오래전부터 느껴오고 있었으나 지금까지 타의에 의해 끌려온 형편이었다. 그룹 나름대로 뚜렷한 이념(理念)을 내세우며 화단의 선도적 역할을 하는 것을 모토로 삼고 있었지만, 모든 게 허술하기 짝이 없는 짓이었다. 예술이란 걸 내세워 어떤 이념을 표방(標榜)한다는 것이 애당초 석연치를 않았다. 그것이 다른 분야라면 모르겠지만, 관수의 생각으로는 그림을 그린다든가 조각을 하는 미술 형식에 있어서는 더욱 그러하다고 느껴왔던 터였다.

예술 활동에 있어서 그룹이라는 건 대외적인 명분과 일반적인 사회 활동을 하는 데 편리함을 도모할 수 있는 것 외에는 어떤 큰 의미를 찾아 낼 수가 없었다. 더욱이 그런 모임이 같은 부류의 사람들에게 어떤 외형 적인 힘을 작용하고 있다는 것을 알고 난 후부터는 그룹 활동이란 것은 개인의 나약함을 위장하기 위한 수단 같은 기분까지 들게 되었던 것이다. 그러나 이젠 관수로서는 무관한 일들이었다. 또 한 통의 편지는 이모에게 서 온 것이었다. 집안 문제로 급히 의논할 일이 있으니 편지 받는 대로 곧 집에 좀 다녀가라는 내용이었다. 편지로 한 것을 보면 그리 급한 일도 아 닐 거라고 관수는 생각했다. 아마 자신의 결혼 문제로 그러려니 짐작을 해버렸다. 어쨌든 한번 올라가 보긴 해야 했다. 가지샛골에 내려온 지가 6개월이 넘어서고 있었다.

관수는 내친 김에 내일 올라가 정리할 것은 다시 정리하고 내려와야 겠다고 마음을 먹었다. 청규도 올라가 있으니 며칠 같이 어울리다 내려오 는 것도 괜찮을 것 같았다. 그리고 오늘은 장승골에 넘어가 봐야겠다고 생각했다. 누에의 변태 과정을 될 수 있는 대로 자세히 관찰해 보려고 했 는데, 알에서 갓 깬 개미누에를 누에 자리에 얹어 놓는 것만 보곤 아직 건 너가 보질 못했던 것이다. 관수가 누에의 생태를 관찰해 보려는 것은 고 등학교 시절 누에에게서 받은 강한 인상 때문이었고, 또 요즈음 안간힘을 쓰고 있는 자신의 조형 방법에 어떠한 새로운 힌트가 되지 않을까 하는 막연한 기대도 작용하고 있었기 때문이었다. 관수는 점심을 서둘러 먹고 장승골을 넘어 갔다.

햇살 좋은 마당에서 어미 닭이 병아리들을 이끌고 모이를 쪼고 있었다. 관수가 마당에 들어서자 어미 닭은 날개를 옆으로 벌려 병아리들을 불러 모아 놓고 경계 태세에 들어갔다. 주위에서 서성거리며 암탉의 눈치 속에 모이를 쪼던 수탉이 자신의 위신이라도 세우려는 듯 붉은 목털을 곤두세우며 공격 태세를 취하며 꼬꼬댁거렸다. 닭들이 소란을 피우는 소리에 부엌문이 열리며 웬 낯선 아낙네가 나왔다.

"어디서 오셨나유."

"가지샛말에서 넘어왔습니다. 송 선생님 좀 뵈려구요."

"영감님은 과수원에 올라가셨구, 아기씨는 잼실에 계신지 모르겠구면유. 잼깐 마루에 앉아 기세유. 지가 아기씨를 불러 올테니깐유."

아낙은 물 묻은 손을 앞치마에 문지르며 말했다.

"그만두세요. 바쁜 일도 아닌데요. 뭐. 제가 올라가 보죠."

"그러시겠어유? 서울서 오셨다는 선상님이시쥬?"

"아, 예. 아주머닌 이 동네 사시는 모양이죠?"

"야. 그래유. 요즘 일손이 바빠서 영감님 댁 일을 도와드리구 있구먼유."

아낙은 헤실헤실 웃으며 관수를 훑어보았다.

"아기씨는 잼실에 계실꺼예유."

관수는 어쩔까 생각하다가 잼실 쪽으로 걸음을 옮겼다. 잼실은 모든 창문이 열린 채 모기장 같은 망을 쳐 놓고 있었다. 잼실문을 노크했으나 아무 기척이 없어 관수는 문을 열고 들어섰다. 채광이 잘 돼 있어 실내의 어둠에 금새 눈이 익었다. 지희는 눈에 띄지 않았다. 시렁 위에 있는 누에 채반에는 오글오글 젖빛 누에들이 뽕잎을 썰어먹고 있었다. 3령쯤 지난 누에들이라 제법 어린애 새끼손가락만 하게 자라 있었다. 처음 누에를 떨어 낼 때 관수가 본 것은 정말 개미만 한 누에였다. 그래서 그 시기의 누에를 개미누에라 불렀고, 3령쯤 된 누에를 아기누에, 5령이 다 된 누에를 큰누에라 불렀다. 1령이라 함은 4~5일 간격으로 누에의 모습이 현저한 변화를 보이는데, 이 4~5일 간을 1령으로 잡고 있었다. 5령이 지나면 누에는 고치를 짓기 시작한다.

잠실 안에서 작은 모래를 뿌리는 듯한 소리가 계속 들려왔다. 너무 조용한 속에서 사르륵사르륵 하는 소리는 묘한 기분을 자아내게 했다. 관수는 무슨 소린가 귀 기울여 봤으나 알 수가 없었다. 그러나 그는 이내 수천 마리의 누에가 뽕잎을 갉아 먹는 소리임을 알 수 있었다. 관수는 누에가 매달려 있는 뽕잎을 하나 들어 올려 귓가에 가져갔다. 뽕잎을 갉는 아주 작은 소리가 거의 들릴 듯 말 듯했다. 그런 소리가 모여 이렇게 모래 뿌리는 것 같은 묘한 화음을 만들어내고 있었다.

먹는 만큼 커지는 것이 누에였다. 그들의 성장은 먹는 것에 비례했다. 그리고 정확히 먹어야 할 양을 먹고 나면 예정된 변화를 시작했다.

누에는 봄누에와 가을누에로 나누어 일 년에 두 번 고치를 따낼 수 있다고 했다.

누에 시렁을 한 바퀴 돌아본 관수는 과수원을 옆으로 올려다보며 뽕밭으로 향했다. 아마도 지희가 뽕잎을 따고 있을 것 같은 생각에서였다. 뽕나무 밭은 윤기가 나는 잎으로 눈이 부셨다. 회색빛 가지에 어린아이의 손바닥 같은 잎이 다닥다닥 붙어 있어 바람이 슬쩍 지날 때마다 은박지처럼 반짝거렸다.

뽕밭에도 지희가 보이지 않자 관수는 땀이 밴 발이나 씻어 볼 생각으로 과수원 위쪽으로 올라 계곡으로 내려갔다.

크고 작은 바위들이 무리를 지어 있는 사이사이를 맑은 물이 투명한 소리를 내면서 흘렀다. 같은 맑은 물이라도 이렇게 바위틈으로 흐르고 있는 물을 보고 있으면 더 없이 맑게 보였다. 관수는 신발과 양말을 벗어 바위 위에 얹어 놓고 두 발을 담갔다. 땀에 흠뻑 젖었던 몸이 발끝에서부터 금세 서늘하게 식어 왔다. 햇볕은 목덜미 위에서 제법 따가웠다. 관수는 얼굴을 잔뜩 찡그리고 태양을 흘낏 곁눈질해 보았다. 부채살 같은 햇살이 동공을 파고들어 관수는 얼른 얼굴을 돌려 버리고 말았다. 파랗고 빨간 수많은 점들이 왱왱거리며 눈앞을 어지럽혔다. 관수는 바보스럽게 히쭉 웃었다. 기분이 썩 좋아지는 것 같았다. 그는 물을 튕기며 발장난을 치다가 문득 어린 시절 산골짜기에서 가재를 잡던 기억이 떠올라 발밑에 있는 메주덩이만 한 돌을 들춰 보았다. 새끼 가재 한 마리가 잽싸게 뒤꽁무니질을 치면서 느닷없는 침입자의 손을 피해 큰 바위 틈으로 쏙 들어가 버렸다. 그는 다른 돌들을 들춰 보며 골짜기 위쪽으로 올라가기 시작했다. 손아귀 속의 몇 마리의 새끼 가재가 손바닥을 간질거리는 쾌감을 느끼며 관수는 골짜기를 더듬었다. 얼마쯤 위쪽으로 올라갔을 때 이상한 소리에 그는 멈춰 섰다. 그가 엉거주춤 서 있는 바로 위에 커다란 바위가 벽같이 버티고 서 있고 그 뒤쪽에서 소리가 들렸다. 여자의 목소리였다. 사설시조를 읊조리는 듯 구성진 노랫소리였다. 관수는 자신도 모르게 흠칫 놀라며 바위 옆에 숨듯 기대어 섰다. 바위에서 떨어지는 물소리 사이사이로 여자의 읊조리는 듯한 노랫소리가 그의 귓가에서 물방울처럼 튀었다.

...

저 나무야 저 나무야.

이내 몸을 보지 마라.

이 몸 씻고 옥돌같이 닦아 내도

한 세상을 굴려 보면

티끌 한 점 아니 묻고

주야장천 긴긴 날을

너만이야 하겠느냐.

너만이야 하겠느냐.

저 바위야 저 바위야.

이내 몸을 웃지 마라.

인간 몸에 억척 같은 욕이 많아

다져보고 다져봐도

한밤 두밤 헤다 보면

다진 자리 물러지니

너만이야 하겠느냐.

너만이야 하겠느냐.

하늘가에 종달종달

이내 몸을 짖지 마라.

목을 빼면 거울 같은 하늘 속에

네 노래야 닿겠지만

추워 떨고 더워 지친

오감 육감 다 막아도

닿을 곳이 있겠느냐.

닿을 곳이 있겠느냐.

...

찰방거리는 물소리와 함께 노래는 계속 이어졌다. 관수는 노래를 부르고 있는 것이 지희임을 직감했다. 이런 곳에 다른 여자가 있을 리도 없고, 물소리에 섞여 들리는 목소리는 또렷하지는 않았지만, 지희가 분명했다. 관수는 별로 말이 없는 그녀가 이런 사설시조를 읊는 듯한 타령조로 노래를 부르고 있다는 것이 신기하기도 하고 재미있기도 했다. 관수는 훔쳐보듯 바위틈으로 그녀의 모습을 찾으려고 살며시 머리를 내밀었다. 그는 눈길을 돌리다가 그녀의 모습을 찾아내고 그만 숨이 턱 막히는 듯했다.

그녀는 알몸으로 하반신을 물에 담그고 목욕을 하고 있었다. 바윗돌이 둘러싸여 샘물처럼 괸 물은 그녀의 알몸을 담아 놓고 위에서 떨어지는 물과 함께 남실거렸다. 그녀는 계속 노래를 부르며 머리를 빗어 내렸다. 관수는 이제 그녀의 노래가 들리질 않았다. 태양은 그녀의 알몸 위에서 하얗게 은빛으로 부서져 나갔다. 그녀가 긴 머리를 빗질할 때마다 터질 듯 부풀어 오른 젖가슴이 물결처럼 파도쳤다. 검은 바위를 배경으로 감추어진 것 없는 하얀 낮에 이렇게 드러나 있는 그녀의 알몸은 투명한 살빛으로 계곡을 술렁이게 하고 있었다. 그녀가 빗질을 끝내고 기지개를 켜듯 몸을 일으켰을 때 그는 아 - 하고 소리를 지를 뻔했다. 대리석을 깎아 놓은 듯 매끄러운 우윳빛 속살은 계곡을 숨죽이게 했고, 복숭아 빛으로 물든 젖가슴은 모든 주위의 나무들을 눈뜨게 하는 듯했다. 분명 계곡은 그녀의 아름다운 알몸으로 가득 채워지고 있었다. 관수는 수많은 누드를 앞에 놓고 그림을 그려 보았지만 여자의 알몸이 이렇게 감격스럽게 느껴져 보이기는 처음이었다. 이것은 균제(均齊)의 아름다움을 넘어선 신비로움이었다. 그녀가 전신을 물 밖으로 내보이자 관수는 더 이상 그녀를 바라볼 용기가 생기질 않았다. 숨이 막혀 그대로 주저앉아 버릴 것 같았다. 관수는 허겁지겁 계곡을 내려와 버렸다.

송 노인은 아직도 과수원에서 내려오질 않고 있었다. 관수는 그녀가 내려올까 봐 가슴이 두근거렸다. 그녀는 자신의 알몸을 처음으로 다른 사람에게 내보였을 것이었다. 관수는 자꾸 흥분과 죄스러움으로 안절부절못했다.

과수원에서 내려온 송 노인을 만난 관수는 서울에 올라갈 일이 있는데, 일주일쯤 후에 다시 찾아뵙겠다며 단숨에 가지샛골로 넘어와 버렸다. 집으로 들어와 벽을 기대고 누운 관수는 아직도 가슴이 쿵쿵거렸다. 그녀의 투명하리만큼 맑은 몸뚱이가 눈앞에 보이듯이 어른거렸다.

관수는 시외버스 터미널에서 내리자 잠시 정신을 놓고 멍청하게 서 있었다. 시장 바닥의 인파처럼 북적거리는 사람의 밀림으로 우선 숨이 막힐 것 같은 기분이었다. 오랫동안 서울 생활을 하면서 언제나 사람들의 밀림을 비집고 다니는 일이 예사로 되었던 것이었지만, 6개월 만에 다시 서울 땅에 들어선 관수는 이상하게 이질감과 견딜 수 없는 어지러움을 느꼈다. 그는 사람들 틈을 빠져나와 택시 정류장에 줄지어 선 사람들의 꼬리에 붙어 섰다. 도로 건너편 빌딩 사이로 뿌연 하늘이 승복자락처럼 끼어 있는 것이 을씨년스러워 보였다.

관수는 시계를 보았다. 3시 20분. 오랜만에 올라온 터였지만 이 시간에 집에 들어가긴 쑥스러울 것 같았다. 그는 무엇인가를 곰곰이 생각하다가 줄을 빠져나와 공중전화 박스로 들어갔다. 그는 수화기를 들고 다이얼을 돌렸다. 드르륵드르륵 신호가 갔다. 이내 상냥한 여자의 목소리가 들렸다. 관수는 그녀가 청규의 아내일 거라고 생각했다. 제대 후 청규와는 자주 만나긴 했었지만 그의 아내를 만나 본 적은 없었다. 청규는 별로 자기의 아내 얘기를 꺼내지도 않았다.

"저…김 청규 선생 댁인가요?"

— 네, 그렇습니다만….

"아, 부인이신 모양이군요. 전 청규 씨 친굽니다."

— 잠깐 기다리세요.

수화기를 테이블 위에 놓는 소리가 들리고 이어 청규 목소리가 들렸다.

— 웬일이야. 같이 올라오자고 할 땐 영 안 올라올 것 같더니. 거기 어디야?

"그렇게 됐어. 지금 막 도착했는데, 어때? 만날까?"

— 좋아. 어디서 만날까? 음… 그래, 중간쯤으루 하지. 광화문에 호수다방, 거기 알겠어?

"알아, 이십여 분 걸리겠지? 그럼 거기서 보자구."

관수는 전화박스에서 나오자 택시 정류장에 조금 전보다도 훨씬 길어진 사람의 줄을 보고 아차 했다. 택시를 바로 잡아 타야 이십여 분일 텐데, 미처 생각을 못 했던 것이다. 그는 어쩔 수 없이 다시 줄 뒤에 설 수밖에 없었다. 그는 어느 새 서울 생활의 습성을 잊고 있었다. 사람이란 아무리 어떤 환경에 길들어 있더라도, 환경이 바뀌게 되면 금세 먼저 환경의 습성을 잃어버리는 건망증이 심한 동물이구나 생각하면서 그는 씁쓸하게 웃었다.

십여 분을 기다려서야 관수는 택시를 탈 수가 있었다. E읍에서 출발할 때는 벗겨놓은 듯 맑던 날씨가 짙은 회색으로 잔뜩 내려앉아 있었다. 뭉크의 하늘처럼 음산한 분위기마저 들었다. 차창으로 지나가는 빌딩들이 거만하게 힐끔힐끔 관수를 내려다보았다. 숱한 사람들이 썰물처럼 밀려가고 밀물처럼 밀려오고 있었다. 오만 소리가 차창으로 들어오는 바람 속에 뒤섞여 쏴아쏴아 귓바퀴에서 소용돌이를 쳤다. 관수는 아미를 잔뜩 찌푸리고 눈을 감았다.

관수가 다방 문을 들어설 땐 약속 시간보다 십오 분이나 지나서였다. 다방 안은 낮은 조명에 담배 연기가 자욱했고, 동굴처럼 음습했다. 요란한 디스코 리듬과 사람들의 소음이 철사처럼 뒤엉켜 다방 구석구석까지 헤집고 있었다. 한쪽 구석에서 청규가 손을 흔들었다. 관수는 굴속을 들어가는 기분으로 의자 사이를 지나 청규 앞에 주저앉았다.

"난 도착한 지 벌써 이십 분이나 됐다구."

"그렇게 됐어. 벌써 촌놈이 다 된 모양이야."

관수는 청규의 머리 위에서 왱왱거리는 스피커를 흘깃 올려다보았다.

"그럴 줄 알았지. 서울이란 도깨비처럼 변하고 있으니, 자네가 겪었던 6개월 전의 서울하곤 아마 또 다를 거야. 그런데 어떻게 올라온 거야?"

청규가 테이블 위를 손바닥으로 치고 나서 활짝 웃으며 말했다. 스피커는 이제 광란에 가까운 소리로 악을 쓰고 있었다. 더벅머리 젊은 애들이 송충이처럼 머리를 흔들어대고 있었다.

"안 되겠어. 나가."

관수가 일어서면서 말했다.

"나도 그럴 참이었어. 다방에서 약속을 해 본 지도 오래돼 나서… 어디 이럴 줄 알았나."

청규도 담뱃갑을 집어넣으며 일어섰다. 그들이 잡담과 디스코의 뒤엉킨 자락을 털 듯이 뿌리치고 다방 문을 나섰을 때, 밖에 어느새 주룩주룩 비가 쏟아지고 있었다. 번들거리는 아스팔트 위로 자동차의 행렬이 끊임없이 밀려가고 있었다.

그들은 무교동 골목으로 들어갔다. 낙지 전문이라고 적혀 있는 입식 간판이 그들을 손짓했다. 그들이 낙지 집으로 들어서자 계산대 앞에 앉아 레시버를 귀에 꽂고 라디오를 듣고 있던 여자가 '어서 오세요' 하면서 눈웃음을 쳤다. 그녀는 손바닥을 카운터에 대고 까딱까딱 장단을 맞추고 있었다.

아직 한낮이라 홀 안은 텅 비어 있었다. 자다 깬 듯한 부수수한 얼굴의 아가씨가 물컵을 가져다 놓았다.

"뭘루 할까?"

청규가 벽에 붙은 차림표를 올려다보며 말했다.

"낙지가 우릴 부른 거 아냐?"

관수가 아직도 손바닥을 까닥거리며 장단을 맞추고 있는 카운터의 여자에게 멀뚱한 시선을 던지며 말했다. 그는 동글동글 말아서 흘려 내린 그녀의 머리가 낙지 발 같다는 생각을 하고 있었다.

"낙지하고 파 부침개 하나, 소주 한 병하고."

청규가 검지손가락을 세워 보이며 아가씨에게 주문을 했다. 관수는 자신이 이렇게 서울 한구석에 와 있는 것이 자꾸 어색한 것 같은 기분이 들었다. 그것은 참 이상한 기분이었다.

"별일이 있어서 올라온 건 아닌 모양이군. 언제쯤 내려갈 거야?"

"바로 내려가야지 뭐. 삼사 일 정도… 나야 그렇고 자넨 볼일 다 본 거야? 한가하게 집에 붙어 있는 걸 보니…."

관수가 담배 한 개비를 테이블 위에다 툭툭 쳐 다지며 물었다.

"불일이야 다 본 셈이고, …헌데 난 내일 내려갔다가 다시 올라와야겠어, 일이 좀 생겨서…."

청규가 갑자기 침통한 표정이 되면서 말했다.

"왜? 무슨 일인데?"

관수가 궁금해하며 물었다.

"복잡해…. 아니, 복잡한 건 아니지 아주 간단한 일인데…."

청규가 후 하고 한숨처럼 담배 연기를 길게 내뿜으며 중얼거리듯 말했다. 관수는 무슨 일인데 그러냐고 물어보려다가 평소에 그가 자신에 관한 얘기를 별로 하지 않는 걸 알기 때문에 그냥 청규처럼 담배 연기를 길게 내뿜었다.

"자네가 내 경우라면 어떻게 할지…."

"…."

"내 행동으로 미루어 자네도 짐작했겠지만, 사실 난 아내와 거의 별거 생활을 해 오고 있었던 게 사실인데. 이젠 아주 끝장을 내야 할 것 같아."

청규는 눈을 지그시 감으면서 마치 절망한 듯한 얼굴로 말했다. 관수는 그동안 그에게서 일순이라도 그런 고뇌에 찬 얼굴을 본 적이 없었다. 그는 언제나 쾌활했고, 또 호탕하리만큼 마음가짐이 넓었다. 그래서 그가 순수미술을 집어치우고 장사꾼으로 나섰노라고 했을 때도 그의 확고한 결단력과 시원스런 성격을 거의 존경하기까지 했었다. 그래서 관수는 그를 볼 때, 예술이란 껍질을 가지고 현실에서 도피하려는 자신이 때때로 위선자 같다는 생각에 갈등을 느끼기도 했었다.

청규가 다시 얘기를 꺼내려고 할 때 벌건 낚지볶음 접시와 소주병이 나왔다. 관수는 청규의 잔에 술을 따랐다. 청규는 홀짝 마셔 버리고는 다시 한 잔을 더 요구했다. 연거푸 두 잔을 들이키고 토막난 낙지 다리 하나를 집어 올리면서 침통하게 말했다.

"인간이란 본래 이기적이고 자기 합리적인 성품을 타고 나오는 것이 겠지만…."

관수가 무슨 얘기냐는 표정으로 쳐다보자 그는 다시 얘기를 이었다.

"얼마 전까지만 해도 난 내 처의 생활 방식이라든가 사고방식을 불순하고 위선의 껍질을 뒤집어쓰고 사는 방법이라고 경멸을 했었지. 물론 지금도 그 생각은 마찬가지지만, 그런데 지금은 그녀를 경멸하고 있는 내 자신이 더 천박스럽고 촌스런 위선자처럼 느껴지는 거야. 그래, 촌스런 위선자. 그 표현이 내게 맞을 것 같아, 위선도 오히려 세련돼 있으면 그럴 가치가 있을 것 같은 생각이 들기 때문야…."

청규는 얘기를 하다 말고 조용하게 듣고 있는 관수를 건너다보았다.

"그렇군. 내가 갑자기 엉뚱한 얘기를 꺼내 놓아 자네가 어리둥절할 것 같아."

청규는 비운 잔을 스스로 다시 채웠다.

"아냐. 계속 얘기해. 얘기를 하는 것도 때론 어떤 해결 방법이 되기도 하지. 얘기를 하다 보면 어떤 때는 예기치 못한 새로운 결론이 튀어나올 때도 있는 것 같아. 내 경험으론 말이야. 어쨌든 자네가 하고 싶다면 자네 얘기를 듣고 싶어. 사실 자넨 너무 자신의 얘기를 안 해 주었거든."

관수가 빈 소주잔을 건네면서 말했다.

"그랬었던가?"

청규가 잔을 받으며 씩 웃었다.

파부침 안주가 나왔다. 관수는 다시 청규가 넘겨 준 잔을 받아 반쯤 마시고 내려놓았다. 밖에는 계속 비가 쏟아지고 있는 모양이었다. 젊은 남녀가 빗방울이 뚝뚝 떨어지는 비닐우산을 접으면서 들어서고 있었다.

"모처럼 올라왔는데 내가 이렇게 시간을 뺏어도 되나?"

"만나자고 한 건 난데 무슨 소릴… 훤한 대낮에 집에 들어가기 뭐하니깐 오히려 내가 자네 시간 좀 뺏으려 한 것인데 뭐…."

"그래? 그렇다면 오늘 자네한테 넋두리 좀 늘어놓아야겠어."

청규가 소주병을 기울여 남은 술을 마저 따랐다. 잔에 반쯤 채워지고 소주병이 비워졌다.

"소주 한 병만 더 줘요."

관수가 카운터의 여자에게 소리를 질렀다. 그녀는 레시버를 아직도 귀에 꽂은 채 아주 심각한 표정을 하고 있었다. 연속 방송극이라도 듣고 있는 모양이었다. 관수가 다시 한번 테이블을 두드리며 소리를 치자 여자가 깜짝 놀라 관수 쪽을 돌아다보며 레시버를 뺐냈다.

"어마, 미안해요. 얘들아 뭐 하니! 손님 주문 안 받고!"

그녀가 주방 쪽을 향해 소리쳤다. 아까 그 아가씨가 눈을 비비고 나왔다. 아마 또 졸았던 모양이었다.

"우선 내 처에 관한 얘기 좀 해야겠어."

청규가 새 병을 따서 관수 잔에 따랐다.

"내 처를 알게 된 건 대학을 졸업한 해였지. 그녀는 그때 E대 회화과 4학년에 재학 중이었는데, 여자들로만 구성된 회화 그룹에 가담을 해서 작품 활동을 하고 있었어. 아마 그곳 학교에서 교수들로부터 꽤나 재능을 인정받고 있었던 모양이었어. 그 그룹에 가담하게 된 것도 재학생으로는 그녀 혼자였으니깐. 하여튼 그녀를 만나게 된 것은 그 그룹의 전시회를 통해서였지. 그녀 오빠가 나하고 고등학교 동창이었던 게 인연이 된 거였어. 전시회 시작하는 첫날 난 그 친구로부터 동생을 소개받게 되었던 거야. 그녀는 첫인상이 상냥하고 대학생답지 않게 모든 게 세련되어 보였어. 그리고 미모도 수준을 넘는 터라 난 솔직히 첫눈에 그녀에게 반했던 것 같아. 그 후 그녀와 나는 급속도로 가까워졌어. 내 성격과 그녀의 성격이 모두 활달한 편이었는데, 그런 성격들 때문에 더 빨리 가까워졌는지도 모르지. 물론 서로 미술을 전공했다는 공통점을 가지고 있는 것이 큰 작용을 했기도 했겠지만 말이야. 자네가 군대 생활을 하고 있었던 때라 자네하고 한동안 연락이 끊어져 있을 때 일어난 일이었지. 그녀가 졸업을 하고 다음해 봄에 우린 결혼을 했지. 분명히 아주 순탄하게 잘 나간 결혼이었어. 주위 친구들은 날 보고 마누라 하나 잘 골라잡았다고 부러워했었으니깐. 그녀 아버지는 제법 규모 있는 회사를 경영하고 있었기 때문에 내게 비하면 그쪽은 완전히 부르주아 같은 집안이었지. 사실 친구들은 그런 면을 부러워했을 거야. 어쨌든 우린 얼마 동안 행복했었던 건 사실이었어. 정신적으로나 육체적으로나 그랬지. 우린 지금 애정은 없어졌지만 잠자리에선 아직까지 행복해. 후훗. 자네가 어떻게 생각할지 모르겠지만 솔직히 난 그녀의 몸뚱아리는 놓치고 싶지가 않아. 그녀의 몸뚱이는 언제나 변화무쌍하고 즐길만한 값어치가 있거든… 후훗훗."

청규는 얘기를 하다가 갑자기 엉뚱한 방향으로 얘기를 끌어내면서 큰 소리로 웃었다. 반대편 구석에서 머리를 맞대고 밀어를 즐기던 젊은 남녀가 어리둥절한 얼굴로 웃고 있는 청규를 돌아다보았다.

"너무 마시는 거 아냐? 그만하는 게 어때?"

관수는 그가 취했다고 생각했다.

"아냐! 안 취했어. 이제 두 병쨴데 뭘…. 얘기를 할 테니 들어봐. 내 얘길 듣기로 했잖아?"

청규가 정색을 하면서 말했다. 눈동자를 보니 아직 취진 않은 것이 분명했다.

"어제 그녀에게 난 이혼하자는 얘기를 꺼냈거든. 그리고 대판 말다툼을 벌였지. 그리고나서 우린 잠자리에서 열렬한 사랑을 했다구. 그녀가 입을 딱딱 벌리며 기성을 지를 정도로… 쿡쿡쿡."

청규는 이번엔 입을 막으면서 웃었다.

"분명 우린 행복했었어, 결혼 후 1년쯤 지나서 그녀는 개인전을 준비하고 있었는데 그녀는 임신 중이었어. 그림을 그리다가 자꾸만 헛구역질을 하더군. 옆에서 보는 나로서도 퍽 안쓰러웠지. 그래서 난 그녀보고 개인전을 좀 뒤로 미루는 게 어떠냐고 했더니 그녀는 펄쩍 뛰는 거야. 결코 그럴 수 없다는 거야. 개인전은 꼭 계획대로 열어야만 된다는 거지. 그러면서 날 보고 왜 임신을 시켰냐고 울고불고 난리를 치더군. 사실 그녀는 임신을 원하질 않았지. 아기를 갖는다는 건 그녀로선 더 오랫동안 시간을 두고 생각해 봐야 할 문제라고 했었지. 난 그런 그녀가 이해가 잘 안 갔지만 그녀가 극구 임신을 반대하길래 처음부터 피임을 했었지. 그렇게 잘 나가다가 내가 술을 먹고 몇 번 실수를 한 게 그만 임신이 돼 버렸던 모양이야. 그녀는 며칠을 구역질을 견디면서도 그림 그리는 일에 열중하더군. 그러더니 어느 날 느닷없이 병원에 가야겠다는 거야. 아이를 유산시키겠다는 거지. 나는 너무 어처구니가 없어 그녀를 멍하니 바라보기만 했어. 그런데 그녀는 아주 태연하게 그렇게 하기로 자기가 결정을 내렸다고 말을 하는 거야. 이유는 개인전이 열릴 무렵이면 거의 만삭에 가까워지기 때문에 그런 흉한 모습으로 전시장에 나가 있을 수 없다고 하더군. 그러면서 아기는 원하면 아무 때나 또 가질 수 있지 않느냐는 거지. 어떻게 얘기를 해야 좋을지 모르겠더군. 하도 어이가 없으니깐 처음엔 웃음만 나오더라구.

난 반대를 했지. 개인전을 연기시키는 한이 있더라도 그런 짓을 하면 가만있지 않겠다고 윽박질렀는데 웬걸, 하루는 일을 마치고 집에 돌아와 보니 침대에 이불을 뒤집어쓰고 누워 있지 않아? 그래 어디 아프냐고 했더니 눈도 뜨지 않고 아무 말도 없는 거야, 순간 아차 하는 생각이 들더군. 이불을 들춰내고 그녀를 흔들면서 다그쳐 물었지. 무슨 일을 저지른 거냐고. 그랬더니 어쩔 수 없잖아요 하면서 담담하게 얘기하는 거야. 나도 모르게 손이 올라가더군. 따귀를 맞더니 그녀는 발악을 하듯 소리를 지르는 거야. '난 내 자신이 중요해요. 내 세계가 우선 중요하단 말예요! 이번 개인전은 내가 작가로서 내 세계를 처음으로 내보이는 중요한 일이란 말예요!'

정말 뭐 이런 여자가 다 있나 하는 생각이 들더군. 그래 자기 작품이란 게 뭐고 세계라는 게 뭔데 배 속에 있는 자기 아이보다 더 중요하다는 건지…. 나도 소리를 질렀지. 제 배 속에 있는 생명 하나를 소중하게 생각하지 못하는 여자가 작품은 뭐고 그놈의 세계는 무슨 개코 같은 세계냐고. 그랬더니 어쩔 수 없어요, 어쩔 수 없어요, 하면서 끽끽거리고 우는 거야. 울긴 왜 우는지.

어쨌든 그런 일이 있고서 부터는 그녀의 모든 면을 다시 보게 되었던 거야. 뿌리도 없는 작품 세계에 대한 허영, 치졸하기 그지없는 정신적인 사치, 현실 지향적인 그녀의 처세 방법, 모든 것이 역겨움을 금할 수 없는 것들로 보이게 됐지. 아냐, 보이게 된 게 아니라 사실을 그때서야 제대로 보게 된 거지. 그렇게 되니 자연 부부 사이는 애정을 잃게 된 건 뻔한 일이지.

개인전은 결국 열리게 됐지. 겉으로는 꽤나 화려한 전시회였어. 평론가들은 그녀의 그림을 동양의 정서가 깔린 환상의 세계라는 둥, 신비의 세계라는 둥 잡지며 신문에서 과분하게 추켜 세우더군. 그게 다 그녀의 처세 방법과 집안 사람들의 부와 권력을 최대한으로 이용한 결과였긴 했지만….

　그녀의 그림은 대체로 꽃, 새, 나무, 나비 같은 장식성이 강한 소재들을 한데 어울려 데포르마시옹(déformation)의 수법으로 처리하면서 색조는 코발트블루에 화이트를 써서 배면에 깔고 중간색을 많이 쓰는데 그저 보기에 편한 그림이긴 했지. 물론 장식성이 강한 것이 약점이면서도 장점이 되긴 했지만…."

　"그럼 자네 부인이 혹시 조숙경 씨 아닌가?"

　관수가 청규의 말에 끼어들면서 물었다.

　"맞아. 화단(畵壇)에서 활동하면서 아마 서로 만난 일도 있었을 거야."

　청규는 담배를 꺼내 입에 물었다.

　관수는 청규의 부인인 조숙경을 몇 번 만난 것을 기억하고 있었다. 언젠가 선배의 전시장에서 인사 소개를 받은 후 이런 모임 저런 모임에서 그녀를 만날 기회가 있었고, 그녀의 그림도 여러 전시회에서 보았다. 그녀에 관한 기사도 어느 미술 잡지에선가 읽은 기억이 있었다. 그녀는 얼핏 보아도 뛰어난 미모를 가지고 있었고, 상냥하고 붙임성 있는 성격으로 화단에선 프리마돈나 역을 하고 있다는 어느 화가의 농담 섞인 얘기를 들은 적도 있었다. 그런 그녀가 청규의 부인이었다는 것은 전혀 뜻밖의 일이었다.

"그랬었군….'

관수는 중얼거리면서 눈웃음이 항상 눈꼬리에 매달려 있는 듯한 그녀의 미모를 기억해 내었다.

홀 안은 어느새 술꾼들로 가득 차 여기저기서 흐드러지게 얘기들을 꺼내놓고 있었다. 조용하게 얘기를 할 분위기는 영 아니었다.

"시시한 얘기 괜히 길어지기만 하는 것 같군. 집어치우고 일어서지?"

청규는 분위기가 어수선해지자 얘기할 기분이 상한 듯 시큰둥한 투로 말했다.

"다른 데로 옮길까?"

관수가 물었다.

"급한 일이 없으면 오늘 우리 집으로 가는 게 어때? 그 여자는 오늘 친정에 가서 자기 문제를 의논할 모양이야. 그래서 내일 오게 돼 있으니깐."

"좋아, 그렇다면 일단 자네 집으로 가지."

그들은 택시를 잡아탔다. 비는 그쳐 있었지만 뭉클뭉클 끓고 있는 짙은 회색 구름은 금방이라도 모든 걸 깔아뭉갤 기세였다. 관수는 얼굴로 달아오르는 술기운을 차창으로 들어오는 거친 바람에 맡겨 놓고 눈을 감았다. 아스팔트 공사장에서 흘러오는 역한 냄새가 머리를 지끈거리게 했다.

아파트는 부부가 살기에는 황량할 정도로 넓어 보였다. 허나 벽에 걸린 여러 폭의 그림이며, 도자기, 민예품으로 장식된 거실은 잘 꾸며진 화실 분위기를 자아내게 했다. 청규 부인의 성격을 읽을 수 있을 것 같았다. 거실 한쪽에 미완성의 20호 크기의 유화가 이젤 위에 걸려 있었다. 물 위에 풀어지듯이 분홍과 노란색의 꽃이 어우러져 있고 이름을 알 수 없을 듯한 변형된 두 마리 새의 모습이 화폭 한쪽에서 얼굴을 내밀려 하고 있었다.

"양주로 하지?"

청규가 양주병과 접시에다 치즈 조각을 가지고 나왔다.

"술은 고만하고 얘기나 하지 뭐…."

관수가 얼굴을 쓸어내리며 말했다.

"아냐, 오늘 진탕 마시면서 얘기하자구. 주정을 부리진 않을 테니…."

청규는 양주병을 테이블 위에 내려놓고 내던지듯이 소파에 몸을 묻었다.

"저 그림 좀 봐 보게."

청규가 주방 입구 쪽 벽에 걸린 30호가 좀 넘을 것 같은 그림을 가리키며 말했다. 프러시안블루(Prussianblue)의 색조가 좀 어둡게 전체 화면에 깔리면서 노랑, 분홍, 주황 같은 색이 둥근 화환처럼 은은하게 모습을 드러내놓고 있었고, 그 가운데 부분에 회색조에 가까운 흰색으로 어떤 동물의 형태 같기도 하고, 무슨 파충류 같기도 한 모습이 지워질 듯이 은근하게 묘사되어 있었다. 그것은 마치 담배 연기가 어두운 벽을 배경으로 파르스름하게 피어오르는 모양으로 그려졌다고 하는 게 더 나은 표현일 것 같았다. 어쨌든 조숙경의 환상적인 분위기를 자아내는 그림들과는 좀 색다른 특이한 느낌을 갖게 하는 그림이었다.

"그녀가 첫 개인전을 열었을 때 전시됐던 그림 중의 하나지…."

청규가 잔에다 얼음덩이를 넣으며 말했다. 관수는 그의 잔에 술을 따르고 나서 자신의 잔에도 따랐다.

"저 그림의 명제 한번 사람을 웃게 한다구."

청규가 술을 한 모금 마시고 비웃는 듯한 웃음을 한쪽 입가로 흘리며 말했다. 관수는 그의 그런 표정을 물끄러미 건너다보았다.

"'내 작은 영혼에게 보내는 노래' 기가 찰 노릇이지…. 글쎄… 모성애적 본능에 가까운 일말의 양심은 있었던 것일까? 아냐! 자신의 그것마저도 없는 여자야. 철저한 자기 위장을 위한 치기로 똘똘 뭉쳐진 제스츄어일 뿐이었어."

청규는 잔을 쭉 빨아들이고는 머리를 절레절레 흔들었다. 그리곤 계속 말을 이었다.

"그녀의 개인전이 끝난 후 난 내 자신에 대해서도 회의를 하기 시작했지, 그렇게 그려지는 그런 것들이 예술이라고 한다면 예술이란 형편없는 넝마 같은 것에 지나지 않는다는 생각이 들었지. 그래서 내 자신이 하고 있는 작업도 그녀와 어떤 차이가 있는 것일까를 생각해 봤지만 별로 크게 다른 점은 없었어. 그렇게 되니 나의 작업도 자신에게 어떤 의미를 줄 수가 없게 된 거야. 그녀는 개인전이 끝난 후 빠리로 갈 계획을 세우고 있었고, 난 그녀와 헤어져야겠다는 계획을 세우고 있었는데, 그녀는 한사코 헤어질 수 없다는 거였어. 헤어져야만 할 만큼 자신이 잘못한 건 없다는 거야. 같이 빠리로 가서 공부를 하자고 하더군. 그러면서 서로 벌어진 사이를 다시 끌어 보도로 노력하자는 거야. 하지만 난 이미 그녀의 모든 것이 싫어졌기 때문에 헤어져야겠다는 생각뿐이었지. 그녀는 3년 후쯤 돌아와서 새롭게 결합하자면서 빠리로 떠나버렸지. 끝내 이혼에는 동조하지 않은 거야. 그 후 나는 조각을 집어치우고 내가 취미 이상으로 신경을 써 왔던 도자기에 손대기 시작했지. 순수 예술이란 거창한 허울을 벗어버리고 즐길 수 있는 방법이라고 생각한 거였어. 그래서 본격적으로 그런 부담 없는 즐거움을 갖기 위해 가지샛골에다 자리를 잡게 되었고, 그것을 장사로까지 발전시킬 수 있었던 거였지."

청규는 소파에서 일어나 거실의 커튼을 열어젖혔다. 하늘은 아직까지도 낮게 내려앉아 있었고, 서서히 구름 밑으로 어둠이 스미기 시작했다. 관수는 물속 같은 어둠을 내다보며 담배 연기를 길게 내뿜었다. 왜들 빠리로 빠리로 외쳐대는 것일까. 빠리로 가면 도대체 무엇을 찾을 수 있기에 약 기운 떨어진 중독 환자들처럼 빨려가고, 또 가려고 발버둥을 치는 것일까. 우리들은 빠리에 몸을 담갔다가 온 많은 선배들을 보았다. 그들이 말하고 내보이는 세계적인 것, 세련된 것은 도대체 뭐란 말인가. 예술이 무슨 유행 같은 것이란 말인가. 빠리나 뉴욕에서 곁눈질하며 걸치고온, 몸에 맞지 않는 옷자락을 펄럭이며 그들은 한국미술을 이끄는 선구자라는 착각 속에 빠져 어깨들을 우쭐거린다. 그들이 어깨를 우쭐거릴 때마다 얼마나 많은 작가들이 그들의 어깨짓을 부러워하고 흉내를 내려고 어설픈 어깻짓을 했었던가. 우리는 우리의 어깻짓이 있는 것을 그들도 모를 리 없건마는 그런 걸맞지 않는 어깻짓은 도대체 무엇이란 말인가, 그것이 빠리라는 약의, 뉴욕이라는 약의 중독 증세의 몸짓인 것인가. 아냐. 예술은 그런 것이 아냐. 그런 것일 수가 없어. 그런 것이어서는 안 돼. 나의 뿌리에서 빨아올려진 수액으로 피워 놓은 꽃이어야 하고, 그 꽃을 회의하는 내면의 투쟁이어야 하는 거야. 빠리로 빠리로 외치는 소리가 내겐 빠지러 빠지러 빠지러 간다는 소리 같아. 알맹이를 빠뜨리고 겨우 껍데기만 건져오는 것이 그들일 것만 같아.

"자넨 부인이 귀국해서도 부인에 대한 감정을 바꿀 수가 없었던 모양이군."

관수가 생각을 털어버리듯 담배불을 비벼 끄고 말했다.

"재작년에 귀국을 해서 일단 서로 다시 만나긴 했지. 그래서 이 아파트에다 새로운 기분으로 살림을 다시 시작했던 것인데, 그녀는 더욱 이상하게 변해 가지고 왔던 거야. 작가라는 걸 내세워 한 남자의 아내로서의 의무를 거의 무시하는 생활 태도였으니깐. 파티에 나간다, 세미나에 나간다, 평론가와 만난다, 잡지사에 일이 있다며 허구헌날 바쁘신 몸이 됐으니 말이야. 물론 자기 세계를 갖고 있는, 한 작가로서의 활동을 인정해 보려고도 노력했지만, 이미 내가 원하던 여자하곤 너무 거리가 멀어져 버린 거야. 그리고 작품이란 것이 정말 깊은 철학과 자신의 혼신을 던져 이루어지고 있는 것이라면 감동을 하겠지만, 그녀의 작품이란 건 회화의 기초적인 테크닉에서 머물러 있는 것일 뿐이야. 철학을 가질 만한 여자가 돼질 못했지. 그녀의 현실 위주적인 행동이 그녀의 철학이라면 철학일 수도 있겠지만…."

청규는 창가에서 돌아와 다시 소파에 몸을 묻으며 담배를 피워 물었다.

"그녀는 현실 사회의 짓거리에 철두철미하게 중독돼 있는 거야."

청규가 다시 웅얼거리듯 말했다.

"자네의 부인에 대해서 내가 어떻다고 얘기할 수는 없지만, 인간의 큰 취약점 중에 하나가 무엇인가에 쉽게 중독된다는 거라고 생각해. 사실 이 사회라는 게 커다란 아편덩어리 같은 것 아니겠나. 그 아편덩어리 속에서 중독이 되지 않는다는 건 오히려 이상한 일일지도 모르지. 그래서 사람들은 자기의 사회적 위치와 성격에 따라 각양각색의 형태로 중독되게 마련인 것 아닐까?"

관수는 장식장 위에 놓여 있는 목기러기 한 쌍을 건너다보며 말했다. 목기러기는 골동품으로 수집되어진 것 같았다. 손때가 묻어 반질반질 윤이 났고 색은 거의 검은빛에 가깝게 절어 있었다. 서툰 듯한 솜씨로 만들어진 것이 오히려 현대 감각을 느끼게까지 했다. 그 투박한 목기러기는 마치 시골 농부의 금슬 좋은 부부처럼 어색하게 몸을 맞대고 있었다.

"그럴지도 모르지. 그러나 체질적으로 중독되지 않는 사람이라든가, 자신의 중독 증세를 알아채고 빠져나오려고 애쓰는 사람도 얼마든지 볼 수가 있지."

청규는 눈을 감은 채 말했다. 무엇인가의 갈등으로 괴로워하는 것 같았다.

거실이 거의 어두워졌기 때문에 관수는 벽의 스위치를 올렸다. 올망졸망한 유리 장식이 달려 있는 거실 등이 머리 위에서 환하게 내려 비췄다. 관수는 술기운에 온몸이 나른해져 소파에 비스듬히 누워 발을 길게 뻗었다. 그리고 눈을 감았다. 계곡 물 속에서 보았던 지희의 투명한 알몸이 어느새 눈앞에 가득해 왔다. 바위에서 떨어져 그녀의 몸을 적시던 물소리가 들리는 듯했다. 관수는 그녀가 읊조리듯 부르던 노랫가락을 더듬기 시작했다.

...

저 바위야 저 바위야.

이내 몸을 웃지 마라.

인간 몸에 억척 같은 욕이 많아

다져보고 다져봐도

한밤 두밤 헤다 보면

다진 자리 물러지니

너만이야 하겠느냐.

너만이야 하겠느냐.

…

그녀도 어떤 갈등을 느끼고 있는 것일까? 관수는 노래 가사를 음미하기 시작했다.

청규는 낮부터 마신 술에 졸음이 몰려오듯이 온몸이 나른해졌지만 이상하게 의식은 점점 투명해지고 있었다.

어제 저녁 아내와 다투던 일이 의식 속으로 생생하게 확대되고 있었다.

그녀는 열한 시가 넘어서 술기운이 눈자위에 맴도는 얼굴로 들어섰다. 상경한 첫날 아내가 자신들의 사이를 좀더 현명하게 판단을 해서 어떤 결론을 내리자고 했을 때, 청규는 이삼 일 자신들의 입장을 깊이 생각해 보고 스스로 결정한 것들을 얘기해 보자고 했던 것이다.

그녀는 소파에 비스듬히 기대어 담배를 꼬나물고는 청규에게 도전하듯 말을 걸어왔다.

"어떤 생각을 하셨나요?"

청규는 고양이 눈처럼 자신에 찬 그녀의 눈을 마주 보았다. 그녀의 태도는 어쩔 수 없이 자신에게 끌려올 것이라는 확신을 가지고 있는 듯했다. 그러나 청규는 노골적으로 그녀에게 헤어질 의사를 비친 적은 없었지만, 그녀는 이미 마음속에서 멀어진 여자라고 생각해 왔었고, 그러면서도 알지 못할 끈끈한 끈에 연결되어 하룻밤 만나는 여자처럼 가끔 집에 들러 잠자리를 해왔던 것이다. 그런 자신을 청규는 때때로 경멸하기도 하면서 적절한 기회에 모든 것을 깨끗하게 해결해야겠다며 지내온 터였다.

청규는 거의 오만하기까지 한 그녀의 얼굴을 일시에 처참하도록 뭉개버리고 싶은 충동이 일었지만, 자신이 어떻게 행동을 취해야 그녀가 그런 기분이 들게 할지는 알 수가 없었다.

"벌써 끝났던 일이야. 당신도 그걸 몰랐을 리는 없었을 테고⋯. 우리가 지금까지 부부 아닌 부부가 되어 왔었던 건 망령들의 유희에 지나지 않았던 거지."

청규는 끓어오르는 무엇을 억누르며 짐짓 담담한 어조로 얘기를 꺼냈다. 자신의 감정을 격하게 그녀 앞에서 내보인다는 건 약점을 잡히는 결과가 될 것이라는 생각이 들어서였다.

"어머! 그러셨어요?"

그녀는 일부러 놀라는 시늉을 해 보이면서 가늘고 긴 손가락으로 재떨이에 담뱃재를 털었다.

"망령들의 유희라니⋯. 참 편리하게 자신을 감춰버리시는군요. 설마 지금 제 앞에 앉아 있는 지금의 당신이 망령은 아니시겠죠?"

그녀는 완전히 비웃는 웃음을 흘리고 있었다. 청규는 그런 그녀에게 더 이상 말을 걸고 싶지도 않았고, 이미 결정된 문제를 피곤하게 입씨름할 필요도 없었다. 그러나 그녀는 한바탕 더 터뜨려 놓아야 할 보따리가 있다는 자세였고, 청규는 일방적으로 말문을 닫고 아예 눈까지 감아 버렸다. 그녀는 그런 청규를 한동안 노려보다가 갑자기 신경질적으로 지껄여 대기 시작했다.

"끝났다구요? 당신 편한 대로만 결정내리면 끝날 수 있는 일인가요? 우리 솔직히 얘기해 봐요. 제가 귀국해서 우린 분명히 새로 시작하는 기분으로 합쳐 보자고 약속을 했고, 전 노력을 했어요. 아니죠, 애당초 노력 같은 말로 표현할 필요도 없는 문제였어요. 우린 자연스럽게 조화가 되게 됐던 거예요. 그런데 당신은 언제나 그 자연스러워질 조화를 일방적으로 깨뜨렸어요. 당신은 항상 저를 경멸하는 태도를 취해 왔어요. 새로 시작해 보자는 약속 같은 건 아예 생각하지도 않는 것 같은 태도가 분명 당신의 태도였어요. 말해 봐요, 뭐가 잘못됐다는 거예요! 뭐가 못마땅하다는 거예요! 당신은 마치 나를 경멸하기 위해 존재하는 사람 같아요. 제가 그렇게 당신한테 경멸을 받아야 할 이유가 뭐예요. 말씀 좀 해 보세요. 네? 네!"

그녀는 한바탕 소리를 높여 얘기를 끝내 놓고는 두 손으로 얼굴을 감싸고 머리채를 뒤흔들면서 이상한 울음소리를 냈다. 청규는 그런 그녀를 멀끔히 바라보면서 담배를 빨아들였다.

얼마 동안 얼굴을 감싸고 있던 그녀가 다시 튀어오르듯 고개를 쳐들고 청규를 노려보았다. 눈빛이 활활 타오르는 듯했다. 그리곤 아까와는 전혀 다른 차분한 어조로 얘기를 꺼냈다.

"좋아요. 이미 헤어질 것을 결정하셨다면 저도 매달릴 필요는 없는 거죠. 애정이란 노력한다고 해서 불이 붙는 것두 아니니까요. 허지만 듣고 싶군요. 내가 이렇게 일방적으로 당신한테 당해야만 하는 이유를⋯ 당신이 뭐 그리 대단한 사람이라고 저를 이렇게 경멸할 수 있는지를 말예요."

"새삼스럽게 무슨 얘기를 더⋯."

"아녜요. 조목조목 얘기를 들어야겠어요. 우리 사이가 이렇게 될 수밖에 없다는 당신의 그 이유를 제가 수긍할 수 있게 얘기를 해 줘야 이혼의 사유도 될 테니까요."

"당신이 그런 걸 죄다 들어야만 할 만큼 우둔한 여자인 줄은 몰랐군. 하여튼 그렇게 듣길 원한다면 되풀이하는 거야 어려울 거 없지."

"되풀이라뇨? 당신이 언제 대놓고 불만이나 제 잘못을 얘기해 본 적이 있던가요. 술이나 취해야 한두 마디 내뱉듯이 던져 놓고는⋯."

"알았어. 그럼 자세히 얘기해 줄 테니 잘 귀담아들어 보시지 그래. 우선 당신은 결혼 초에 결정적인 실수를, 아니지 결정적인 죄를 저지른 것 하나로도 벌써 멀어지기 시작했지⋯."

"죄라뇨? 수십 번도 더 얘기했잖아요. 서로의 관념의 차이라고!"

"맞아. 그 관념의 차이가 우리가 합쳐질 수 없었던 제일 큰 문제가 되는 거니까⋯. 내 당신한테 하나 물어보겠는데 당신은 자신이 작품을 한다는 걸 어떻게 생각하고 있는 건지⋯. 아냐, 이렇게 얘기하면 막연해질 테니깐, 궁극적으로 작품을 한다는 목적을 어디다 두고 있는지 알고 싶군."

"목적이기 전에 우선 제겐 수단예요. 나대로 살아가는 몸짓이지요. 사람이란 누구나 자기 나름대로의 몸짓이 필요한 게 삶이니까요."

"수단인 거야 사실이지만, 그 수단은 항상 어떤 목적이 있어야 하는 거 아닌가. 예를 들면, 진실을 찾기 위해서라든가, 자신을 정화시키기 위해서라든가…."

"흥! 그러다간 또 당신의 이상론이 나오겠군요. 그런 얘기를 하는 당신을 보면 상대가 될 수 없는 어린애같이 보이기도 해요. 현실은 현실일 뿐예요. 현실 이상의 더 큰 목적이 당신은 있다고 생각하나요? 그럼 그린다는 것이 당신은 무슨 도(道)를 닦는 기구라도 되는 줄 아시는 모양이군요."

그녀는 정말 순진한 어린아이를 바라보는 듯한 표정을 지으며 미소까지 지었다.

"나야 내 능력으론 아무것도 할 수 없다는 것을 깨달았기 때문에 포기했던 것이지. 물론 가치 판단의 차이겠지만, 나로서는 모든 걸 절실하게 해결하지 않고는 견딜 수가 없어. 그런데 당신은 그림 그리는 일을 현실을 소유하기 위한 요술 방망이라도 되는 양 생각하고 있는 거야. 현실을 사는 방법이 소유와 즐기기 위한 것이라면 축생에서 그다지 거리가 있는 건 아니란 말야."

"그래, 당신은 조각을 집어치우고 도자기나 굽고 앉아 장사꾼이 되어서 더 큰 의미와 보람을 찾았던가요?"

"적어도 예술을 가장한 위선자가 되지는 않을 수가 있었지. 당신의 그 평범한 그림을 가지고 신데렐라처럼 군림하고 싶어 하는 치졸한 욕심 같은 것에 비하면 훨씬 격이 높은 셈이지. 당신은 양심이란 게 없는 여자야. 솔직하게 자신의 그림이 그림인 것대로 내보이면 별문제겠지만, 당신은 자신의 그림 속에 대단한 무엇이 있는 것처럼 위장을 하고 있단 말야."

"여봇!"

청규가 얘기를 하고 있는 도중 갑자기 그녀가 테이블을 치면서 소리를 질렀다.

"당신이 이렇게 유치할 줄은 몰랐군요. 당신 지금 사춘기 소년도 아니고, 이십 대 청년도 아네요! 왜 이렇게 유치한 식으로 얘기를 꺼내 놓는 거죠?"

그녀는 입술을 자근자근 깨물었다.

"그래. 불투명한 양심을 가지고 있는 사람들은 흔히들 기본적인 진실이라도 얘기하면 유치하다는 표현을 쓰더군."

"정말 당신 형편없는 남자예요. 좋아요. 저도 유치해져서 얘기해 보죠. 저는 제 그림을 그려서 발표했을 뿐예요. 그림이 작가의 손에서 떠난 다음 감상자들은 그림을 통해 자신들의 세계를 자신들 나름대로 대입시켜 감상할 뿐이구요. 그들이 신비롭다고 느꼈으면 신비로운 그림이 되는 거고, 환상적이라고 느꼈으면 그 사람한텐 환상적인 그림이 되는 것 아니겠어요. 언제 제가 스스로 내 그림이 어떻고 어떻다고 얘기하던가요?"

청규는 그녀와 그런 얘기를 해보아야 소용없다는 것을 알면서 괜한 얘기를 꺼내 놨다고 후회를 했다. 그녀는 자신의 현실적인 명예와 허영을 만족시키기 위해 미모와 능란한 사교 솜씨로 교활하게 위장하고 있는 자신을 현명한 것으로 생각하고 있는 여자라는 걸 알기 때문이었다. 다 끝난 마당에 얘기는 없어야 했었다. 청규는 입을 굳게 다물었다. 그리고 눈을 감았다. 갑자기 피곤이 몰려왔다. 그녀가 무어라고 계속 얘기를 하고 있었으나 이제 그는 얘기를 듣고 있질 않았다. 가지샛골로 빨리 내려가야 겠다는 생각뿐이었다.

6장

이상한 일이었다. 모두 하얗게 배를 까뒤집고 수면 위에 떠 있었다. 어느새 하얀 곰팡이 같은 것이 몸뚱이에 피어 있기까지 했다. 어제 오후에 집어넣은 놈들이었다.

관수는 서울을 다녀온 후 마음이 심란해져 있었다. 그러나 서울을 다녀와서 그런 것은 아니었다. 서울에서 알게 된 청규와 그의 아내에 관한 일이라든가, 이모로부터 들은 충고 같은 건 그렇게 부담되는 일들은 아니었다. 청규에 관한 새로운 사실들을 알게 된 것은 오히려 그의 입장을 이해하는 데 도움이 된 것이었고, 그의 집안 문제는 그 스스로가 해결할 문제니까 관수가 신경 쓸 일이 못 되었다. 그리고 이모의 관수를 위한 충고는 그냥 흘려버리면 그만이었다. 어차피 결혼 같은 건 현재의 관수로서는 관심 없는 일이고, 또 재산 문제야 이모에게 맡겼으니, 그녀의 처분에 따르면 그만이었다. 이모가 자기는 죽은 언니 대신 온갖 신경을 써 왔는데, 관수는 자신을 그렇게 대해 주지 않고 모든 일을 의논 한번 없이 자기 고집대로 해결해 버리니 섭섭하다며 눈물을 찔끔거리는 이모에게 한마디 말도 없이 문을 나선 것이 마음에 걸리긴 했지만, 그런 기분이야 그때뿐이었다. 이모는 곧 그런 섭섭함보다는 관수가 결정한 재산 문제를 처리하기에 한창 바빠질 것이었다.

관수는 요즈음 스케치도 하지 못했다. 지희에 관한 잔상 스케치 작업도 그랬고, 야석천 가의 이름 모를 들풀들에 관한 스케치도 그랬다.

지희에 관한 잔상은 요즈음 관수에겐 고통스러운 것으로 되어 어렸다. 잠자리에서 떠오르는 그녀의 얼굴이 이젠 그녀의 전신으로 변해 버린 때문이었다.

잠자리에 들면 천장 가득하던 그녀의 얼굴은 어느새 계곡에서 보았던 그녀의 전라(全裸)의 모습으로 바뀌어 버리는 것이었다. 빗질을 할 때 출렁거리던 유방이며, 그녀가 기지개를 켜듯 몸을 일으켰을 때의 그 숨이 막힐 듯한 모습이며, 온통 그 투명한 나신으로 관수의 눈앞에서 일렁거렸다. 관수는 그런 생각들을 떨쳐 버리려고 갖은 애를 다 썼다. 그 나신의 모습이 떠오르면 밖으로 나와 찬물 세수를 하기도 하고, 야석천까지 한바탕 뜀박질을 하고 돌아오기도 했다. 그렇게 해서 마음을 차분히 가라앉히고 다시 잠자리에 들어 보기도 했으나 별 효과가 없었다. 오히려 그녀의 터질 듯한 유방이 확대되어 눈앞으로 다가오기도 하고, 그녀의 모습 전체가 숨통을 죄일 듯 짓눌러 오는 것이었다. 그럴 때마다 관수는 심한 자기혐오에 빠졌다. 그러나 자기혐오에 빠질수록 그것은 꿈속에까지 연결되었다. 며칠 전에는 그녀와 정사를 하는 꿈까지 꾸게 되었다. 그것은 일방적으로 그녀를 범하는 꿈이었다. 그날 밤 관수는 몽정까지 했다. 아침에 일어나자 관수는 심한 자책감에 빠져 울고 싶어졌다. 자신이 이렇게까지 자기 제어 능력이 없다는 사실에 망연해 했다.

관수는 낚시를 해보기로 했다. 뒤뜰 우물에 몇 마리 붕어라도 잡아넣고 길러 보고 싶은 생각이 들어서였다. 어렸을 때 우물에 물고기를 잡아 넣고 들여다보던 일은 성인이 되어서까지도 그 감동을 잊을 수가 없었다. 관수는 그렇게 물고기를 잡아다 넣고 재미를 붙이면, 여러모로 기분 전환도 되리라는 생각에서였다. 어제 한나절 낚시를 해서 붕어 스무 마리, 피라미 일곱 마리를 잡았었다. 집으로 돌아왔을 때 몇 마리가 죽어 있었다. 관수는 살아 있는 놈들 중에서도 팔팔한 놈들만 골라서 우물 속에 집어넣었다. 그런데도 이렇게 모두 배를 하얗게 뒤집고 죽어 있는 것이었다.

관수는 죽은 놈들을 건져 내어 화단에 묻어 버리고 방으로 들어왔다. 그는 물고기들이 몽땅 죽어 버린 것이 꽤나 언짢았다.

벽에 가득 붙어 있는 그림들이 눈앞에서 어지러웠다. 그리고 한쪽 벽에 훤하게 공간을 벌리고 있는 50호 크기의 캔버스가 빈 하늘처럼 기대어져 있었다. 관수는 서울에서 내려오면서 유화 작업을 다시 해보기 위해 캔버스 천이며 물감 등 화구 일체를 준비해 왔다. 그러나 내려온 지 일주일이 넘은 지금도 아직 붓을 들지 못하고 있는 것이었다. 마음이 안정이 안 되기 때문이었다. 그래서 오늘은 벼르고 아침부터 작업에 들어가려 했으나 물고기들의 죽음이 기분을 엉망으로 만들어 버리고 만 것이었다.

관수는 캔버스를 바라보았다. 50호의 넓이가 감당할 수 없는 크기로 그의 가슴에 와 닿았다. 왜 이렇게 캔버스가 넓게만 느껴지는지 알 수 없는 일이었다. 이런 기분으로는 오늘도 붓을 들 수는 없을 것 같았다.

관수는 다시 밖으로 나와 뒤꼍으로 돌아갔다. 그리고 노 씨가 쓰는 투망을 벽에서 끌어내어 어깨에 둘러메었다. 답답한 김에 투망질이나 해 볼 심사였다. 노 씨가 하는 것을 몇 번 보았지만, 관수는 직접 투망을 써 보진 못했었다. 그러나 그렇게 까다로울 것 같지는 않았다.

"선상님이 투망질하실려구유?"

사립문을 밀치고 나서는데, 푸성귀 다발을 머리에 이고 들어오는 노씨 댁과 마주쳤다.

"심심해서요."

"어제 넣은 놈들 모두 죽었더구먼유. 그간 물꾀기들 길러서 뭘 해유?"

"길러서 매운탕깜 하면 안 될까요?"

관수가 농 섞인 대답을 했다.

"매운탕깜이야 그날 잡아서 끓이는 게 낫지유. 그런 쬐그만 것들이야 언제 매운탕깜이 되겠씨유."

노씨 댁은 쓸데없는 짓을 왜 하느냐는 투였다.

"글쎄… 그럼 오늘은 큰 놈들만 잡아다 넣죠 뭐."

관수는 멋적게 씩 웃었다.

한창 달구어진 태양은 자갈밭에 쏟아져 후끈 열기를 피워 올렸다. 이젠 여름이 온몸을 쑥 들이밀고 야석천 주위를 널름거리고 있었다. 관수는 이마가 따가웠고 눈이 부셨다. 밀짚모자를 쓰고 나오지 않은 것을 후회했다. 고무신 바닥이 미끈거려 큰 자갈을 밟을 때마다 신발이 벗겨지곤 했다.

아래쪽은 크고 작은 바위들이 둥근 등짝을 내밀고 여기저기 잠겨 있었다. 몸을 식히는 동물들의 무리 같기도 했다. 관수는 어느 쪽에서 투망을 할까 망설이다가 수심이 좀 깊은 위쪽으로 올라갔다. 바위들이 드러나 있는 곳은 아무래도 수심이 얕아 투망질을 하기에는 적당하지 않을 것 같아서였다. 건너편엔 몇몇 천렵꾼들이 웃통을 벗어부치고 배꼽까지 차오르는 곳까지 들어가 투망질을 하고 있었다.

관수는 적당하다고 생각되는 곳에서 그물을 던졌다. 그러나 그물은 원하는 대로 부채살처럼 펴지지를 않았다. 노 씨가 하던 모습을 떠올리며 자세를 바로잡아 던져 봐도 잘 되지를 않았다. 몇 번을 그렇게 던져 보자 조금 익숙해지긴 했으나, 신통찮기는 마찬가지였다. 가운데 쪽의 수심은 생각한 것보다 깊은 것 같았다. 빗겨 보이는 수심이라 햇살의 반사로 바닥까지는 보이지 않았으나 그물이 깊게 가라앉는 것을 느낄 수가 있었다. 관수는 계속 그물을 던지고 잡아당기곤 했다. 그러나 아무것도 걸려들지를 않았다. 관수는 손바닥만 한 붕어라도 몇 마리 건져 올리고 싶었다. 메기나 피라미 아무것이라도 좋았다. 그저 큼직한 놈들을 물바구니에 그득 담아 보고 싶었다. 그러나 새끼손가락만 한 송사리 몇 마리가 걸려들 뿐, 아무래도 관수의 투망질로는 신통할 것 같지가 않았다. 관수는 뻘뻘 땀을 흘렸다. 러닝셔츠가 흠뻑 젖어 등에 찰싹 달라붙었다. 그물을 던지려고 고개를 치켜들 때마다 눈이 아프도록 태양이 눈부셨다. 그는 짜증이 났다. 눈부신 태양이 짜증났고, 빈 것으로 끌어올려지는 그물이 짜증났고, 목덜미에 따가운 열기가 짜증났다. 짜증의 땀을 뻘뻘 흘리던 관수는 안되겠는지 그물을 넓적한 바위 위에 던져 놓고 텀벙 물속으로 뛰어들었다.

"어이구, 이거 선상님 아니세유?"

투망질을 끝내고 관수 쪽으로 내려오던 청년이 아는 체를 했다. 두 손으로 물을 퍼 올려 목덜미를 적시던 관수가 청년을 올려다보았다.

"지난 가을에 지 경운기에 타셨던 선상님 맞지유?"

청년은 눌러썼던 밀짚모자를 뒤로 젖히며 말했다.

"아, 그렇군요. 이거 정말 반갑습니다."

관수는 청년을 알아보고 반색을 했다.

"증말 가지샛말에 사시는 모양이군유. 전 아까부터 저쪽에서 긴가 아닌가 했지유."

청년도 이제야 확신을 하는 듯 반가와 했다.

"그래요, 쭉 가지샛말에 있었어요. 천렵 나온 모양이군요."

관수는 러닝셔츠를 짜서 다시 입었다.

청년은 동네 사람 몇이 천렵을 나온 터라고 했다. 그리곤 술도 있으니 같이 천렵을 하자고 했다. 관수는 낯선 사람들과 만나는 게 어색할 것 같아 사양했으나 청년은 한사코 그의 팔을 끌었다.

세 명의 청년들은 아름드리 밤나무 밑에서 벌써 술판을 준비해 놓고 있었다. 돌 위에 걸쳐진 양은솥에선 무엇인가가 뚜껑을 들썩이며 끓었고 한 말들이 플라스틱제 막걸리 통이 배를 불리고 앉아 있었다.

관수는 청년들을 소개받았다. 관수를 소개한 청년 또래가 두 명이었고, 한 명은 관수보다 두세 살 위로 보이는 삼십 대 중후반쯤의 사내였다. 관수는 어물쩍 자기소개를 하고, 그들이 내미는 손을 일일이 잡고 악수를 했다. 관수와 처음 만난 청년은 남종팔이라고 했다.

양은솥이 뻘건 국물을 토해내며 끓어오르자 그들은 준비한 그릇에 매운탕을 담아 한 그릇씩 돌렸다. 그리고 술대접이 돌았다. 술잔이 서너 바퀴 돌아가자 그들은 한결 흥이 올라 아예 웃통을 벗어젖히고 술잔과 씨름을 할 태세를 취했다. 남 청년은 관수와 만나게 된 것이 퍽 반가운 모양이었다. 그는 관수에게 무엇을 하는 분이냐, 이곳에 사실 분이 아닌 것 같은데 왜 이런 시골에서 살려고 하느냐는 등 관심을 보이면서 물었다. 그래서 관수는 그림을 그리는데, 몸도 좋질 않아 당분간 이곳에서 요양 겸 있을 예정이라고 적당히 얘기해 버렸다. 청년은 그렇군요, 그럼 그렇지유, 이런 데서 아주 사실 분이 아닌 걸 첫눈에 알았지유 하면서 자기 생각이 옳았다는 듯 고개를 주억거렸다. 넓적한 양은 대접으로 몇 잔을 마시고 나자 전신이 얼근하도록 취기가 올랐다. 한낮의 더위 탓인지 술은 얼굴로 올라 관수는 자꾸 얼굴을 쓸어내렸다.

매미 소리가 머리 위 밤나무 그늘 속에서 자지러지게 쏟아지기 시작했다. 매미 소리는 야석천 모래밭 위에 하얗게 쏟아지는 햇볕처럼 흐드러졌다.

관수가 네 번째 잔을 비우고 일어서려고 하자 남 청년은 그를 붙들어 앉혔다. 자기도 가지샛말에 볼일이 있으니 술판을 끝내고 같이 가자는 거였다. 그러나 관수가 보기에 술판이 쉽게 끝날 것 같지가 않았다. 적어도 술통이 비워져야 그들은 일어날 것이었다. 술통은 아직도 반은 남아 있었다. 관수는 더 이상 술을 마시고 싶지는 않았다. 한낮에 얼굴로 달아오르는 취기는 별로 기분 좋은 느낌은 아니었다. 관수는 꼭 같이 가자는 남 청년의 고집도 고집이었지만, 뻘건 얼굴로 마을을 들어서기가 무엇해, 그림 근처에서 쉬고 있을 테니 나중에 같이 가자고 했다.

관수는 그들에게서 조금 떨어진 나무 그늘을 찾아 비스듬히 나무기둥에 몸을 기댔다. 몸이 나른해 왔다. 얼굴로 올랐던 술기운이 서서히 가시면서 느껴지는 나른한 피로감이 묘한 쾌감으로 발끝에서부터 기어올랐다. 그는 눈을 가늘게 뜨고 모래밭을 가늠질했다. 모래밭에 듬성듬성 들풀들이 무리 지어 짐승처럼 초록빛으로 엎드려 있었다. 여뀌풀 무리는 분홍색 꽃을 머리에 이고 한낮의 태양이 뜨겁기는커녕, 즐거운 애무로 마음껏 받아내고 있었다. 그는 다른 쪽으로 게으르게 시선을 돌리다 진홍의 빛깔로 눈부신 꽃무리를 발견하곤 눈을 조금 크게 떴다.

조그만 화단처럼 풀무리가 얕은 둔덕을 이루고 있는 한 귀퉁이에 몇 송이 진홍의 꽃이 눈부시게 빛나고 있었다. 그 진홍은 너무 선명한 것이어서 그 꽃을 발견한 순간 관수의 의식은 확 하고 불이라도 당겨지듯이 긴장해버렸다. 무슨 꽃인지는 너무 멀리 있어서 짐작이 가질 않았다. 멀리서 고기비늘처럼 눈부신 야석천. 그 앞으로 펼쳐져 있는 하얀 모래밭. 모래밭 위에 길게 누워 있는 초록색의 둔덕. 그 초록의 귀퉁이에 박혀서 현란하도록 관수의 의식을 간질이는 진홍의 꽃은 어떤 경이(驚異)를 동반하고 있었다. 관수는 일어나 그 꽃을 향하고 싶었으나 이젠 완전히 나른해진 몸이 무겁게 끌어내려져, 의식만이 말똥거리며 구르기 시작했다. 그는 지금 이 진홍(眞紅)의 경이가 무슨 이유로 자신에게 이렇게 강한 이미지로 다가오는지를 생각해 내려고 애를 썼다. 먼 기억의 귀퉁이에서 아슴아슴 피어오르는 무엇이 있었다.

어머니의 화단(花壇)에 대한 애정은 끔찍했다. 화단은 마당의 가장 양지바른 쪽에 관수네 집의 툇마루 크기만 하게 양쪽으로 나누어서 가꾸어져 있었다. 화단 가장자리는 반듯반듯한 붉은 벽돌을 비스듬이 세워 톱니처럼 가지런하게 박아 놓았다. 이 잘 구워진 붉은 벽돌은 관수네 동네 일본사람이 살던 붉은 벽돌집에서 어머니와 관수가 주워다 모은 것 중에서 제일 좋은 것들로 고른 것이었다. 그 붉은 벽돌집은 전쟁 통에 폭격으로 무참히 무너져버려 있었다.

봄이 되면 어머니는 담 밑에다 모종판을 만들어 각종 화초 씨앗을 뿌렸다. 화초들은 모두 일단 모종판에서 싹을 터서, 떡잎이 떨어지고 본잎이 몇 개쯤 손바닥을 벌려서야 화단에 옮겨졌다. 화초의 종류는 어머니가 선택한 것들이었는데, 활련화, 백일홍, 키 작은 맨드라미, 채송화, 봉선화, 분꽃 같은 것들이었다. 그것들은 키의 크기에 따라 가장 바깥쪽을 채송화, 다음은 활련화, 봉선화, 백일홍의 순으로 대강 순서가 정해졌다.

어머니는 비가 내리는 날을 잡아 모종에서 실한 놈들을 골라 화단에다 파종을 했다. 그런 날은 어머니는 아침부터 기분이 좋아 다른 때에는 들을 수 없는 어머니의 콧노래까지 들을 수가 있었다. 촉촉이 내리는 봄비에 흠뻑 젖은 적삼은 구부려 파종에 정신이 없는 어머니의 등에 찰싹 달라붙어 속살을 내비치게 하곤 했다. 그렇게 흥에 겨워 화초 모종을 심고 있는 어머니를 보고 있으면 관수도 괜히 신이 나서 봄비가 차가운 줄도 모르고 강아지처럼 어머니의 치마 옆에서 쫄랑거렸다.

그런데 어머니는 다른 한쪽의 화단에는 모종을 옮기지 않고 언제나 직접 씨를 뿌렸다. 그 씨앗은 너무 작은 것이어서 관수가 보기에는 거의 가루에 가까웠다. 채송화 씨보다 더욱 작아 손바닥에 털어놓고 들여다보고 있으면 콧바람에도 날려 버릴 정도였다. 어머니는 종이에 싸놓았던 그 씨앗을 정성스럽게 뿌렸는데, 그것은 싹이 틀 때도 거의 실낱처럼 잎이 돋아나서 처음엔 싹이 텄는지조차도 모를 지경이었다. 관수는 어머니에게 왜 이것은 모종판에 심지 않고 화단에 직접 심느냐고 물으면 이놈은 성질이 고약해서 싹이 튼 다음에 옮겨 심으면 죽어버리기 때문이라고 했다. 그런데 그 화단에 씨를 다 뿌리고 나서 한쪽 모서리에 또 다른 종이쌈지를 꺼내 아주 조심스럽게 씨를 뿌리는 것이었다. 종이쌈지는 마치 약국에서 조제한 약봉지 크기의 작은 것이었다. 관수가 보기에는 먼저 뿌렸던 가루 같은 씨앗이었지만, 그렇게 어머니가 따로 싸두었다가 모서리에 따로 뿌리는 것을 보면 같은 종류의 씨앗은 아닌 듯싶었다. 한여름이 되어 화단에서 채송화가 빨강, 분홍, 노랑의 원색을 피우기 시작하면 모든 화초들도 질세라 자신들의 꽃망울을 터뜨리기 시작했다.

이렇게 모든 꽃들이 술렁거릴 무렵, 관수의 키만큼 멀쑥하게 자라 오른 옆의 화단에선 건너편의 뒤숭숭한 어울림과는 달리 한결같이 거의 같은 크기로 목을 빼어 올리고 메추리 알만 한 봉오리를 부풀리는 것이었다. 그러다가 어느 화창한 한낮 한두 송이가 붉은 자줏빛으로 관수의 손바닥만 하게 봉오리를 터치며 꽃을 피우면 그것을 신호로 하루 이틀 후엔 새빨간 불꽃처럼 화단은 타오르는 것이었다. 관수는 그렇게 일제히 화단이 붉은빛으로 타오르는 것을 보고 있으면 너무 강렬해서 감당하기 어려운 기분이 들었다.

그러나 이 무렵 어머니는 이른 봄에 모종을 옮기고 씨앗을 뿌릴 때처럼 화단 주위를 서성거리며 콧노래를 불렀다. 유난히 얼굴이 하얀 어머니가 자줏빛 꽃밭 사이를 서성거리고 있으면 어머니의 얼굴조차도 불그레 홍조를 띠고 있었다. 그렇게 홍조가 된 어머니는 꽃들을 들여다보거나 어루만져 보기도 하며, 아직 꽃망울을 터치지 않은 다른 봉오리들을 지극한 눈으로 살폈다. 특히 한쪽 모서리에 따로 씨를 뿌렸던 것들에게 자꾸 신경을 쓰고 있었다. 그 꽃들도 같은 종류임에 틀림이 없었으나 조금 차이가 났다. 키도 한 뼘 정도는 더 크고, 잎사귀 모양도 넓적해서 다른 것들보다는 훤칠한 모습으로 항상 모서리에 대여섯 포기가 모여서 다른 것들을 좀 비웃는 듯했다. 다른 화초들이 꽃을 피우며 요란을 떨고 있어도 그 대여섯 무리들은 탄탄한 봉오리를 꽉 다물고 여간해서 터뜨릴 기색을 보이지 않았다. 꽃들은 자세히 보면 겹으로 되어 있거나, 홑잎으로 되어 있는 것, 자줏빛에 반점이 있는 것 등, 여러 종류였다. 전체적으로 자줏빛을 띠고 있었으나 하나하나 관찰해 보면 여러 색이 복합되어 있었다. 꽃도 대부분 한나절을 피우고는 해질 무렵 태양과 함께 시들어 버렸다. 한번 시든 꽃은 그만이었다. 더 이상 피지를 못하고 붉은 꽃잎을 떨구어 버렸다. 그래서 화단은 아래위로 붉게 물들어 있었다. 며칠 동안 꽃잎이 지고 새 봉오리가 꽃잎을 터치며, 절정을 향해 치닫다가 제풀에 지쳐 대개의 꽃잎을 떨구고 몇 송이만이 기진해 있을 때, 한쪽 모서리에서 봉오리를 굳게 다물고 있던 대여섯 무리의 그것들은 때가 왔다는 듯 봉오리를 터뜨렸다.

그것은 정말 투명하게 맑은 진홍의 빛깔이었다. 가끔 한두 송이 흰 것이 섞이기도 했지만, 대부분 선명한 진홍으로 화단을 다시 술렁이게 했다. 그 진홍의 꽃이 피는 날엔 어머니는 낮에도 집에 들렀다. 한낮이 지나면 꽃은 져버리고 말기 때문에 그 꽃을 볼 수 있는 시간은 불과 몇 시간뿐이었다. 대여섯 포기의 그 꽃나무가 며칠간의 꽃 피움을 끝내고 나면 어머니는 떨어진 꽃잎을 두툼한 책갈피에 끼워서 말려 두곤 했다. 그 말려진 꽃잎은 대개 방문 창호지를 갈아낼 때 꽃 모양대로 창호지에 붙여져 방문을 장식하는 데 쓰여졌다. 결국은 박제된 꽃을 언제라도 방문의 창호지 속에서 볼 수 있는 셈이었다. 그 꽃은 꽃이 지고 나면 밤톨만 한 열매 같은 것이 맺혔다. 한여름이 지나면 줄기와 잎은 모두 말라 버려 볼품없이 되어 버리고 열매 같은 머리 부분만 딴딴하게 익어 갔다. 어머니는 그것이 어느 정도 여물게 되면 다른 것들은 젖혀 놓고 대여섯 포기의 것들만 두어 뼘 길이로 잘라내어 삼베 헝겊으로 묶어 마루 기둥에다 매달아 놓았다. 그것이 갈색으로 마르면 밤톨만 한 속에서 가루 같은 씨를 받아내었다. 그리고 그 줄기와 씨를 털어낸 껍질은 관수네 유일한 약재로 사용되었다. 배가 아프거나 설사를 하게 되면 어머니는 그것 한 줄기를 뽑아 삶아서, 그 물을 마시게 했다. 그러면 정말로 아픈 배가 가라앉곤 했다.

그 꽃을 가꾸는 일은 관수가 국민학교 4학년이 될 때까지 계속되었다. 큰 진홍의 꽃을 피우는 것들의 면적도 어머니는 늘려가고 있었다. 그런데 진홍의 꽃이 화단의 반쯤을 차지하고 눈부시게 만개한 어느 날이었다. 동네 이장과 경찰 한 명이 집으로 와서 어머니를 찾았다. 어머니가 무엇을 잘못했는지 그들은 어머니를 심하게 다그쳤다. 어머니는 한마디 말도 없이 그들의 역정을 받아들였다. 한참 어머니를 다그치던 그들은 화단의 그 꽃들을 뽑아내 마당에다 패대기질을 쳤다. 그들은 한 포기도 남기지 않고 뽑아 버렸다. 그리곤 질근질근 발로 밟아 버렸다. 마당은 온통 꽃의 선혈로 붉게 물들어 버렸다. 하얗게 쏟아지는 한낮의 햇볕이 꽃들의 선혈을 더욱 눈부시게 했다. 어머니는 파랗게 질린 얼굴로 미친 듯 꽃들을 짓밟는 그들을 멍하니 바라보며 떨고 있었다.

그날 어머니는 경찰서까지 끌려갔다가 저녁 무렵에야 집으로 돌아왔다. 그날 밤 어머니는 밤새도록 소리 죽여 울었다. 아이들에게 울음소리를 감추려고 이불 속에 머리를 묻고 간헐적으로 어깨를 들먹이는 것을 보며 관수도 뜬눈으로 새운 것이었다. 나중에 안 사실이었지만, 그 꽃은 양귀비꽃이었다. 키가 좀 작은 것들은 관상용으로 키울 수 있는 화초 양귀비였지만, 키가 컸던 진홍의 꽃을 피우는 그것은 아편을 만들 수 있는 양귀비였다. 화초용 양귀비는 어느 정도 관상용으로 재배가 가능했지만, 아편을 만들 수 있는 진홍의 양귀비는 법적으로 일반 가정에서는 재배할 수 없는 것이었다.

어머니가 왜 양귀비꽃을 그렇게 좋아했는지 관수는 알 수가 없었다. 어머니는 그런 사건이 있은 후 화단을 가꾸는 일에 전혀 관심을 보이지 않았다. 화단을 가꾸는 일은 관수의 일로 되었고 어머니는 왠지 날이 갈수록 우울한 모습으로 바뀌고 한밤중에 일어나 깊은 한숨을 쉬는 횟수가 늘어 가기 시작했다. 그러나 관수는 화단이 자신의 영역이 되어버린 것에 신바람이 났고 그 무렵 우물의 비밀과 더불어 새로운 비밀을 만들 수 있는 영토를 더 확장한 셈이 되었다.

"민 선상님, 우리끼리 먼저 가지유."

몽롱하게 잠이 들려다 관수는 부르는 소리에 퍼뜩 눈을 떴다. 남 청년이 목덜미까지 벌개가지고 관수 앞에 서 있었다.

"아 벌써 끝났어요?"

관수는 몸을 일으키며 그들이 술판을 벌이던 밤나무 밑을 돌아다보았다. 모두들 그늘 밑에서 네 활개를 뻗고 흐드러진 오수(午睡)를 즐기고 있었다.

"모두 골아떨어졌구먼유."

남 청년은 관수가 가지고 나온 투망을 펼쳐 들었다.

"참, 선상님두 물괴기 잡으러 나오셨는데 빈손으루 가실 순 읎잖아유."

남청년이 빈 물망태를 들어 올려보며 말했다.

"나야 뭐 심심해서 나왔던 건데…."

관수는 빈 바구니가 민망해 우물거리며 말했다.

"지가 몇 번 투망질해 보겠구만유. 뭇만 잘 잡아 던지면 한 번에 반 바구니는 채울 수 있다구유."

관수는 남 청년이 끄는 데로 따라가다가 진홍의 꽃이 핀 곳을 가보고 싶어 소변 좀 보겠다며 그쪽으로 걸음을 옮겼다. 관수가 천천히 꽃을 향해 발걸음을 옮기자 진홍의 꽃은 점점 이상한 모습을 드러냈다. 그가 십여 걸음 거리로 가까이 다가섰을 때 그는 그만 실소를 금할 수 없었다. 진홍의 꽃은 억새풀 사이에 끼어져 있는 몇 개의 라면 봉지였다. 관수는 자신의 시력이 약간 좋지 않은 편이긴 했지만 빈 라면 봉지를 진홍색의 꽃으로 착각한 것이 너무 어처구니없었다. 관수는 이내 어깨를 들먹이며 껄껄 웃어댔다.

"무슨 일인가유?"

저만큼서 기다리고 있던 남 청년이 큰 소리로 웃고 있는 관수를 향해 소리쳤다.

"아무것도 아닙니다."

관수는 돌아서 남 청년 쪽으로 걸어오며 말했다. 그는 계속 웃었다.

"아무것도 아닌데 뭐가 그렇게 웃으워유?"

"그럴 일이 있어요. 갑자기 옛날 일이 생각나서요. 아주 웃으웠던 옛날 일이…."

"…."

관수가 계속 비죽비죽 웃으며 말하자 남 청년은 참 이상한 사람도 다 있다는 표정을 지으며 고개를 갸우뚱했다.

"자, 갑시다. 남 총각 투망 솜씨를 구경해야죠."

남 청년은 물가를 두리번거리다가 물풀이 무성하게 자란 쪽을 기웃거렸다. 수심은 별로 깊은 곳이 아니었다. 남 청년은 물풀 무리가 무성한 후미진 곳을 향해 그물을 던졌다. 그물은 부채처럼 활짝 펴져서 수면을 덮치며 물속으로 가라앉았다. 남 청년은 천천히 그물을 끌어당겼다. 그물이 물 밖으로 끌려나오자 은빛으로 번쩍거리는 붕어 십여 마리가 그물 속에서 퍼득였다. 남 청년이 그물을 뒤집어놓자 붕어들은 펄떡펄떡 뛰어올랐다. 관수는 흥분되어 펄떡거리는 붕어들을 잡아 물망태에 집어넣었다. 제일 큰 놈은 관수의 손바닥만 했다. 관수가 큰 놈을 두 손으로 움켜쥐자 그놈은 손아귀 속에서 억센 힘으로 꿈적거렸다. 그 힘은 생각보다 굉장한 힘이었다. 조금이라도 힘을 늦추면 놓쳐버릴 만큼 강한 꿈틀거림이었다. 관수는 잠시 붕어의 힘과 서로 견주며 쾌감에 젖었다. 그 쾌감은 이상한 흥분을 느끼게 했다. 관수는 몇 번 퍼득이는 붕어를 손아귀에 힘을 주며 승강이하다가 물망태에 넣어 버렸다. 손바닥에 묻어난 몇 개의 비늘이 금속 조각처럼 반짝거렸다. 붕어 열두 마리에 메기 한 마리, 피라미 여섯 마리의 수확이었다.

관수는 남 청년과 마을로 돌아오면서 얘기를 나누는 도중 남 청년이 송 노인 집의 일을 가끔 돕고 있다는 사실을 알게 되었다. 남 청년은 복숭아를 수확할 무렵이면 경운기를 가지고 면 소재지의 도매상한테 운반을 해 주곤 하는 모양이었다. 복숭아뿐 아니라 송 노인의 과수원이나 밭에서 수확되는 것들을 주로 남 청년이 운반 작업과, 장사꾼과의 중간 역할도 하고 있었다. 남 청년은 송 노인에 관해서 관수가 알고 있는 것 이상의 깊은 내용을 알고 있지는 못했지만, 남 청년은 송 노인을 지칭할 때 꼭 도사 영감님이라고 불렀다.

"도사 영감님이라고 부를 특별한 점이 그분에게 있는 모양이죠?"

관수는 그렇게 부르는 이유를 대강 짐작은 했지만 무슨 새로운 얘기가 있을까 하고 물었다.

"글씨유, 동네 사람들이 다 그렇게 부르니까 나도 그렇게 부르는 거지유 뭐. 그런데, 어쨌든 그 도사 영감님은 참 이상한 점이 많아유, 아무래두 보통 사람하고는 다르거든유."

"어떤 점이 다른데요?"

"여간한 일로 동네에 내려오시지두 않지만유, 어쩌다 동네 노인들이 초대를 해서 마을로 내려오셔두 별 말씀이 없으세유. 한번은 우리 동네 맹 영감이 딸을 달라고 하니깐 딸한테 직접 얘기를 해보더래유. 글씨 자식 혼사를 일단 아버지가 물어봐야지 딸에게 직접 얘기해 보라니 말이 돼유. 아마 맹 영감 아들이 사윗감으로 맘에 안 들어서 그러나 보다 했대유. 그런데 다른 노인들이 몇 번 그런 청을 해 봤지만 똑같은 대답이더래유. 그래서 동네에선 이상한 영감이라구 수군댔었지유. 학식이 많구, 무

슨 사연이 있어서 산골로 들어온 분인 건 다들 알긴 하지만, 사시는 방법
이 다른 사람들과 너무 달라 잘 친해지질 못하나 봐유."

"글쎄요. 그분 성격이 조용히 사시는 걸 좋아하시니깐 그렇겠지요 뭐."

"아무리 그래두 이십 년이 넘두룩 이곳에 살면서 사람들과 어울리지
않는 건 이상한 일이지유. 동네라구 크지두 않은데 말예유."

남 총각은 송 노인의 산골 생활을 이해할 수 없다는 듯 고개를 갸우뚱
거리며 계속 얘기를 늘어놓았다.

"한번은 지가 곡물을 운반할 것이 있어 장승골을 넘어갔었지유. 마당
에 들어서니 영감님이 마루에 앉아 계시더구먼유. 그래서 인사를 했지유.
그런데두 쳐다보시지두 않구 그대로 가만히 앉아 계시는 거예유. 다시 안
녕하셨냐구 인사를 했는데두 마찬가지였어유. 하두 이상하길래 마당에
서서 가만히 영감님을 살펴보았더니 영감님은 마당 한 곳에 시선을 두시
고는 꼼짝도 않는 거예유. 정좌한 자세로 꼿꼿이 앉으셔서는 뚫어져라 마
당 한쪽만 보시더구먼유, 지는 갑자기 영감님이 이상하게 보이데유. 왠
지 으시시한 기분이 들기두 하구. 은근히 겁두 나서 뒤꼍으로 슬며시 돌
아갔지유. 마침 아가씨가 계시길래 영감님이 인사도 안 받으시구 꼼짝 않
고 앉아만 계시다구 했더니 아가씨는 괜찮다며 잠깐 기다리라는 거예유.
영감님이 왜 그렇게 꼼짝 않구 계시냐니깐 좀 쉬고 계시는 거라구 아무
렇지도 않게 얘기하더군유. 그러면서 다음부턴 꼭 약속한 시간에 오라는
거예유. 그날은 지가 할 일도 없구 해서 두어 시간 일찍 갔었지유. 어쨌든
지는 뭐가 뭔지 모르겠더구먼유. 마을 노인한테 그런 얘기를 했더니 뭐
도를 닦는 사람은 그런 자세로 앉아 있기두 한다든가 뭐라든가 하더군유.

그 영감님이 정말 도를 닦는 분이냐구 물어봤더니 마을 노인네들은 그렇지 않으면 그런 산골에서 왜 그런 이상한 짓을 하며 살겠냐는 거예유. 아마 그래서 모두들 그 영감님을 도사 영감이라구 부르는 모양예유. 정말 그렇게 앉아 있는 게 도를 닦는 건가유?"

남 청년은 얘기를 하다가 돌연 관수에게 물었다.

"아, 네. 그… 그럴 수도 있겠지요. 난 잘 모르지만, 깊은 생각을 하기 위해선 그런 자세로 생각하는 사람들이 있지요. 마음을 편안하게 하기 위해서랄까…."

관수는 남 청년에게 어떻게 설명해 줘야 할지를 몰라 어물쩍하게 대답을 했다.

"암튼 이상하게 사시는 영감님예유. 아가씨두 마찬가지구유."

"이상하게 생각할 것 없어요. 사람이란 다 자기 나름대로 살아가는 방법이 있는 거니까요. 총각이 몰라서 그렇지만 이 세상엔 자기대로 올바르게 살기 위해선 별의별 방법을 가지고 사는 사람들이 많아요. 사람들은 대부분 자기 방법과 다르게 사는 사람들을 보게 되면 이상하다고 생각하지만, 다 마찬가지예요. 그 사람들대로는 깊은 뜻이 있어 그렇게 사는 것일 테니까요."

관수는 얘기를 해놓고 나서 자신이 참 엉뚱한 설명을 하고 있다고 생각했다. 자신은 지금 그럼 어떻게 살기를 원하고 있는 것일까. 지금까지 살아오는 동안 뚜렷하게 의미를 찾아낼 수 있는 방법은 아무것도 없었던 것이 아닌가. 방황이다. 나는 아직 어느 길의 입구도 찾아내질 못하고 헤매고 있을 뿐이다.

관수는 남 총각과 며칠 후 같이 장승골에 넘어가기로 약속하고 헤어졌다. 남 총각은 며칠 후 송 노인의 과일을 운반해야 한다는 것이었다. 관수는 술기운이 조금 가시자 온몸이 나른해져 낮잠이라도 한잠 잘 양으로 방으로 들어가 누웠다. 활짝 열어 놓은 방문으로 바람이 불어 왔다. 가슴을 훑고 지나가는 바람결이 부드럽고 시원했다. 관수는 눈을 감았다. 몸이 천천히 가라앉는 기분이었다. 그러다간 이내 두둥실 떠올랐다. 아직 완전히 가시지 않은 술기운이 찌꺼기처럼 나른한 피곤으로 목덜미에 남아 있었다.

관수는 야석천 모래밭에서 착각을 일으켰던 진홍색 꽃을 떠올렸다. 처음 나무에 기대어 바라보았을 때는 분명한 꽃이었다. 너무 선명해서 그런 모래벌판에 피기에는 좀 이상하다는 생각이 들기는 했지만, 꽃의 형상은 너무 분명했었다. 그러나 그것은 구겨진 몇 조각의 붉은 라면 봉지였다.

고기비늘처럼 등짝을 반짝이던 야석천 물줄기, 눈부시게 하얗던 모래밭, 그 모래밭 군데군데 엎드려 있던 짙은 초록의 풀무리들, 그 위를 노랗게 쏟아지는 7월의 강렬한 햇살, 그 속에서 너무 선명했던 진홍의 꽃, 진홍의 꽃, 그 진홍의 꽃은 섬광처럼 강렬했다. 독버섯 같은 아름다움이었다. 햇볕 때문이었을까, 하얀 모래밭 때문이었을까, 고기비늘 같은 야석천의 물줄기 때문이었을까, 그 놀라운 선명도는 무엇 때문이었을까. 진홍의 꽃, 진홍의 꽃… 라면 봉지, 꽃, 라면 봉지, 그래 그 꽃은 결국 라면 봉지였다. 꽃과 라면 봉지, 라면 봉지와 꽃, 꽃, 양귀비꽃, 진홍의 양귀비꽃, 어머니, 어머니의 양귀비꽃, 어머니의 화단, 어머니의 꽃, 나의 화단, 나의 우물, 나의 물고기들, 붕어, 송사리, 가재, 미꾸라지… 손바닥에 느껴지던 붕어의 퍼득임, 그 퍼득임의 전율, 눈부신 은빛 비늘, 손바닥에 남아 보석처럼 빛나던 비늘. 그래 그럴 거야. 아니지. 그렇지는 않아. 꽃과 라면 봉지. 나의 시력. 착각. 햇볕, 모래 밭, 풀무리, 진홍의 꽃, 라면 봉지, 라면 봉지, 라면 봉지….

관수는 무엇인가 알 것 같으면서도 뚜렷하게 이마에 와닿는 것이 없어 안타까웠다. 담 넘어 미루나무 위에서 쏟아지는 매미 소리가 바람을 타고 들려왔다. 잘 자란 댑싸리 빗자루로 이른 새벽 마당을 쓸어내듯 시원스런 소리였다. 그렇게 한차례 투명한 여울물 소리처럼 관수의 귓가를 휘돌아 흘러갔다. 관수는 다시 의식을 조여 갔다. 시력, 착각, 꽃, 라면 봉지… 꽃, 라면 봉지…. 그래 그럴지도 모른다. 내가 지금까지 매달려 온 그림도 착각 속에서 휘둘러댄 붓자국일지도, 아니 내가 소유했던 모든 시간들이 잘못된 시간 보냄이었는지도, 아니 아니, 무엇인가 좀 더 확실한 것을 잡으려는 현재의 내 노력이 전부 착각일지도….

7장

산등성이 위에서 또 한차례 불기둥이 나뭇가지처럼 쪼개졌다. 그리곤 이내 기총소사 같은 천둥소리가 지붕 위를 요란스럽게 훑었다. 초저녁부터 먹장구름이 꾸역꾸역 모이기 시작하더니 어둠이 산등성이를 지워버리면서 수상쩍은 밤하늘이 시퍼런 이빨을 번득이기 시작한 것이었다.

청규는 한 시간 전부터 작업실 창가에 앉아 번개가 쪼개지고 있는 산등성이를 바라보고 있었다. 책상에 구부정하게 턱을 괴고 앉은 그의 옆엔 소주병 하나가 거의 바닥을 드러내놓고 형광등 불빛 밑에서 추워 보였다. 그는 필터 끝까지 타들어 온 담배를 한 모금 더 빨아들이고 꽁초를 재떨이에 짓눌러 갔다. 그리곤 다시 소주병을 들어 잔에 따랐다. 반쯤 잔이 채워지고 소주병은 입을 다물어 버렸다. 청규가 고개를 뒤로 젖히고 잔을 털어버리려 할 때 바로 창 앞에서 섬광이 번쩍 빛났다. 잔뜩 찡그린 듯한 그의 옆얼굴이 섬광이 번쩍할 때 실루엣으로 굳어버린 듯했다. 그것은 아주 순간적이었다. 청규가 딱 소리가 나도록 잔을 내려놓자 빠개지는 듯한 꽹음이 머리 위에서 요동질을 쳤다. 따따따따 따아앙 하는 소리는 무엇인가 거대한 것을 끌어내려 메다꽂는 소리였다.

청규는 의자를 돌려 창을 뒤로하고 앉았다. 작업실 바닥에 한 아름이 되는 통나무 두 개가 미욱한 짐승처럼 누워 있었다. 하나는 인체 같기도 하고 아니면 그저 유기적인 형체 같기도 한 형상을 드러내 놓고 있었다. 그 형체는 끌 자국의 터치로 형광등 불빛 밑에서 야릇한 디테일을 내보이고 있었다. 그 옆에 있는 통나무는 전혀 끌 자국이 나 있지 않은 채 한쪽을 다른 나무토막으로 고여 벼개를 벤 듯이 눕혀 있었다. 청규는 눈을 가늘게 뜨고 통나무를 내려 보았다. 통나무 옆 작업대 위에 어지럽게 흩어져 있는 끌들이 이를 하얗게 드러내고 있었다. 청규는 그 끌들의 하얗게 드러난 이빨들에게 끌리듯 자리에서 일어서더니 큼직한 끌을 하나 들고 통나무 위에 걸터앉았다. 끌 자국이 나 있지 않은 통나무였다. 청규는 나무망치로 끌을 내려치기 시작했다. 작업실 안에 괴어 있던 정적이 망치 소리에 흠칫흠칫 뒷걸음질을 치기 시작했다. 창밖에서 갑자기 후두둑거리는 소리가 들렸다. 그 후두둑거리는 소리는 이내 쏴아 하며 빗줄기를 쏟아내기 시작했다. 청규는 빗소리에 아랑곳없이 계속 망치질을 했다. 나무 조각이 끌 밑에서 파편처럼 튀어 나갔다. 쏴아 하는 배음(背音) 위에 탕탕탕 망치 소리가 얹혀 작업실 안은 이제 소리로 가득 채워져 가고 있었다.

청규의 이마는 땀으로 번질거리기 시작했다. 그는 잠시 끌질을 멈추고 작업복을 벗어 작업대 위에 던져버렸다. 그의 눈은 조금 전 산등성이를 바라볼 때와는 달리 이상한 빛으로 번뜩거렸다. 마치 먹이를 발견한 짐승처럼 집요해지는 눈빛이었다. 어깨걸이 러닝셔츠 차림이 된 그는 다시 끌을 움켜쥐고 망치를 들어올렸다. 그는 망치질을 하면서 가슴속으로 중얼거리기 시작했다.

할 수밖에 없다. 결국은 다시 할 수밖에 없는 거다. 내동댕이쳤던 의식을, 다시 돌아보기도 싫다던 의식을 이렇게 다시 끌어모을 수밖에 없는 거다. 이것은 합리화가 아니다. 위선이 아니다. 밑바닥에서 끓어오른 본능일 거다. 나의 의지로는 어찌할 수 없는 본능일 거다. 창작을 하자는 것도 아니다. 예술 작품이란 어쭙잖은 명분에 대입시키자는 건 더더욱 아니다. 그저 이렇게 하지 않으면 견딜 수 없기 때문이다. 이젠 의식적인 의지가 아닌 풀어놓은 나의 의지를 끓어 올라온 본능에 합류시켜 나를 맡겨 버리는 거다. 구태여 어떤 의미를 던질 필요는 없다. 나는 그저 나무를 깎는 사람이고 나무는 내 손아귀의 끌날에 깎이는 것일 뿐이다. 나는 그 전체적인 상황을 알아차리고 있을 뿐이다.

시간이 흐르면서 빗소리는 더욱 거칠어지고 있었다. 마치 악을 쓰며 쏟아지는 것 같았다. 작업실 바닥은 이제 끌날 아래서 튀어나온 나무 조각들로 가득했다. 불빛 아래에서 청규의 등은 긴장된 근육으로 꿈틀거렸다. 청규의 그런 모습은 어떻게 보면 한 마리의 맹수가 커다란 먹이의 등에 올라타 목덜미를 물어뜯고 있는 모습을 연상케 하고 있었다.

빗소리, 망치 소리, 튀어 나가는 나무 조각, 망치가 내려쳐질 때마다 예리한 끌날의 번뜩임, 점점 땀으로 범벅이 되는 청규의 이마, 등, 그의 거친 숨소리, 이 모든 것들이 어우러져 열 평 남짓한 공간은 쥐어짜는 열기를 뿜어냈다.

얼마나 시간이 흘렀을까. 청규의 러닝셔츠는 물속에서 건져낸 것처럼 흠뻑 젖어 버렸고, 나무 조각들이 그의 발등을 덮고 수북하게 쌓여졌다. 청규는 망치질을 멈췄다. 빗소리만 창문을 통해 쏴아 쏴아 쏟아져 들어왔다. 청규는 허리를 펴고 일어나서 나무등치의 한쪽 끝을 감싸 안고 들어 올렸다. 나무등치는 청규의 안간힘에 가까스로 세워졌다. 거의 청규의 키 정도 크기다. 청규는 책상 쪽으로 물러나 앉아 불빛 밑에 드러나 있는 나무등치를 바라보았다. 나무등치는 불빛 밑에서 수없이 검은 점을 붓으로 찍어 놓은 듯한 모습을 보여 주고 있었다. 그것은 옴폭옴폭 패인 끌 자국이 만들어 놓은 흔적들이었다. 나무등치는 은근한 볼륨을 내보이려고 꿈틀거리는 것 같았다. 청규는 한참 동안 눈을 가늘게 뜨고 나무등치를 바라보고 있다가 얼굴을 한 번 쓸어내리곤 머리를 몇 번 흔들었다. 무엇인가 뜻대로 되지 않는다는 표정이었다. 청규는 의자에 풀석 주저앉아 책상 위에 있던 담뱃갑을 집어 들었다. 그러나 담뱃갑은 물이 뚝뚝 떨어질 정도로 젖어 있었다. 바람이 불 때마다 열려진 창으로 빗발이 쓸려 들어오고 있었다. 청규는 눈살을 찌푸리더니 담뱃갑을 구겨 반대편 벽을 향해 힘껏 던져버렸다. 벽을 맞고 떨어진 담뱃갑이 침침한 구석에서 반짝거렸다. 청규는 책상 밑을 두리번거려 담배꽁초 하나를 찾아냈다. 꽁초 끝을 비벼 털어 내고 라이터 불을 붙였다. 후 하고 담배 연기가 한숨처럼 뿜어 나왔다. 꽁초는 몇 모금 빨아들이자 금세 필터 끝까지 타올라왔다. 청규는 창밖으로 꽁초를 튕겨 버렸다. 칠흑 같은 어둠 속으로 꽁초는 빨려 들어가 버렸다. 청규는 러닝셔츠를 벗고 수건으로 땀을 닦아냈다. 그리곤 한쪽 구석에 펼쳐져 있는 군용 침대 위에 벌렁 누워 버렸다. 한여름 밤의 빗소리는 지금 청규의 귓가에 초조로움과 쓸쓸함을 묻혀 오고 있었다.

청규는 몇 년 전 이곳에다 도자기 가마를 박고 들어오며 예술 작품을 한다는 허구의 꿈은 다시 돌아보지 않으리라는 각오를 했었다. 그릇을 만들고 장작불을 때면서 이곳에서의 조용한 생활에 만족했다. 아내와는 거의 별거하는 것이나 마찬가지였지만, 오히려 모든 것이 홀가분해져서 항상 가벼운 마음이었다. 장승골을 넘어가 아저씨뻘이 되는 송 노인과 대화를 나누고 차를 마시는 일은, 살고 있는 나날을 의연하게 보낼 수 있는 자세를 갖게 했다. 도자기도 상품 가치가 있을 만큼 물건이 좋아져 장사로서의 실속도 차릴 수가 있었다.

그런데, 세월이 흐르면서 가슴 한구석에 이상한 불씨가 다시 마음의 평정을 잃게 하고 무엇인가를 마무리 짓지 못한 찜찜한 불안의 그림자를 만들기 시작했다. 청규는 처음엔 그러한 불안이 어디에서 연유된 것인지를 몰라 당황하기도 했다. 그러나 그는 곧 그것의 진원을 알 수가 있었다. 그래서 그는 조각을 통한 자기 분출의 방법을 다시 시작하게 되었고, 그 작업을 시작하면서 이젠 무엇을 의식할 필요도 없이 순수한 작업이 되기를 열망해 왔던 것이었다.

그렇게 다시 시작되어 처음엔 만족할 만큼 대상과의 일체감 같은 것을 느낄 수가 있었다. 분명 조형의 과정을 통해 자연이라는 절대자와의 접근이 이루어질 수 있을 것 같은 느낌이 들었다. 그렇게 속으로 앓으며 외로운 작업을 해온 터였지만, 그러나 끝내 그것은 착각에 지나지 않는 것이었다. 결국 대상은 손끝에서의 감각을 벗어나지 못하고 어정쩡한 자세를 취해 버리고 마는 것이었다. 그렇게 해서 다시 끌을 집어던지고 말았다. 그러나 그 던짐은 이내 가슴으로 되돌아와 꽂히고 반복되는 불안과 초조함을 끌어 올리고 마는 것이었다. 다시 끌을 잡아 보고 던지고, 잡아 보고 던지고….

번갯불이 번쩍 작업실을 대낮같이 밝히는가 싶더니 한 치의 앞도 보이지 않는 먹물 같은 어둠이 가득 채워져 버렸다. 전깃불이 나간 것이었다. 이내 천둥이 다시 한번 지붕 위를 요란스레 밟고 지나갔다. 청규는 눈을 크게 뜨고 어둠 속을 응시했다. 어둠은 무엇을 보여 주려고 하질 않았다.

청규는 담배가 피우고 싶어졌다. 그러나 담배는 이미 꽁초도 남아 있지 않았다. 꽁초도 없다는 사실에 생각이 미치자 담배를 피우고 싶다는 욕망은 더욱 부풀어 올라 입 안을 바작바작 마르게 했다. 그러나 청규는 누운 자세에서 꼼짝하지를 않았다. 빗소리는 좀 누그러지는가 싶더니 다시 거칠어지고 있었다. 밤새도록 쏟아질 모양이었다. 나간 전깃불은 되돌아올 줄을 몰랐다. 어딘가 전봇대에 벼락이라도 떨어진 게 분명할 것이었다. 청규는 촛불을 켤까 생각을 하다가 그만둬 버렸다. 누운 자세에서 일어나고 싶지가 않았다. 청규는 마른 입술을 혀로 적시며 갑자기 가마의 화구를 보고 싶다는 생각이 들었다. 화구의 일렁이는 불꽃을 마주하고 나른한 피곤에 젖어보고 싶어졌다. 화구의 너울거리는 불꽃을 들여다보고 있으면 언제나 아늑한 휴식을 맛볼 수가 있었다.

청규가 불꽃을 들여다보며 휴식을 취하는 즐거움을 찾게 된 것은 2년 전쯤부터였다. 자신의 작업실 안에서 아무에게도 보여 주지 않는 비밀스런 작업은 언제나 자신을 막다른 곳으로 몰아붙여 버리기 때문에 청규는 피곤했다. 그렇게 쌓이는 피곤이 가마의 화구 앞에 앉아 불꽃을 마주하고 있으면 슬며시 잦아버리는 것이었다. 그래서 웬만한 바쁜 일이 없으면 화구를 지키고 불을 때는 일은 자신이 직접 해왔었다. 장작을 화구에다 잴 때부터 청규는 설레이기 시작했다. 잘 마른 소나무 장작은 신성한 기도를 위한 제물처럼 화구 속에서 가지런했다. 화입식 고사를 끝내고 마른 장작에 불을 붙이는 일은 오묘한 현실이었다. 없음에서 있음이 나타나는 과정을 볼 수 있는 순간이기도 했다. 그러고 보면 마른 장작 한 개의 가능성은 무한할 것만 같았다. 장작에 불이 붙기 시작하면 처음엔 가물가물 몇 가닥의 불꽃이 장작개비 사이에서 피어올라왔다. 그 모습은 어린 꽃뱀의 몸놀림처럼 가냘프면서도 부드럽게 장작 사이를 넘나들었다. 그 어린 꽃뱀의 몸짓은 몸을 흔들면서 굵어지고 생기에 넘쳐 널름거리기 시작한다. 꽃뱀은 수백 마리의 불 뱀이 되어 장작 사이사이를 훑어 오르면서 절정으로 치닫는 춤을 추기 시작하는 것이다. 불꽃은 신비의 세계를 펼쳐 보이고 무한한 가능의 환상을 내보이며 춤을 추었다. 불꽃의 어우러지는 춤은 가마 안에 잉태되어 있는 아직은 흙덩이에 지나지 않는 도자기들에게 그들의 영원성을 위한 변태(變態)를 거들어 주는 것이었다. 그 엄청난 신비의 에너지는 한 개의 장작에서 비롯되는 것이었다. 청규는 이 한 개의 장작으로 비롯되는 불꽃이 지닌 가능성에 대해 외경(畏敬)감을 갖고 있는 터였다.

어둠 속에서 불꽃은 활활 타오르고 있었다. 청규는 누운 채 타오르는 불꽃을 응시했다. 그의 눈은 어둠 속에서 부릅뜨고 있었다. 불꽃은 그를 부르고 있었다. 언제나 그랬다. 청규는 불꽃 속에 들어가 앉아 있고 싶다는 생각을 했다. 불의 힘을 빌려 자신의 내부에서 끊임없이 반추되는 끈끈한 창작에의 욕구를 연소시켜 버리고 싶었다. 그 욕구는 언제나 실망과 자기의 예술가로서의 무능을 실감케 할 뿐인데도 원귀(冤鬼)와도 같이 떨어질 줄 몰랐다. 청규는 그런 끈끈한 고통에서 벗어나고 싶었다. 그러나 그 끈끈한 욕구는 벗어나고 싶다는 욕망과 정비례했다. 불은 그 모든 것을 한꺼번에 해결해 줄 수 있는 절대자처럼 느껴졌다. 한 덩이의 흙에 지나지 않는 형태 속에 도자기로의 생명과 영원성을 부여하는 힘은 불이 가지고 있는 초월자의 몸짓이었다. 청규는 눈앞에서 일렁이는 불꽃 속으로 빠져 들어가며 나른한 쾌감으로 잠기기 시작했다.

으슬으슬 몸이 추워 왔다. 청규는 눈이 부셔 눈을 뜰 수가 없었다. 어느새 전깃불이 들어와 있었다. 깜박 잠이 들었던 것 같았다. 청규는 침대에서 일어나 벗어 놓았던 작업복을 걸쳐 입었다. 담배 생각이 났으나 한쪽 구석에서 구겨져 있는 담뱃갑이 불빛에 힐끔거렸다. 비도 그쳐 있었다. 뒷산에서 흘러내려 마당 옆으로 빠지는 도랑물 소리가 들렸다. 비를 털고 나와 부지런을 떠는 풀벌레 소리도 도랑물 소리에 얹혀 들려 왔다.

청규가 끌질을 해대던 나무둥치는 아직도 불빛 밑에서 버티고 서선 청규를 마주하고 있었다. 청규는 마주하고 있는 나무둥치가 자신으로서는 넘어뜨릴 수 없는 상대처럼 두려워지기 시작했다. 자신이 해댄 끌질은 사나운 짐승에게 어설픈 상처만 입혀 그 짐승으로 하여금 더욱 흥분케 해버린 것만 같았다. 그는 더 이상 끌질을 하고 싶은 용기를 잃어버렸다. 청규는 나무둥치를 다시 바닥에다 눕혀 버리고 작업실 한쪽으로 칸막이를 한 커튼을 젖혔다. 그곳엔 물레 하나가 덩그마니 놓여 있었고 그 옆엔 수비(水飛)된 점토가 들어 있는 작은 탱크가 있었다. 탱크 안에 빚다가 버린 어떤 그릇의 형태를 갖춘 것이 휴지처럼 구겨져 수북이 쌓여 있기도 했다. 청규는 이곳에서 장사를 하기 위한 청자 모조품 제작이 아닌 다른 형태의 자기를 빚고 있는 모양이었다. 몇 개 빚어놓은 것이 탱크 옆 선반 위에 놓여 있는 것이 보였다. 그저 원통형의 기둥을 잘라놓은 모양의 형태들이었다.

청규는 탱크에서 점토 한 덩이를 큼직하게 떼어 내어 물레 위에 얹고, 물레 의자에 앉았다. 발끝으로 물레를 차자 물레가 스르륵스르륵 쉰 소리를 내면서 돌아가기 시작했다. 청규는 돌아가는 점토 덩이를 두 손으로 다독거렸다. 물레는 점점 빠른 속도로 돌아가기 시작했다. 점토는 빙글빙글 돌아가며 청규의 두 손아귀에서 둥근 원통의 모양으로 커져가기 시작했다. 그것은 아주 유연하고 자연스럽게 생성되는 모습이었다. 청규가 손바닥에 물을 묻히며 돌고 있는 점토에 대고 있으면 형태는 더욱 매끄러운 표면을 만들면서 생명 있는 짐승처럼 자라났다. 청규의 손등으로 뽀얀 흙물이 흘렀다. 손가락 사이사이마다 부드러운 흙물이 흘러내렸다. 마치 빚어지는 흙이 내보내는 분비물처럼 자꾸 흘러내렸다.

청규는 이렇게 아무 생각 없이 흙을 빚고 있는 것이 즐거웠다. 이 빚는 행위엔 어떤 의도도 계산도 개입할 수가 없었다. 그저 점토와 손 사이에서 저절로 빚어지는 것이었다. 이것은 더할 수 없는 유희였다. 그리고 충만한 해방감이었다.

청규는 나무둥치와의 끌질 싸움에 지치면 언제나 이렇게 물레 앞에 앉아 무심하게 물레를 돌렸다. 이것은 청규가 찾아낸 유일의 휴식이었다. 손바닥에 느껴지는 점토의 간지러움은 묘한 쾌감까지 불러일으켰다. 청자의 모조 형태를 만들기 위해 크기를 계산하고 형태를 찾기 위한 부지런한 눈 돌림과 손놀림이 있을 수가 없었다. 그런 의식 속에선 손바닥을 통한 점토의 간지러움을 감득할 수가 없었다. 그저 생겨지는 형태를 내려다보고 있으면 마음은 생겨지는 점토의 공간처럼 비어지는 것이었다.

그렇게 무심하게 생겨지는 형태를 손바닥을 통하여 감득하고 있으면 때로는 잊어 버렸던 성욕이 일기도 했다. 여자를 소유하고 싶은 성욕과는 달랐다. 물레를 부지런히 발로 차고 물레는 쉰 소리로 돌아가고, 그 물레 위 두 손아귀에서 솟아오르는 형태는 언제나 뿌듯한 충만함을 주었다. 손바닥에서 훑어져 손가락 사이로 흐르는 뽀얀 흙물의 손등 간지러움도 그 쾌감을 더해 주었다. 가끔 그 쾌감은 성욕의 절정을 맛보는 기분까지 들게 했다. 청규는 처음 그런 기분을 느꼈을 땐 쑥스러워지기도 했었지만, 이제 그것은 완전한 해방감을 느낄 수 있는 기쁨이었다.

청규는 더욱 발끝에 힘을 주어 물레를 찼다. 흙덩이는 이제 원통형의 모양을 완전하게 내보이고 있었다. 청규의 이마에서 송골송골 땀이 배어 나왔다. 그는 눈을 지그시 감고 있었다. 작업실 안은 스르륵거리는 물레 소리만 괴어 갔다. 어느새 창이 뿌옇게 밝아오고 있었다.

8장

송 노인은 신발을 신고 댓돌을 내려섰다. 아직 물속 같은 어둠이 괴어 있어 마당에 서 있는 느티나무가 검은 그림자처럼 희뿌연 새벽하늘을 뒤로 하고 서 있었다. 송 노인은 마당 가운데 서서 먹빛줄기 같은 느티나무 가지 사이에 초롱초롱 달려 있는 새벽 별들을 바라보았다. 그리곤 가벼운 한숨을 내쉬었다. 하얗게 센 머리가 새벽어둠 속에서 차갑게 빛나 보였다.

송 노인은 요즈음 마음이 쓸쓸해졌다. 그리곤 알지 못할 초조감이 은근히 송 노인의 의식을 지배했다. 전에는 통 느낄 수 없었던 감정이었다. 마음의 평정을 얻으려고 최근엔 명상하는 시간을 늘리고 있었지만 별 효과가 없었다. 나이가 든 탓일까? 일흔이 다 되가는 나이였지만 송 노인의 건강은 탄탄했다. 이십여 년이 넘도록 이 산골에서 규칙적인 노동과, 정신의 수양으로 송 노인은 칠십이 가까운 노인으로는 보이질 않았다. 그런데 요즈음은 몸도 전처럼 가볍질 않았다. 군데군데 결리는 곳이 생겼고, 특히 간헐적으로 위에 느껴지는 짜르르한 통증은 기분을 몹시 언짢게 했다.

특히 올 여름이 되면서 딸애에게서 문득문득 느껴지는 우수 같은 것이 마음 한구석을 웅어리지게 했다. 송 노인은 자신의 마음이 약해져서 그렇게 느껴지는 것이 아닌가 하고 생각해 보았으나, 가끔 일손을 멈추고 먼 하늘을 초점 없이 바라보는 딸애의 모습을 보게 되면 그런 것만도 아니었다. 전에는 볼 수 없었던 표정들이 가끔 송 노인의 눈에 잡히는 것이었다.

지난밤 송 노인은 잠을 설쳐버렸다. 잠시 잠이 들었다가 한밤중에 깨어난 송 노인은 좀체로 다시 잠이 들 수가 없었다. 억지로 잠을 청하려면 어느새 의식은 잠의 틈바구니에서 새어 나와 말똥거렸다. 송 노인은 아예 잠을 밀어버리고 생각에 잠겨 들었다.

장승골로 흘러들어온 지도 이십사 년. 긴 세월이다. 그러나 어느새 그렇게 흘러가 버렸을까. 지희가 네 살. 그러니까 지금 스물여덟. 딸애는 지금 어떤 생각을 하고 있는 것일까. 난 아무 후회가 없다. 아니 보람이 있었다고 말해야 옳을 것 같다. 지금도 그렇다. 어떻게 살아가건 한세상을 살아가는 데 나는 옳은 방법을 택한 것이다. 조용하고 분명하게 살아 왔다. 씨앗을 뿌리고, 과수를 가꾸고, 열매를 거두고, 책을 읽고, 명상을 하고, 삶에 대한 명상, 인생에 대한 명상, 존재에 대한 명상… 명상은 가슴속에 괴어 있는 샘물 같은 것이었다. 명상 속에서 언제나 나는 적나라한 자신을 비추어 볼 수가 있었고, 내 생활의 진실한 윤곽을 잡아낼 수가 있었다.

이 산속으로 들어오기 전의 생활들은 인간의 가장 추한 것을 들춰내며, 그 냄새 속에서 자신을 추스릴 틈도 없이, 서로 물고, 뜯는 얼마나 추악한 생활이었던가. 그렇게 뒤엉켜 살면서 늙어가도록 자신을 내버려 둔다는 건 실존에 대한 모독일 뿐이었다. 이념, 전쟁, 사회, 이런 것들은 또 얼마나 많은 나의 소중한 삶들을 빼앗아 갔던가. 나는 나의 삶을 보호하기 위해 이곳으로 들어왔고, 일체의 것들로부터 스스로 유리(琉離)시켜 온 것이다. 딸애에게는 아예 그런 세계가 있다는 것조차도 모르게 하고 싶었다. 그런 것을 알게 할 필요가 없었다. 이 좋은 자연 속에서, 자연으로 순화되면서 살아가게 해야만 했다. 그것이 딸애를 위해서 가장 소중한 삶을 살아가게 하는 방법이었다. 딸애는 영리했다. 나의 뜻대로 모든 삶의 방법을 수용해 갔다. 책을 통해서 이 산속의 생활이 아닌 일반 사회생활에 관한 지식을 알고 있긴 했지만, 딸애는 의연했다. 성장해 가면서 나름대로 자신의 삶을 가다듬는 방법을 하나하나 터득해 나가고 있음이 분명했다.

딸애는 타고난 품성이 조용했다. 체계적으로 딸애를 학습시켜 왔지만, 딸애는 스스로 서재에서 자신이 읽을 것들을 골라 정신적인 생활을 풍요하게 하는데 게을리 하지를 않았다. 딸애는 별로 질문이란 것이 없었다. 의문나는 점이 있어도 혼자 곰곰이 생각해서 결론을 찾아내는 것 같았다. 그런데 언젠가 한번 질문을 해 온 적이 있었다. 열일곱이었던가, 열여덟이 되던 해였던가, 어쨌든 사춘기를 갓 넘으려는 나이였었다. 그날은 햇볕이 좋은 이른 봄날이었던 것 같았다. 이 산골로 오던 해에 캐다 심은 산수유나무가 노랗게 꽃을 피우고 있었던 기억이 난다. 돌담 옆에 노란 꽃을 뒤집어쓰고 있는 산수유 꽃은 마당 안을 더욱 따사롭게 만들어 주고 있었다. 부녀는 마루에 걸터앉아 그 산수유 꽃을 바라보고 있었다. 봄채소를 파종하기 위해 집을 나서려다, 잠시 마당에 머무는 봄의 고운 정경에 젖어 있는 중이었다.

─아빠, 바깥에서 사는 그 많은 사람들이 다 어지럽게 살아가고 있는

것은 아니겠죠?

잔잔한 눈길로 산수유 꽃을 어르던 딸애가 말했다. 바깥이란 우리 부녀의 생활권 외의 일반 사회생활을 지칭하는 우리 부녀의 표현이었다.

─물론이지. 그들은 그들대로의 질서 속에서 살아가고 있지. 그 질서 속에는 여러 모순들도 있겠지만, 진실한 것을 찾아 살려고 하는 사람들이 있기 때문에 조화를 이루며 살아가는 것인지도 모르지.

─그런 것을 어떻게 조화라고 얘기할 수 있어요?

─응? 어째서?

─조화란 서로 어울릴 만한 가치가 있는 것들이 어우러져 서로의 부족함을 보충시키는 것이라고 생각해요. 아빠가 말씀하시는 것은 조화일 수가 없어요. 아마 그건 대립일 거예요.

─음. 네 말을 들으니 그런 것 같구나. 그러나 바깥 사회라는 건 그런 조화가 있을 수 있단다. 그런데, 왜 갑자기 그런 걸 물어보니? 바깥에 나가보고 싶으냐?

─아녜요. 사람이란 어떤 환경 속에 있어도 자신의 순수한 것과 진실된 것을 잃지 않고 산다면, 환경이 어떻다고 해서 겁을 먹을 건 없을 것 같은 생각이 들어요.

─왜 그런 생각을 하게 됐니?

─세상에는 좋은 사람들도 많을 것 같아요. 물론 이 산골에서 사는 사람들은 모두 순박하고 욕심 없는 사람들이지만 제가 말하는 좋은 사람이란 얘기를 할 수 있는 사람, 나와 같은 생각을 하고 있는 사람, 같은 가치관을 가진 사람, 이런 사람들을 만나 얘기를 하고 싶을 때가 가끔 있어요.

아빠, 세상에는 그런 사람들도 많은 거죠?

  ─그래. 사람들은 누구나 착한 본성을 가지고 있는 것이니깐. 그 본성을 가꾸고 키워간 사람이라면 누구나 진실한 사람이겠지. 그런데 바깥의 세계란 묘한 것이어서 그렇게 착한 본성을 가진 사람들이라도 많은 사람들이 모이게 되면 서로의 관계에서 알력(軋轢)이란 게 생기게 마련이지. 그 알력은 사람의 착한 본성을 흐리게 하는 요인이 되는 거지.

  ─알력이란 게 왜 생겨야 할까요?

  ─그것은 서로의 방법을 내세우기 때문일 거야. 사람들은 다른 사람들까지도 자기의 생각에 맞춰 주기를 원하고, 또 그것을 서로 양보 없이 강요하는 데서 오는 결과이겠지.

  ─옳은 것이라면 서로 받아들이면 되는 것 아닐까요?

  ─모든 사람들이 다 네 마음 같으면 아무 문제가 될 일이 없겠지. 내가 왜 이 산골에 들어와서 살게 됐는지를 너도 대강 짐작은 하고 있겠지만, 나로서는 최선의 방법을 택한 것이란다. 나는 모여서 사는 사회 속에서 너무 많은 상처를 입었고, 잃은 것도 많았지. 물론 나 같은 처지의 사람이 수없이 많겠지만, 나는 나대로 찾아야 할 것은 찾아야 했기 때문에 나 나름대로의 방법을 택하게 된 것이다. 훗날, 내 입장을 더 자세하게 이해하리라고 믿는다.

  ─아빠의 심정을 전 잘 알아요. 저도 아빠의 생각과 같을 거예요. 그렇지만 모든 사람이 아빠의 방법 같은 것을 택한다면 세상은, 아니 사회는 어떻게 되는 것일까요?

  ─어려운 얘기로구나. 그러나 이렇게 대답을 할 수는 있을 것 같다. 아

빠의 방법만이 가장 좋은 것은 물론 아니다. 나는 나의 입장에서 최선의 방법을 택했을 뿐이다. 바깥 사회는 바깥 사회대로의 가치관이 있는 것이지만, 나는 이미 그 가치관을 수용할 수 없게 되었다. 아니, 용납이 되질 않았던 게다.

─그 가치관이란 어떻게 이루어진 가치관인가요?

─글쎄… 타협에 의해서 이루어진 가치관이라고 할까…. 지금 너에게 어떻게 설명을 해야 좋을지 모르겠구나. 허지만 나는 진정한 가치관은 자신의 본질 속에서 스스로 찾아내면 되는 것이라고 생각한다. 네가 계속 내가 권하는 책들을 읽고 자꾸 생각하면서 마음을 가다듬어 나가면 너도 스스로 어떤 가치관을 찾아내게 될 게다. 물론 그것은 내가 생각하는 가치관 하고 또 다를 수도 있겠지….

딸애는 말없이 산수유 꽃만 바라보았다. 그런 딸애의 얼굴에선 무엇인가를 더 알고 싶어 하는 빛이 역력했다.

─지희야.

─네.

─정말 바깥에 나가고 싶지 않으냐?

─그래요, 아빠. 가끔 바깥 세상에 대해 호기심이 생기기는 하지만, 나가서 산다는 건 생각할 수가 없어요. 곰곰이 생각해 보면 부질없는 호기심과 어리석은 동경에 지나지 않아요.

─그렇게 생각하니 대견하구나. 나는 네가 좀 더 커서 완전히 너대로의 가치관을 찾아냈을 때, 자신의 문제는 모두 네 스스로에 맡기겠다. 그때까지 꾸준히 책을 보고, 생각하고, 또 지금 배우고 있는 명상을 계속해

야만 한다.

 -….

딸애는 무엇인가 깊은 생각을 하고 있었다. 생각이 많을 나이였다. 호기심도 많을 나이였다. 벌써 십 년 전의 일이었다. 이제 딸애는 완전히 성숙한 여인이고, 자기대로의 뚜렷한 가치관을 가지고 있을 것이었다. 딸애는 명상법을 익히기 시작하면서 하루도 명상을 거른 적이 없었다. 밭일이 없는 겨울철엔 한나절을 꼬박 명상으로 보내는 때도 있었다. 어떤 면으로는 나보다도 더 절실하게 명상을 생활화하고 있음이 분명했다. 그런데 요즈음 딸애의 주위에서 서성거리는 우수의 그림자는 무엇일까. 딸애는 무엇을 생각하고 있는 것일까.

송 노인은 뒷짐을 짚고 느린 걸음으로 느티나무 주위를 몇 바퀴 돌았다. 그리곤 별채로 향했다. 별채 안은 먹물처럼 캄캄했지만 송 노인은 별채 안의 모든 것을 환히 다 볼 수가 있었다. 별채는 송 노인의 거의 완전한 분신이 되어 있었기 때문이었다. 송 노인은 서랍에서 초를 꺼내 촛대에다 꽂고 불을 당겼다. 그리곤 조심스런 걸음으로 방 가운데쯤에다 촛대를 내려놓았다. 송 노인은 방석 위에 앉아 천천히 다리를 틀어 올렸다. 결가부좌(結跏趺坐) 자세였다. 그는 촛불을 응시하며 숨을 깊이 들이쉬었다간 서서히 내뿜었다. 그런 호흡을 몇 번 하고 나선 미동도 않는 자세로 들어갔다.

송 노인이 명상을 생활화하게 된 것은 해방이 되던 다음해부터인가 그랬다. 해방이 되자 어수선해진 세상을 외면할 양으로 몇 달 동안 지면이 있는 스님이 계신 절에서 기거를 한 적이 있었다. 당시 송 노인은 스스로 공직을 떠난 후였고, 자신의 앞일을 깊이 생각하기 위해 조용한 시간을 갖기 위해서였다. 그 절에서 기거를 하면서 스님으로부터 불교에 대한 교리와 선(禪)에 대한 수행 방법을 접하게 되었다. 당시 그 절에는 선방이 따로 있어서 선을 수행하는 스님들이 여럿 있었다. 송 노인은 선에 대한 관심을 갖기 시작했다. 스님으로부터 세속인으로서 수행하는 방법도 알게 되었다. 스님의 얘기로는 꼭 출가를 해야만 선을 통한 깨달음을 얻는 것은 아니라는 것이었다. 설사 해탈(解脫)의 경지까지 이르는 깨달음을 얻을 수 없을지라도 일단 선을 수행하게 되면 정신 수양에 더할 나위 없는 좋은 방법이 될 것이라는 얘기였다. 그 스님의 얘기로는 선은 본질적인 의미에 있어서 인간 존재의 본질을 꿰뚫어 보는 기술이고, 속박에서부터 자유에로 향하는 길을 가르쳐 주는 것이고, 인간의 내부에 본래 자연적으로 구비되어 있는 에너지를 해방하는 것이라고 했다.

송 노인은 본래 프로테스탄트였지만, 그 스님과의 교분을 통해 선에 대한 많은 공감을 하기에 이르게 되었다. 그것은 어떤 일정한 종교를 떠나 인간에게 가장 적합한 수양 방법의 하나가 될 것이라는 생각을 하게 되었던 것이다. 물론 송 노인은 애당초 선을 통해 해탈의 경지에 도달하리라는 생각은 염두에 두지도 않았다. 자신의 정신력과, 현실에 발을 딛고 사는 범인으로서의 한계를 스스로 알고 있기 때문이었다.

어쨌든 그렇게 해서 하루에 일정한 시간을 정해 놓고 좌선이란 방법을 실천하기에 이르렀는데, 그 후 계속되는 혼란과, 전쟁의 소용돌이 속에서 아주 잃어버린 기억이 되었던 것이었다. 그러다가 송 노인은 걸레처럼 짓밟힌 상처를 안고 장승골에 정착하게 되면서 다시 좌선의 수행 방법을 찾게 되었다. 좌선을 하고 나면 일시 혼란해졌던 마음도 안정을 되찾았고, 정신도 맑아졌다. 이러한 수행 방법은 불교뿐만 아니라, 기독교에서도 오랜 옛날부터 수도사들이 실행해온 방법이기도 했다. 기독교에서는 명상이라는 수행 방법을 썼던 것이다. 종교적인 본질적 목적에 있어서 불교에선 스스로 자신의 근원의 자리에 있는 불성을 찾아 부처가 되는 길로 생각했고, 기독교에선 신과의 교감(交感)을 갖기 위한 수단으로 생각하는 점에 차이가 있을 뿐, 수행하는 방법에 있어서 좀 다르긴 했지만, 인간이 자기 구제를 위해 내면의 세계로 침잠할 수 있다는 데에선 마찬가지였다.

송 노인의 명상법은 좀 특이했다. 그것은 송 노인 스스로가 이 산골에서 살아가면서 경험을 통해 얻어낸 방법이기도 했다.

한 가지 방법은 본채 마루 위에 결가부좌한 자세로 마당 가운데 서 있는 느티나무를 응시하며 명상으로 들어가는 방법이었다. 그 방법은 주로 새벽 공기가 차지 않은 6월부터 8월 사이에 했다. 또 다른 방법은 별채에서 촛불을 앞에 놓고 명상에 잠기는 방법인데, 주로 가을부터 봄까지는 이 방법을 수행해 왔다.

송 노인은 지난달부터 별채에서 마루로 옮겨 느티나무를 응시하며 명상을 하기 시작했는데, 일주일 전부터 이상한 현상이 일어나고 있었다. 여느 때 같으면 명상의 자세로 들어간 후 5분 내지 10분 정도 지나면 느티나무의 존재는 송 노인의 내면으로 서서히 빨려 들어가 버리면서 송 노인과 일체가 되어 무의식의 세계로 가라앉아 버리기 마련인데, 그렇지를 못했다. 느티나무는 송 노인과 일체가 되기를 거부하는 것 같았다. 송 노인이 단전에다 의식을 던져 놓고 느티나무를 응시하면 응시할수록 느티나무는 더욱 뚜렷한 자신의 윤곽을 내보이며 일체가 되기를 거부하는 것이었다. 나중에는 무성하게 뻗힌 잔가지며, 수없이 많은 잎들이 낱낱이 의식되면서 송 노인의 의식 안에 가득 채워져 버리는 것이었다.

어제의 경우는 더욱 괴이한 현상이 일어났었다. 명상에 들어간 지 거의 한 시간쯤이 지나서였을까. 동녘 하늘이 빨갛게 물들기 시작하면서 느티나무의 모습은 더욱 뚜렷하게 송 노인의 의식에 자리 잡고 있었다. 여느 때 같으면 이미 그런 의식을 떠난 미지의 무의식 세계에다 자신의 전부를 맡겨놓을 수 있는 시간이었다. 송 노인은 초조한 마음이 되어 다시 오감(五感)의 문을 닫고 의식의 끈을 놓으려고 애를 쓰기 시작했다. 그런데 붉게 밝아오기 시작하는 하늘을 배경으로 한 나무는 더욱 거인처럼 모습이 커지는 것 같더니 마침내는 모든 가지들이 구렁이가 움직이듯 꿈틀거리기 시작했다. 그것은 마치 수백수천 마리의 구렁이들이 거대한 기둥에 매달려 몸뚱이를 흔들어대는 모습이었다.

송 노인은 머리를 흔들어 그런 허상을 떨쳐 버리고, 다시 자세를 가다듬기 시작했다. 그랬더니 이번에는 가지에 붙어 있는 수많은 나뭇잎들이 낱낱이 한 마리의 새가 되어 붉은 하늘로 날아올랐다. 수천 마리의 새들이 까맣게 새벽하늘을 덮으며, 날아오르고 또 날아오르는 것이었다. 거대한 느티나무는 새들을 뿌려 놓듯이 그렇게 계속 날려 보내는 것이었다.

송 노인은 그런 이유로 해서 오늘은 일부러 별채로 자리를 옮기게 된 것이었다.

촛불은 가늘고 긴 불꽃을 파르르 떨며 타올랐다. 송 노인의 눈은 반쯤

뜨고 있었지만 이젠 아무것도 보고 있지 않는 듯했다. 불그레한 불빛을 받으며 깎아놓은 듯이 움직이지 않는 송 노인의 모습은 하나의 물체에 지나지 않았다. 그의 의식이나 모든 감각은 저 깊은 침잠의 세계에 머물러서 불꽃을 앞에 놓고 홀로 앉아 있는 자신의 모습은 아예 잊고 있었다. 송 노인은 실로 여러 날 만에 깊은 명상에 빠져 있는 것이었다.

얼마나 시간이 흘렀을까. 송 노인의 몸이 잠시 흔들리는 듯하더니 갑자기 얼굴이 일그러졌다. 송 노인은 고통스런 신음 소리를 내면서 배를 움켜잡았다. 그리곤 앞으로 고꾸라지듯 넘어지는 것이었다.

─후두둑. 후두둑.

유리 창문으로 빗방울이 뿌려졌다. 장마가 시작되려는 것일까. 어제부터 꾸물꾸물 내려앉던 하늘이 더 이상 못 참겠다는 듯 굵은 빗방울을 뿌려대기 시작했다. 창문으로 보이는 병원 뜰의 상록수들이 빗물 속에서 녹아내리고 있었다.

무심히 창밖을 응시하며 깊은 생각에 잠겨 있던 지희는 무슨 생각을 떨쳐버리려는 듯 머리를 가볍게 흔들었다. 지난밤을 꼬박 새운 그녀의 얼굴은 핼쑥했고 쓸쓸해 보였지만, 거의 무표정한 얼굴이었다. 연한 회색의 블라우스가 그녀의 모습을 더욱 그렇게 보이게 하는지도 몰랐다. 그녀는 창에서 이마를 떼더니 송 노인의 침대 곁으로 와 의자에 소리 없이 앉았다.

병실 안에는 송 노인이 누운 침대 외에 세 개가 더 있었다. 모두 중환자인 것 같았다. 송 노인은 어제 E읍의 도립 병원에서 곧바로 인접해 있는 이곳 K시의 종합 병원으로 옮겨졌다. 읍내의 도립 병원에선 정확한 진찰을 해낼 수가 없었기 때문이었다. 입원실은 모두 만원이어서 침대가 비어 있는 이 병실로 임시 옮겨진 터였다.

옆의 침대에 오십 대의 부인이 누워 있었다. 그녀는 눈을 질끈 감고 시종 움직이질 않았다. 그녀의 콧구멍에 비닐관이 꽂혀 있어 침대 밑에 있는 빈 링거병에 연결되어 있었다. 그녀의 얇은 가슴이 가늘게 움직일 적마다 비닐관에선 탁한 액체가 흘러내려 링거병 속으로 흘러 떨어졌다. 지희는 그녀의 얇은 가슴을 내려다보았다. 퇴색된 물빛 환자복이 헤쳐져 가슴이 드러나 있었다. 가는 호흡으로 미동하고 있는 얇은 가슴은 손가락으로 눌러도 바스러져버릴 것만 같았다. 백납으로 창백한 밋밋한 가슴 양쪽에 까만 젖꼭지가 상징처럼 붙어 있는 것이 얇은 가슴의 황량함을 더욱 깊게 하고 있었다. 지희는 그녀에게서 조용히 시선을 거두었다. 더 이상 그녀의 황량한 가슴을 내려다보고 있을 용기가 나질 않았다. 왠지 자신의 팽팽한 가슴이 부끄럽기도 하고 죄스런 것 같기도 했다.

지희는 송 노인의 얼굴을 내려다보았다. 편안한 모습이었다. 아무 고통도 없는 얼굴이었다. 가끔 잠들어 있는 아버지의 얼굴을 본 적이 있었다. 언제나 평안으로 가득 찬 얼굴이었다. 지금도 그랬다. 잠들어 있을 때의 아버지의 얼굴과 조금도 다른 곳이 없었다.

―아빠는 어디가 아픈 것일까. 갑자기 왜 그런 고통이 아빠에게 생긴 것일까.

지희는 가볍게 한숨을 내쉬었다. 여름이 되면서부터 갑자기 아버지의 안색이 나빠지기 시작한 것을 지희는 느꼈지만, 아버지의 평소 행동으로 봐서 편찮아 하시는 기색은 전혀 없었던 것이다. 아버지가 전보다는 들일을 힘겨워하시는 것 같았지만, 그것은 이제 아버지도 늙으셨기 때문이라고 생각했었다. 그래서 그녀는 될 수 있는 대로 힘든 일을 아버지가 못 하도록 말려 왔다. 정히 힘든 일은 동네 곽 씨나 심 씨에게 맡기면 그만이었다. 그들은 송 노인의 밭을 거의 대가 없이 농사짓고 있었다. 다만 송 노인의 일손이 바쁠 때는 과수원 일이며, 밭일들을 그들이 도와주는 것으로 대가를 치르면 되는 것이었다.

빗줄기는 점점 굵어져 이제는 퍼붓듯이 쏟아졌다. 갑자기 병실이 어두워져 담당 간호사가 벽의 스위치를 올리자 두 개의 형광등이 몇 번 껌벅거리다가 불빛을 토해냈다. 병실의 하얀 벽이 갑자기 창백해지는 것 같았다.

도어 입구 쪽 테이블 위에 조악한 화병에 몇 송이 꽃이 꽂혀 있었다. 붉은 장미와 흰 장미였다. 그러나 시들어버려 붉은 장미는 선지처럼 검게 변해 있었고 흰 장미는 휴지처럼 누렇게 구겨져 있었다. 어제 아침 병실에 들어올 때의 모습 그대로였다. 여러 명의 간호사들이 드나들었으나 화병에 시선을 주는 사람은 아무도 없었다.

지희는 어제부터 그 꽃이 마음에 걸렸다. 밤새도록 송 노인의 침대 옆에 앉아 그 꽃을 힐끗거렸다. 마치 이곳 환자들처럼 중환을 앓으며 빈사의 지경에 있는 것만 같았다. 지희는 당장이라도 꽃을 뽑아다 쓰레기통에 던져 버리고 싶었으나 간호사들의 소관을 간섭하는 것 같아 참고 있었다. 그 꽃은 벌써 여러 날째 그대로 시든 채 꽂혀 있는 것 같았다. 아마 병실의 방문객이 처음엔 싱싱한 꽃송이를 꽂아 놓았을 것이었다. 그러니 꽃은 환자나 간호사들의 시선을 끌지 못했던 모양이었다. 여러 날을 그런 추한 모습을 보이고 있다는 건 꽃으로는 수치스러운 일일 것이었다. 지희는 조용히 일어나 테이블로 걸어갔다. 그리고 시든 꽃을 화병 속에서 뽑아 들었다. 물에 잠겨 있던 부분이 흐늘흐늘 썩어 있었다. 역한 냄새가 코를 찔렀다. 지희는 화병째 들고 도어를 밀고 밖으로 나갔다. 지희가 화병을 씻어 가지고 병실로 들어서니 담당 간호사가 기다리고 있었다.

"이 할아버지 보호자신가요?"

"네."

"원장님이 좀 뵙자고 합니다."

"무슨 병인지 밝혀졌나요?"

"저는 잘 모르겠어요. 원장님께서 무슨 말씀 있으실 거예요. 절 따라오세요."

간호사는 지희를 안내했다.

원장은 혈색이 좋은 얼굴로 무표정하게 지희를 맞았다.

"앉아요."

그는 서류를 뒤적거리며 그녀에게 고갯짓을 했다. 지희는 철제 의자에 다소곳이 앉았다. 잠시 서류를 뒤져보고 나서 그는 안경을 콧등으로 밀어 올리며 지희를 건너다보았다.

"통증을 느낀 지가 얼마나 됐는지 아세요?"

"모르겠어요. 겉으로 아프신 내색을 전혀 보이시지를 않으셨어요."

"영감님 말로는 며칠 전부터 좀 아프기 시작했다고 하는데, 그렇질 않아요. 확실한 건 아직 잘 모르지만 심한 것 같아요."

원장은 담담하게 말했다. 지희는 좀 불안했다.

"무슨 병인가요?"

"아무래도 암 같아요. 위암."

"…."

"내가 진찰한 결과로는 그래요. 상태가 심한 것 같으니 서울의 큰 병원으로 가서 정밀 검사를 받아보는 것이 좋을 것 같군요. 내 진단이 잘못될수도 있는 것이니까요. 내일이라도 바로 올라가 보시는 게 좋을 겁니다."

"이곳에선 치료할 수가 없을까요?"

지희는 어떻게 해야 할지를 몰랐다. 아버지가 갑자기 그렇게 큰 병이들었다는 게 도저히 실감이 가질 않았다.

"솔직히 말씀드려서 제 진단이 확실하다면 큰 병원에서라도 치료 방법은 없습니다. 글쎄 뭐랄까. 기적 같은 게 일어나면 모를까…. 아주 가끔있는 일이긴 합니다만 거의 가망이 없던 환자가 저절로 회복되는 수도있긴 있지요."

원장은 할 얘기를 다했다는 듯 다른 서류들을 뒤적거리기 시작했다. 지희는 망연히 창 밖에다 눈길을 던졌다. 비는 계속 쏟아지고 있었다. 병원 울타리에 멀쑥이 서 있는 미루나무 한 그루가 빗속에서 흔들렸다. 바람까지 불고 있는 모양이었다.

"이젠 나가 보셔도 좋습니다."

지희가 잠시 생각을 놓고 앉아 있자 원장은 서류에서 눈을 떼고 말했다.

지희가 병실로 돌아왔을 때 송 노인은 깨어 있었다.

"일어나셨군요."

지희가 웃는 얼굴로 말했다.

"그래, 한잠 늘어지게 잔 것 같구나. 어딜 갔다 오느냐."

송 노인은 일어나 앉으며 같이 웃었다.

"그냥 밖에 있었어요."

지희는 아버지에게 어떻게, 무엇부터 얘기를 꺼내야 할지를 몰랐다.

"이젠 집으로 돌아가도 괜찮은 거 아니냐?"

송 노인은 시트를 걷어내고 침대에 걸터앉으며 말했다.

"아빠. 지금은 좀 어떠세요."

"어떻긴. 아무렇지도 않아. 아마 어젠 위경련이 일어난 모양이었어. 허나 이젠 괜찮다. 평시와 다름없어. 괜히 소동을 피웠지…."

송 노인은 정말 괜찮다는 듯 두 팔을 뒤로 젖혀 보며 말했다. 지희는 아버지의 얼굴을 찬찬히 바라다보았다. 유난히 하얗게 센 머리가 노인임을 강조하고 있었지만, 밭일과 과수원 일로 검게 그을린 얼굴은 건장한 장년의 나이를 방불케 했다.

"아빠. 조금만 더 주무세요. 의사 선생님이 오늘까진 움직이지 말라고 하셨어요. 자, 어서 누우세요."

지희는 송 노인을 억지로 침대에 다시 눕혔다. 송 노인은 허 괜찮다는데 하면서 딸애가 눕히는 대로 했다. 송 노인은 이내 다시 잠들었다.

지희가 아버지에게 앞으로 할 일을 어떻게 얘기를 꺼내야 할까를 이렇게 저렇게 생각하고 있을 때 관수가 놀란 얼굴로 병실에 들어섰다. 바지 아래 쪽이 흠뻑 젖어 빗물이 뚝뚝 떨어지고 있었다.

"어떻게 된 일입니까? 오늘 낮에서야 남 총각에게 얘기를 들었습니다. 선생님은 괜찮으신 겁니까?"

관수는 잠들어 있는 송 노인을 내려다보며 다급하게, 그러나 낮은 목소리로 말했다.

"이젠 괜찮으세요. 죄송해요. 이렇게 민 선생님한테까지 걱정을 끼쳐드려서…."

지희는 관수가 병원까지 달려온 것이 미안하긴 했지만, 내심 반가웠다. 혼자서 아버지의 문제를 해결하기란 난감했던 것이었다.

"병원에선 뭐라고 합니까?"

관수는 송 노인의 상태가 궁금했다. 남 총각의 말로는 거의 초주검이 되어서 병원에 도착했다는 말을 들은 것이었다.

"선생님. 잠깐 나가요. 말씀드릴 게 있어요."

지희는 관수에게 아버지에 관한 사실들을 얘기해야겠다고 생각했다. 지금 의지할 사람이라곤 관수뿐이었다. 병실 안에선 다른 환자들의 가족들이 있고 해서 조용히 얘기할 분위기가 못 되었다.

두 사람은 복도로 나왔다. 지희는 어디로 갈까 망설였다.

"아래층 입구에 구내매점이 있던데 그리로 가지요."

관수가 앞장을 섰다. 지희는 그의 뒤를 따랐다. 그의 구두에서 질컥거리는 소리가 났다. 바람이 불어 우산을 썼어도 아래쪽은 물속에 들어갔다 나온 것처럼 젖어 있었기 때문이었다. 매점은 테이블 예닐곱 개의 작은 곳이었다. 환자복을 입은 젊은이와 부모인 듯한 중년의 부부가 끝 테이블에 앉아 얘기를 나누고 있었다. 관수는 그들의 반대쪽 끝 테이블로 자리를 잡았다.

"커피 드시겠어요?"

관수가 지희를 건네다 보며 물었다.

"그런 것 못 마셔요. 전 괜찮으니 민 선생님이나 시키세요."

그녀는 손을 내저으며 말했다.

"아, 그러시죠. 그럼 주스로 하죠. 주스야 과일 즙이니까요. 이봐요. 여기 오렌지 주스 한 잔하고 커피 한 잔만 줘요."

관수는 그녀가 집에서 달이는 차 외엔 어떤 음료도 마시지 않는다는 걸 깜박 잊었다. 특히 커피 같은 것은 절대 마시지를 않았다. 송 노인의 말로는 커피의 진한 맛 때문에 요즈음 사람들은 우리 고유의 차 맛을 잊어버렸다고 말했다.

송 노인의 뒤뜰에는 차나무가 십여 그루 있었다. 그는 봄이 되어 차나무 잎이 완전히 피기 전에 따서 말려 두었다가 그 잎으로 차를 다려 마셨다. 지희가 차를 다릴 때의 행동은 여간 조심스럽고 정성스런 것이 아니었다. 관수도 그 차 맛을 느껴보고 싶어 송 노인 집에 들일 때마다 자주 마셔보긴 했지만, 은근하고 오묘한 맛을 아직 터득하고 있질 못했다. 다만 잎에서 우러나온 떫떠름하고 구수한 맛이 입 안을 개운하게 했지만, 아직은 커피 쪽이 관수의 혀에 익숙했다. 송 노인의 말로는 차를 마시는 것은 입으로만 마시는 것이 아니라, 정신으로 마실 때 차의 진정한 맛을 알 수 있다고 했다.

매점 아가씨가 주스와 커피 잔을 가져다 테이블 위에 놓았다. 관수는 커피 잔을 들어 지희에게 마시자는 시늉을 해 보이고 한 모금 마셨다. 그녀는 잔을 입에 대었다간 입술만 적시고 그대로 내려놓았다. 그리고 관수를 건너다보았다.

"저… 아버님이 아무래도 큰 병을 얻으신 것 같아요."

그녀는 기어들어 가는 듯한 목소리로 말했다. 집안일을 관수에게 의논해야 하는 것이 좀 멋쩍어서였다.

"네? 큰 병이라니요?"

관수는 커피 잔을 내려놓고 앞으로 다가서듯 상체를 지희 쪽으로 숙이며 눈을 둥그렇게 떴다.

지희는 차근차근 원장이 했던 얘기를 그대로 관수에게 옮겼다.

"흠… 그랬었군요. 그렇게 심하도록 내색을 안 하셨다니…."

관수는 팔꿈치를 테이블 위에 대고 턱을 문지르며 심각해졌다.

"어쨌든 그것이 사실이라면 서울의 큰 병원으로 가야 합니다. 암이란 정밀 검사를 받아야 확실한 것을 알 수 있어요. 이런 작은 도시의 병원 설비로는 잘못된 진단일 수도 있는 것이니깐 그리 걱정하지 마세요."

관수는 원장의 말대로 송 노인이 서울로 가서 정밀 검사를 받아야 한다고 생각했다. 내일 당장 자신이 나서서 일을 처리해야 할 것이었다. 자신이 아니면 아무도 송 노인의 문제를 해결할 사람은 없었다. 관수는 청규가 무슨 일인가로 서울에 올라가 있음을 아쉬워했다. 오늘이라도 내려오면 좋으련만.

요즈음 관수는 청규와 별 왕래를 못 했었다. 관수는 이제 겨우 그림에 몰두할 수 있었기 때문이었다. 50호짜리 한 폭은 제법 많은 진전을 보고 있었고, 어제 또 한 폭의 그림은 초벌 바르기를 끝낸 참이었다. 그런데 이상한 것은 청규가 웬만하면 관수의 집으로 내려올 텐데, 통 얼굴을 비치지 않는 것이었다. 더욱이 서울에 올라가면서 관수에게 아무 얘기도 없었다는 건 아무래도 이상한 일이었다. 집안 문제로 심사가 편치 못할 것은 사실이겠지만, 아무래도 청규에게도 무슨 일이 있긴 있는 모양이었다.

"그러나 아버지는 서울에 가지 않으실 게 분명해요."

고개를 숙이고 주스 잔을 만지작거리던 지희가 혼잣말처럼 작은 소리로 말했다.

"꼭 가시도록 해야 합니다. 이런 일은 고집 피우시면 안 되지요."

관수는 남은 커피를 마셨다.

"이곳에 오실 때까진 거의 혼수 상태여서 아무것도 모르고 계셨지만, 아무래도… 정신을 차리시고 나셔서 병원인 걸 아시곤 처음엔 역정까지 내셨드랬어요. 괜히 남 총각만 호되게 꾸지람을 듣고… 민 선생님이 이해하시도록 말씀해 주셔야겠어요."

지희는 아버지의 성격과, 자신의 병이나 죽음 문제 같은 것도 어떻게 생각하고 계시리라는 것을 너무 잘 알고 있기 때문에 그녀로서는 아버지를 서울로 가시게 할 자신이 전혀 없었다. 그녀도 평소엔 아버지와 같은 생각으로 모든 문제를 생각해 왔지만, 막상 아버지가 생명에 관한 중한 병에 걸리셨다니 당황하지 않을 수가 없었다.

"꼭 선생님을 설득시켜야 합니다. 제가 잘 말씀드릴 테니 지희 씨도 선생님의 고집을 꺾도록 설명을 잘하셔야 합니다."

관수는 어떻게 얘기를 꺼내 놓아야 하고, 진찰을 위해 며칠만이라도 서울에 다녀와야 할 필요성을 어떻게 얘기해야 할 것을 지희에게 조리있게 설명을 했다. 그녀는 고개를 조금씩 까딱거리며 그의 얘기를 들었다. 그러나 그녀는 확신이 서지 않는 표정이었다.

지희의 말대로였다. 관수와 지희가 아무리 설명을 했지만 송 노인은 막무가내였다. 허, 내 몸은 내가 잘 알아요. 그렇게 걱정을 할 게 못 돼요. 설사 내가 당장 죽을 병이 들었다 해도 그러고 싶진 않아요. 민 선생의 얘기는 잘 알겠지만, 이건 꺾을 수 없는 내 뜻이오. 지희야. 넌 애비를 잘 알고 있지 않느냐. 그런 식의 얘기는 이 애비한테 할 얘기가 못 돼요. 이런 식의 얘기였다. 그리곤 옷을 갈아입고 당장 장승골로 가자는 것이었다. 송 노인은 주저 없이 옷을 챙겨 입고는 병원 문을 나섰다. 도저히 어쩔 수 없는 일이었다. 병원의 의사들과 간호원들도 영문을 모른 채 어리둥절할 뿐이었다.

지희와 관수도 송 노인을 따라나서지 않을 수가 없었다. 기승을 부리며 쏟아지던 빗줄기가 좀 뜸해지기는 했지만 질금거리며 꼬리를 늘어뜨리고 있었다. 송 노인은 굳이 버스를 타고 가자고 했지만, 관수는 택시를 잡아 밀듯이 송 노인과 지희를 뒷좌석에 태우고 앞자리에 앉았다. 읍을 통해 Y면으로 가자고 하자 운전수는 곤란하다는 듯 머뭇거렸다. 관수가 왕복 요금을 내겠다고 하자 운전수는 그제서야 씩 웃으며 액셀을 밟았다.

택시는 금세 시내를 벗어나 포장이 되지 않은 도로를 달리기 시작했다. 그래도 자갈이 고르게 깔린 도로는 기분 나쁘지 않을 정도로 택시를 탈탈거리게 했다. 비 오는 날씨에 먼지도 날 턱이 없어 차창으로 빨려오는 자갈길은 제법 차분한 운치를 돋구고 있었다. 미루나무 가로수가 열병식을 하고 있었다. 머리 부분이 뭉턱 잘려진 미루나무들은 잔가지를 수없이 옆구리에서 뽑아 올리고 있었다. 잔가지들은 마치 뷔페의 신경질적인 선처럼 긋고 또 긋고 중복된 직선으로 기둥을 감싸고 있었다.

비는 아직도 걷히지 않고 차창에 뿌려졌다. 윈도우 브러시가 부지런히 오가며 빗물을 헤쳐댔다. 차 속은 후텁지근하게 답답해졌다. 비 때문에 차창을 모두 올려버렸기 때문이었다. 관수는 차창의 손잡이를 돌려 조금 차창을 내렸다. 빗방울이 얼굴을 때렸다. 오히려 시원했다. 답답한 기분이 일시에 가셨다. 가로수들은 빨려오듯이 달려오다간 휙휙 옆으로 사라져 버렸다. 어느 가로수는 을씨년스럽게 커다란 까치집을 머리에 얹고 있었다. 퇴락한 집처럼 까치가 살지 않는 까치집은 잠깐의 우울을 차창에 비치며 지나가 버렸다.

관수는 비 내리는 날을 좋아했다. 그러니까 십여 년 전 고등학교 졸업반 때였던 것 같다.

그날도 이렇게 하루 종일 비가 내리고 있었다. 그 나이에는 누구나 어느 정도 우울을 동반하며 지내는 것이 멋처럼 느끼기도 했고, 비가 내리는 날이면 마음 맞는 친구 몇이 어울려 하숙집 문고리를 잠그고 소주잔을 기울이며 아직 알지도 못하는 인생을 얘기하고 뿌리도 없는 허무를 혀끝에 올려놓고는 결국은 공허한 어휘들의 무게에 짓눌려 곯아떨어지곤 했던 것이었다. 물론 관수도 그런 기분을 운동화 뒤꿈치에 꾸부려 신고 끌고 다니긴 했지만 좀 더 현실적인 고민으로 더욱 우울해져 있었다. 관수가 다니던 학교는 농업 고등학교였다. 관수의 고향에 유일하게 있는 고등학교였기 때문에 서울이나 T시의 인문 고등학교로 갈 수 있는 형편 좋은 아이 몇 명을 제외하곤 대부분 그 학교에 들어갈 수밖에 없는 셈이었다. 물론 고등학교까지도 진학 못 하는 학생의 숫자도 적지 않았다.

관수의 고민은 농업학교라는 특수성이 자신의 이상에 맞지 않는 것도 있었지만, 본격적으로 그림을 알기 시작하면서부터였다. 어려서부터 그림에 소질이 있었던 것은 사실이었지만 화가가 되겠다는 꿈을 가지게 된 것은 고등학교 2학년을 올라갈 무렵 학교 도서관에서 우연히 찾아낸 고흐와 샤갈의 화집 때문이었다. 학교 도서관에 그런 화집이 있었을 줄은 꿈에도 몰랐다. 관수의 학교는 미술 시간도 미술 선생도 없었기 때문에 관수는 틈나는 대로 취미 삼아 스케치를 한다든가, 산에 올라가 풍경화를 그려 본다든가 하는 정도였다.

그러나 고흐의 화집을 펴보는 순간 관수에게 준 충격은 엄청난 것이었다. 화집을 들춰 보면서 느꼈던 흥분을 관수는 일생 동안 잊지 못할 것이다. 관수는 고흐의 화집을 다 보고 뒷면에 수록되어 있는 그의 일대기를 읽고 나서 그림이란 일생을 걸어 씨름해볼 만한 것이라는 걸 비로소 알게 되었다. 일렁이는 하늘이며 타오르는 듯한 보리밭, 그리고 불꽃같은 상록수는 관수의 가슴속에 활활 붙는 활화산이 되어 관수 스스로가 고흐 같은 광기를 소유한 것 같은 착각까지 느낄 정도였다. 샤갈은 또 달랐다. 그는 모든 세계를 연주하고 있었다. 거대한 오케스트라를 지휘하듯 그는 감미로운 선과 꿈결 같은 색채, 환상적인 구도로 자신의 삶을 연주하고 있었다. 그는 고흐하고는 또 다른 차원에서 생의 아름다움과 그리움, 그리고 고통스러웠던 추억과 황량하게 지나가 버린 시간들마저도 건져내어 춤추고 노래하게 하는 마술사였다. 관수는 샤갈에게서 인생을 보는 눈을 배울 수 있을 것 같았다. 그림이란 이렇게 인생을 드라마로 엮어낼 수 있는 엄청난 것이로구나 감탄하면서 그는 감격해 눈물이 날 지경이었다. 관수는 결국 학교 도서관에서는 누구에게도 쓸모가 없을 그 화집을 훔쳐 내는 데 성공했고, 그 화집은 관수의 신앙 같은 것이 되어 버렸다.

관수는 화가가 될 것을 결심했다. 그러기 위해선 진학을 해야 하는데, 그것이 커다란 벽으로 앞을 막고 있었다. 체계적인 데생 공부를 할 수 없었던 것도 문제였지만, 입학을 하더라도 경제적인 뒷받침이 문제였다. 사실 관수의 학교에서 대학에 진학하는 학생은 매년 서너 명에 지나지 않았다. 그것도 같은 계열의 농과나 축산과 같은 특혜를 받는 학과일 뿐이었다. 인문 고등학교에서 진학을 목표로 하는 수업과는 많은 차이를 가지고 있기 때문이었다.

어쨌든 관수는 진학하기로 결심한 것이었다. 축산(畜産), 가금(家禽), 토양(土壤), 농업(農業)같은 교과서들을 팽개쳐 버리고 그림에 몰두하기 시작했다. 그런데 졸업반이 되면서 불안해지기 시작했다. 모든 것이 자신이 없었다. 관수의 현실적인 입장에서 대학 진학이라는 것은 환상일 뿐이었다. 전혀 불가능한 꿈일 뿐이었다. 현실을 깨달으면서 관수는 우울해졌다.

그날, 아침부터 비가 내리던 그 여름날, 축산 실습 시간이었다. 돼지의 거세(去勢) 실습이었다. 학교에는 지방 고등학교로는 제법 규모가 큰 돈사(豚舍)며, 계사(鷄舍), 양사(羊舍)를 가지고 있었다. 돼지는 백여 마리에 가까웠다. 돼지가 새끼를 낳으면 젖을 뗀 후 수놈들은 종돈이 될 놈만 빼놓고는 모두 거세를 해서 비육돈으로 키웠다. 거세를 해야 돼지가 양순해져서 빨리 자라고 살이 잘 붙었기 때문이었다. 실습은 2개 조로 나뉘어서 실시됐는데, 관수가 속한 조의 담당 선생은 엄하기로 이름난 노선생이었다. 관수조의 삼십여 명은 돈사(豚舍) 안에서 거세를 당할 새끼 돼지 다섯 마리를 가운데 두고 둘러앉아 있었다. 돼지를 나무틀에 꼼짝 못 하게 끼워 놓고 노선생은 설명을 해가면서 돼지 불알을 까기 시작했다.

"잘들 봐라. 아주 간단해. 우선 이렇게 불알을 훑어 쥐고….."

노선생은 자주감자 같은 불알을 왼쪽 손으로 훑듯이 움켜쥐었다. 불알이 팽팽해졌다. 새끼 돼지가 대가리를 흔들며 소리를 지르기 시작했다.

"머뭇거리면 안 돼. 메스를 이렇게 잡고 천천히….."

날카로운 메스가 팽팽해진 불알에 닿았다. 노선생은 메스를 아래로 천천히 그어 내렸다. 돼지는 이제 죽는 시늉으로 소리를 질러댔다. 메스가 지나간 자리가 석류가 쪼개지듯 빨갛게 벌어지면서 메추리 알만 한 불알이 쏘옥 밀려 나왔다.

"이렇게 하면 되는 거야. 다른 한쪽 것은 이쪽으로 몰아 빼내면 되는 거지."

노선생은 다른 한쪽 불알을 째진 곳으로 몰아서 마저 빼내었다. 양재기에 불알 두 개가 담겨졌다. 관수는 돼지의 울음을 듣고 있었다. 슬레이트 돈사 지붕으로 떨어지는 빗소리와 돼지의 발악하는 울음소리가 어울려 관수는 묘한 기분에 젖어들고 있었다.

그즈음 관수는 자신이 뜻대로 그림 공부를 할 수 없다는 현실적인 문제로 아주 우울한 날을 보내고 있었다. 그런 때라 그날의 돼지의 울음소리는 여러 가지 의미로 관수의 가슴에 와닿았다. 돼지로 태어난 것도 서러울 텐데 적어도 돼지다운 삶은 살아가게 놓아두어야 하는 게 아닌가. 한 점의 살을 더 얻기 위해 돼지다운 돼지도 못 되게 만들어 버린다는 건 너무 잔인해. 인간은 잔인해. 파렴치해.

"민관수! 뭐 하고 있는 거야. 눈을 감고, 이 녀석 봐라!"

째진 상처를 꿰메고 난 노선생이 눈을 감고 생각에 잠겨 있는 관수를 발견한 것이었다. 관수는 놀라 눈을 떴다.

"실습하는 것을 보진 않고 눈을 감고 있어?"

아이들은 숨을 죽이고 조용해졌다. 노선생이 화가 난 이상 가만있지는 않을 것이었다.

"괘씸한 놈이로구나. 이리 나와!"

노선생은 목에 핏대를 세웠다. 관수는 가운데로 불려나가 부동자세를 취했다.

"왜 눈을 감고 있었나?"

노선생이 다그치듯 물었다.

"저… 그냥… 돼지 울음소리를 듣고 있었습니다."

관수는 머뭇머뭇 대답을 했다. 아이들이 갑자기 까르르 웃어댔다.

"시끄러 이놈들아!"

아이들이 다시 조용해졌다.

"돼지 울음소리를 듣고 있었다고? 이런 엉뚱한 놈이 다 있나. 돼지 울음소리가 무슨 가수의 노래라도 되는 줄 아는 모양이구나."

아이들이 여기저기서 입을 틀어막고 킥킥거렸다.

"좋아. 기합은 나중에 받기로 하고, 우선 지금 내가 시범을 보인 대로 실습을 해봐. 너희들도 잘 봐둬. 이번 실습 시험은 이걸로 할 테니까."

노선생은 궤짝에서 다른 새끼 돼지를 틀에 끼웠다. 돼지가 발버둥을 치며 다시 소리를 질렀다. 관수는 망설였다. 도저히 이런 기분으로 돼지 불알을 까낼 수는 없었다. 아니 까낼 자신이 없었다.

"왜 멍청히 서 있나! 빨리 해!"

노선생이 메스를 건네주었다. 관수는 메스를 받아들고 망연해졌다.

"이 녀석 뭐 하구 있는 거야!"

노선생이 팔짱을 끼고 관수를 노려보았다.

"선생님, 전 못 하겠습니다."

관수가 울상이 되어 말했다.

"뭐라구? 못 해?"

노선생은 어이가 없다는 표정으로 관수 앞으로 다가섰다.

"네. 정말 못 하겠습니다. 다음번에 하겠습니다."

"너 지금 선생한테 농담하자는 거야? 이건 시험이야. 실습 시험."

노 선생의 얼굴이 붉어지면서 일그러졌다.

"못 하겠다는 이유가 뭐야! 엉!"

"그냥… 못 하겠습니다."

"이 짜식!"

노 선생은 관수의 뺨을 후려쳤다. 관수는 비틀했다. 아이들은 사태가 묘하게 진전되자 침까지 꿀꺽 삼키며 흥미 있는 눈길을 던지고 있었다.

"정말 못 해?"

"못 합니다."

관수는 뺨을 한 대 맞고 나자 오히려 담담해졌다.

"좋아, 네놈이 선생한테 반항을 하는구나. 불알을 못 까는 놈이라면 불알 맛이나 보여 주지."

노 선생은 그릇에 담긴 뻘건 불알 하나를 집어 들었다.

"자, 입 벌려!"

그는 관수 입에다 불알을 내밀었다. 이것마저 거부를 하면 불같은 노선생이 어떻게 나올지 몰라 관수는 질끈 눈을 감고 입을 벌렸다. 미끈한 것이 입 속으로 들어왔다. 조금 찝질한 것 같기도 하고 밍밍한 맛이 나기도 했다.

"바깥으로 나가 서 있어! 만약 뱉어 내면 일주일 돈사 청소 당번시킬 테니 그리 알아!"

관수는 돈사 밖으로 나와 섰다. 빗방울이 얼굴에 뿌려졌다. 돈사 안에선 다시 돼지의 울음소리가 들려왔다. 관수는 학교 뒷산 위에 잔뜩 내려앉아 있는 하늘을 바라보았다. 비를 뿌리고 있는 짙은 회색의 하늘은 굉장한 두께를 가지고 관수의 가슴까지 짓누르려는 것 같았다. 관수는 가슴이 답답해 왔다. 입 안에는 침이 괴기 시작했다. 물고 있는 불알 때문에 침을 뱉을 수도 없었다. 관수는 괸 침을 어쩔 수 없이 꿀꺽 삼켜버렸다. 입 안에서 불알이 미끄덩거렸다. 관수는 답답하던 가슴이 메슥메슥해지기 시작했다. 빗발이 점점 거칠어지기 시작했다. 관수는 어깨가 으스스 젖어옴을 느꼈다. 돼지의 비명 소리가 또 뒤통수에 와 닿았다. 관수는 갑자기 허리를 굽히고 구역질을 하기 시작했다. 땅바닥에 떨어진 새끼돼지의 불알 위로 관수의 오물이 쏟아졌다. 빗발은 이제 폭우처럼 변해가고 있었다. 비속에 흠씬 젖어 관수는 자꾸자꾸 구역질을 해댔다.

관수는 뒤를 돌아다보았다. 송 노인은 잠이 들어 있는지 눈을 감고 있었고, 지희는 차창 밖으로 무심히 시선을 던져놓고 있었다. 골똘한 생각에 잠겨 있는 모습이었다. 그녀의 옆얼굴은 언제나 쓸쓸해 보였다. 관수는 애틋한 무엇이 져며옴을 느끼면서 이내 가슴이 답답해졌다.

빗발은 뜸해져 간간이 바람을 타고 차창에 부딪쳐 왔으나, 산머리까지 내려앉은 하늘은 허리를 펼 줄 몰랐다.

"민 선생이 나 때문에 괜헌 고생을 하는구만…."

잠이 든 줄 알았던 송 노인이 말했다.

"저야 무슨… 선생님이 걱정될 뿐입니다."

관수는 뒤를 돌아다보고 그저 웃어 보였다. 그는 송 노인을 어떻게 생각해야 좋을지 몰랐다. 그렇게까지 고집하며 병원에 가기를 마다할 이유를 그로서는 잘 납득할 수 없었다.

"민 선생은 늙은이의 쓸데없는 고집이라고 생각할지 모르지만, 나는 나대로 무너뜨리지 않아야 할 것이 있는 것이오. 사실 나이로 치자면 난 살 만큼 산 나이 아니겠소. 이제사 새삼 죽음이 두려울 건 없는 것 아니겠소. 아니지. 인간에게 죽음이 두려운 건 어쩔 수 없는 것일 게요. 다만 어떻게 받아들이느냐가 문제이지…."

눈을 다시 지그시 감은 송 노인은 혼잣말을 하듯 담담한 어조로 얘기를 이어갔다. 택시가 빗물에 패인 곳을 지날 적마다 송 노인의 얘기는 차체의 흔들림으로 끊겼다가는 다시 이어지곤 했다.

"…옛날 수도자들은 인생이란 것을 깨닫기 위해 여러 가지 수행 방법을 썼었다고 하오. 그 중에 백골관(白骨觀)이란 수행 방법이 있소. 수도자들이 묘지나 산에 아무렇게나 버려진 송장 곁에 자리를 잡고 썩어가는 송장을 내려다보며 수행하는 방법인데, 인생의 무상(無常)을 통해 실존의 자아를 정확하게 볼 수 있게 하기 위해 이용된 수행 방법일 게요. 그렇게 송장의 변하는 모습을 구상(九想)이라는 구분으로 관찰을 했다 하오. 죽은 자의 육체가 부풀어 팽창하게 되고, 이어 검푸르게 썩기 시작하고, 썩어 물이 흐르기 시작하고, 이내 모든 살점과 머리털이 바람에 날려가 버리고, 백골이 하얗게 노출되어 모든 것이 풍화사산(風化四散) 하고, 살은 흙으로, 피는 물로, 열(熱)은 불로 돌아가고 숨(息)은 바람으로 화해가는 인간 실존의 무상 과정을 곁에서 지켜보는 수행 방법이오. 아마 수도자들은 육신의 무상함을 두 눈으로 바라보며 자신의 몸에 스며 있어 언제고 머리를 내밀 수 있는 본능의 욕(慾)들을 다스리기 위해 그런 수행 방법을 행했을 게요. 그것은 허무주의와는 전혀 다른 것이오. 진정한 자기 발견을 위한 투쟁인 거요. 이런 싯귀가 생각 나오.

生也一片浮雲起 死也一片浮雲滅

浮雲自體本無實 生死去來亦如然

사람이 산다는 것은 한 조각구름이 이는 것 같고, 죽음이란 것은 뜬구름이 사라짐과 같다. 떠 있는 구름이란 본래 없는 것, 생사의 오감도 역시 그러한 것 아니겠는가.

이런 맑은 의식으로 자신을 바라볼 때 우린 가장 현명한 자아의식을 실현할 수 있는 거라고 생각하는 게요. 사실 나는 병도 두렵고 죽음도 두렵지만, 그런 집착에 매달려 연연하고 싶지는 않은 거요. 연연한다는 건 우리 몸에 잠재한 바람직하지 않은 본능의 욕구가 어떤 의지를 어지럽히는 작용일 뿐이요."

차는 크게 휘어진 길을 돌아 플라타너스 가로수가 늘어서 있는 Y면 소재지를 관통하는 도로를 달리기 시작했다. 빗발은 이제 멈췄고 거대한 회색 괴물처럼 몸을 뒤트는 구름 사이로 언뜻언뜻 파란 사기 조각 같은 하늘이 비치고 있었다. 관수는 엔진 소리에 섞여 웅얼웅얼거리는 송 노인의 얘기를 들으며 구름 사이의 하늘 조각을 찾아내려고 애를 썼다. 송 노인은 이제 얘기를 하고 있지 않았지만 관수의 머릿 속에선 계속 송 노인의 가라앉은 목소리가 웅얼거렸다. 그 웅얼거림은 그의 가슴 속에서 항상 안개처럼 웅어리져 있는 것들과 어울려 더욱 불투명한 혼돈의 덩어리로 빙글빙글 돌아가기 시작했다.

살아가는 일. 가치관. 현실이라는 것. 그림 나의 그림. 예술이라는 허울. 그 허울의 실체는? 입어야 하는가, 벗어야 하는가. 아니면? 그러나 어쩔 수 없어. 이렇게 끌려왔지. 끌려와서 마지막 벽에 부딪쳐 짓눌려 버리는 중임. 그렇게 눌려져 부서져 버리는 중임. 아니지. 부서질 순 없지. 송 노인. 그는 지혜를 가졌어. 노인의 지혜. 그래. 그는 정말 산다는 걸 아는 걸 거야. 生也一片浮雲起? 그렇다면 물론 藝也一片浮雲起일지 모르는 거다. 모를 수밖에 없는 것이다. 白骨觀? 하얗게 뼈로 드러난 실체를 보는 일. 그래. 예술이란 허울을 내동댕이쳐 그 썩어 가는 모습을 바라보는 것. 그렇게 해서 결국엔 하얗게 드러날 실체를 바라보는 일. 뭔가가 내 눈앞에 현상화될 게다. 그러나 어떻게? 어떻게? 어떻게….

9장

"민 선상님! 미, 민 선상님!"

노 씨가 헐레벌떡 사립문을 제치고 뛰어들어 왔다. 그의 얼굴은 온통 땀으로 뒤범벅이었다.

"크…… 큰일 났습니다. 민 선상님!"

숨이 턱에 닿아 제대로 말을 하지 못하고 노 씨는 허둥댔다. 사뭇 달려온 모양이었다.

관수는 방문을 열어놓고 이른 새벽부터 그림을 마무리 짓고 있는 중이었다. 노 씨의 고함소리에 관수는 깜짝 놀라 붓을 든 채 마루로 뛰어 나왔다.

"큰일 났습니다요, 크, 큰일 났습니다요."

노 씨는 울상으로 일그러진 얼굴을 하고 몹시 당황해하고 있었다.

"무슨 일입니까. 차근차근 말씀을 해 보세요."

관수는 영문 없이 놀란 얼굴로 노 씨의 어깨를 흔들며 말했다.

"기…김 선상님이… 김 선상님이…."

노 씨는 울먹였다.

"김 선생이 어쨌다는 거예요?"

관수는 퍼뜩 청규에게 무슨 사고가 생겼음을 알고 다급하게 물었다.

"김 선상님이 크게 다, 다치셨습니다요."

"다쳤어요? 어떻게요?"

"화, 화상을 입으셨어요."

"화상을?"

"빠, 빨리 가보셔야겠습니다요."

노 씨는 계속 숨을 몰아쉬며 안절부절 못했다.

"알겠어요."

관수는 허겁지겁 남방을 걸쳐 입고 뛰어나왔다.

두 사람은 도자기 공장을 향해 달리기 시작했다. 8월의 붉은 태양이 이글거리며 떠오르고 있었다.

관수가 땀으로 범벅이 되어 공장에 도착했을 때 청규는 마당 가운데의 멍석 위에 눕혀져 있었다. 얼굴과 양쪽 팔이 온통 붕대로 둘둘 말려져 있었다. 공장 사람들은 죽은 듯이 누워 있는 청규를 가운데 두고 우왕좌왕 어찌할 바를 모르고 있었다.

"어찌된 일입니까? 어떻게 하다 이 지경이 됐어요!"

관수는 너무 어처구니없는 사실에 눈앞이 캄캄해졌다. 죽은 것이 아닐까. 관수는 정신없이 청규의 셔츠를 헤치고 가슴에 귀를 대어 보았다. 심장 뛰는 소리가 가늘게 들려왔다.

"빨리 서둘러야 되겠어요. 경운기 있는 집이 누구네죠?"

울상이 되어 둘러서서 내려다보고 있는 사람들에게 관수가 외쳤다.

"짱구네가 있어유."

"아랫말 남 씨네두 있구유."

"그럼 누가 빨리 가서 경운기를 몰고 오라구 해요. 두 집 다 가 봐요. 두 대 모두 필요할 거예요."

물레 돌리는 총각 둘이 뛰어 나갔다. 태양은 어느새 둥실 솟아올라 마당 위에 긴 그림자를 드리우며 몸을 달구어가기 시작했다. 이게 무슨 변고란 말인가. 확실한 상태는 알 수 없었지만 의식까지 잃고 있을 정도면 상처는 심각한 상태가 분명했다. 어느 누구도 화상에 대한 응급 처치를 알고 있지 못해 우선 상처 부위를 붕대로 감아놓은 모양이었다. 관수도 마찬가지였다. 지금 할 수 있는 일이란 빨리 읍내 병원으로 환자를 옮기는 일이었다. 관수는 청규의 몸을 흔들며 불러 보았으나 아무 반응이 없었다. 관수는 몇 번이고 가슴에다 귀를 대어보곤 했다. 심장의 고동은 더하지도 덜하지도 않고 아주 여리게 움직이고 있었다.

"어찌하다 이렇게 됐나요? 누구 본 사람이 없습니까?"

관수는 침착을 찾으려는 듯 가라앉은 목소리로 물었다. 그러나 목소리는 떨리고 있었다.

"지가 제일 먼저 봤지유."

주로 장작 패는 일을 하는 윤 노인이 자신이 잘못하기라도 한 양 두 손을 마주 비비며 말을 이었다.

"날이 훤해지길래 일어나서 흩어진 장작 정돈을 하려구 가마로 와 보니… 글씨, 선상님이 쓰러져 계시지 않겠어유. 머리를 불에 상하신 채 화구 앞에 쓰러져 계셨어유. 지가 놀래서 얼른 달려가 일으켜두 선상님은 정신이 없었어유. 상처가 아주 심하셨어유. 하두 급해서 우선 충청댁이 붕대루 감었구만유. 워째지유. 괜찮으실까유? 어제 지가 불을 때야 하는 긴데…. 지가 말리구 불을 때야 하는 긴데….”

윤 노인은 눈물을 찔끔거렸다.

“김 선생이 어제 불을 땠군요?”

관수가 물었다.

“그랬지유, 노 씨하구 지가 밤샘 허겠다구 그랬는디두 막무가내루 선상님이 계시겠다는 거예유. 자신이 때겠다면 꼭 때시곤 해서 더 이상 말리질 않었지유. 다른 때두 자주 선상님 혼자 밤을 새우시곤 했지유. 어휴. 지가 말려야 하는 긴데… 어휴.”

“어제 화입식 때 술을 많이 마셨나요?”

“화입식 때는 몇 잔 안 잡수셨어유, 막걸리루 서너 잔쯤 잡수셨을 꺼예유. 그란디 새벽에 쓰러진 선상님을 봤을 때, 빈 쇠줏병이 네 개나 있었지유. 혼자 밤새 자신 모양예유.”

“….”

“다른 때두 밤샘허실 땐 쇠주를 자시긴 했지유. 그렇지만 한두 병 정도였는디….”

윤 노인은 말끝을 흐리고 훌쩍거렸다.

“이 영감 방증맞게 울긴 왜 운데유.”

충주댁이 훌쩍거리는 윤 노인을 나무랬다. 짱구 아버지가 휘둥그레진 눈으로 경운기를 몰고 공장으로 들어섰다.

“경운기에다 요를 하나 갖다 까세요. 그리고 홑이불도 한 장 내와요.”

관수는 서둘렀다. 청규의 생명이 몇 분에 달렸는지도 모르는 일이었다.

경운기에 요를 깔고 청규를 들어 실었다. 관수는 홋 이불로 청규의 몸을 덮었다. 아무래도 체온이 내려간 것 같았다. 청규는 주위의 수선스러움을 아는지 모르는지 꼼짝을 하지 않았다. 관수는 속으로 부르짖었다. 제발 죽지 말아라. 살아야 한다. 이게 무슨 엉뚱한 노릇이냐.

"노 씨가 저하고 같이 타요."

관수와 노 씨가 경운기에 올라탔다.

"자, 빨리 갑시다. 환자가 심하게만 흔들리지 않을 정도로 빨리 가야 해요."

짱구 아버지는 경운기에 기어를 넣고 공장을 빠져나가 달리기 시작했다. 경운기는 서두르며 씩씩거렸다. 마을을 빠져나갈 무렵 맞은편에서 남 총각이 운전하는 경운기가 헐떡거리며 달려왔다.

"김 선상님이 많이 다치셨다구유?"

경운기를 앞에 세워놓고 남 총각이 큰소리로 외쳤다.

"그래요. 급합니다. 이쪽은 환자 때문에 제 속력을 다 낼 수 없으니 남 총각이 될 수 있는 대로 빨리 달려가야겠어요. 면사무소에 가서 전화를 해 줘요. 병원 구급차 편이 잘 안 돼면 택시라도 빨리 보내도록 해 줘요."

두 대의 경운기가 내는 엔진 소리 때문에 관수는 악을 쓰듯이 외쳐댔다.

"알것씨유."

남 총각은 오던 길로 다시 돌려 달려가기 시작했다. 뒤꽁무니를 덜컹거리며 남 총각의 경운기는 점점 멀어져 갔다.

길이 평탄치를 않아 경운기가 자꾸 흔들렸다. 관수는 요 끝을 접어 청규의 머리를 조금 높였다. 그리곤 다시 가슴에 귀를 대어 보았다. 경운기

엔진소리와 덜컹거리는 통에 무슨 소리를 도저히 들을 수가 없었다. 그는 난감한 표정을 지으며 청규의 몸이 될 수 있는 대로 흔들리지 않도록 두 손으로 감싸 안았다. 햇볕이 점점 뜨거워지고 있었다.

관수는 이틀 전에 청규를 만났었다. 관수도 그림에 몰두하기 시작하면서 아무래도 공장에 자주 들리게 되지를 않았지만, 이즈음 들어 청규도 발길이 없었다. 관수는 아마도 자기 작업을 방해하지 않기 위해서 그러려니 생각하고 있었다. 그래서 그저께 오후 오랜만에 청규와 소주잔이라도 나누고 싶은 생각이 들어 공장으로 발길을 향했던 것이었다. 청규는 낮잠을 자고 있었다. 가마에 새로 성형된 도자기를 집어넣고 쉬고 있는 중이라고 했다. 낮잠을 자다 깨어나서 그런지 안색이 좋지를 않다. 얼굴도 부석부석한 것이 밤잠을 제대로 못 잔 사람 같았다. 둘은 나무그늘에 앉아 소주잔을 기울였다. 소주잔을 나누면서 관수는 청규가 변해 있음을 느꼈다. 우선 말수가 적어졌고, 술 한잔 들어가면 술술 나오던 농담 섞인 세상사에 대한 푸념도 없었다.

"자네 요즈음 어디 아픈 거 아냐?"

관수가 잔을 건네며 물었다.

"뭘. 아플 턱이 있나."

청규는 술잔을 받아들고 덤덤하게 대답했다.

"아무래도 자네 분위기가 이상해. 이런 말 하면 어떨지 모르지만 혹시 이혼한 걸 후회하는 거 아냐?"

관수가 청규의 눈치를 살피며 말했다.

"예끼 이 사람. 내가 그렇게 경솔한 놈으로밖에 안 보였나?"

청규는 술잔을 반쯤 비우고는 무슨 소리냐는 듯 눈까지 부라려 보였다.

"아니라면 미안, 미안. 허지만 요즈음 자네 왜 그런 우울한 꼬리를 달고 다니는지 알 수가 없군."

"그렇게 보이던가?"

"그렇지 않구."

"나도 모르겠어. 계절 탓일 거야. 몸이 나른하고 의욕이 없어지는군. 어디 이런 무더위 속에 팔팔해질 기분이 나야지."

청규는 얼버무리듯 말을 하고는 스스로 잔을 채워 단숨에 비워냈다. 관수는 그런 그의 모습에서 분명 무슨 사연이 있음을 느낄 수 있었다. 그러나 그가 말하고 싶어 하지 않는 걸 자꾸 캐묻고 싶지는 않았다.

"어때, 그림은 잘 돼 가나?"

청규가 물었다.

"매달리고는 있지만 신통치 않아. 능력 부족임을 절감할 뿐이라구."

어디서 날아 왔는지 매미가 울어대기 시작했다.

"자넨 할 수 있어. 스케치한 것들만 봐도 무언가 새로운 모습으로 탈바꿈하는 자네 그림을 느낄 수 있어. 좋아. 새로운 감각의 조형이야."

매미소리는 끝나는 듯하다가는 다시 소리 끝을 끌어 올리며 계속 울어댔다.

"그렇지를 않아. 달라붙을수록 벽은 두터워지는 것 같아."

"자네의 열정이라면 결국 벽은 무너지게 돼 있어. 자네 같은 일관된 집념이 난 부러울 때가 있지…. 사실 나도 다시 작업을 해보고 싶은 생각이 들 때가 있어. 요즈음 자네의 모습을 보면 더욱 그렇지. 허지만 난 틀렸어."

청규는 쉽게 취했다. 그의 말은 공허하게 들렸다. 이제 두 마리의 매미가 귀가 따갑게 울어대고 있었다. 관수는 매미 소리가 짜증스러워졌다. 그날 둘은 제법 취하게 마셨다. 그러나 오고간 얘기는 많지를 않았다.

경운기가 숲길을 벗어나 들판 길을 달리기 시작했다. 들판 끝 먼 산 위에서 흰 뭉게구름이 흐드러지게 피어오르고 있었다.

관수는 청규가 그토록 술을 마셨어야 할 이유를 알 수가 없었다. 혼자 밤새 네 병을 비워냈다면 인사불성으로 취할 건 뻔한 일이었다. 그렇게 취해 버려 화구(火口) 쪽으로 쓰러져 버린 것이 분명했다. 취중에 몸을 빼내지 못하고 그대로 큰 화상을 입었을 것이었다.

"요즈음 계속 술을 많이 마셔 왔나요?"

관수가 노 씨를 올려다보며 물었다.

"예? 아, 예. 지는 잘은 모르겠는데유. 영감님 얘기루는 밤에 일을 하시는 모양이라구 그러드구만유. 일을 하시면서 혼자 조금씩 술을 마시긴 허는데, 요즈음 가끔 취하도록 마시드라구 하더구먼유."

경운기 짐받이에 기대어 서서 먼 하늘을 바라보고 있던 노 씨가 대답했다.

"밤에 일을 해요?"

"그전부터 물레실 뒷방에 선상님 혼자 일하시는 방이 있지유. 공장 일이 끝나면 틈틈이 그 방에서 무신 일인가를 하시군 했지유."

"무슨 일을 하는데요? 도자기 일 말고 다른 일을 하던가요?"

관수는 언젠가 성형실 뒤쪽에 자물통이 채워져 있는 방을 이상하게 여겼었던 것을 기억해냈다. 청규는 그곳에서 무엇인가를 비밀스럽게 하고 있었던 것이 틀림없었다. 관수는 청규가 혼자 하고 있었던 일에 호기심이 생겼다.

"아무도 잘 몰라유. 그쪽 방은 선상님 혼자 쓰시구 있구, 또 일이 끝나시면 잠가두시거든유. 그래서 즈이들은 무슨 중요한 일을 하시는 곳인가 보다 하구 생각은 했지만, 알 수가 없지유. 선상님이 시키지 않는 한 즈이들이 알 필요두 없는 거지유."

"그렇겠군요."

관수는 막연히 무엇인가 집히는 것이 있었다. 청규가 감추고 있는 우울을 알아낼 수 있을 것 같은 생각이 들었다.

"그 방을 김 선생이 언제부터 쓰기 시작했는지 아세요?"

관수가 다시 물었다.

"그 방이야 공장 시작할 때부터 따루 만들었지유. 공장 일이 한가할 때면 항상 그 방에서 시간을 보내시군 했지유. 가끔 그 앞을 지나가다 보면 나무 깎는 소리가 나기두 하구, 무엇을 갈아내는 것 같은 소리가 나기두 허드구만유. 그런데 한 이 년 전부터는 그 방을 별로 사용하지 않으시더군유. 그저 아주 가끔 들어가 계시긴 했지만 무얼 하는 소리는 들리질 않었지유. 그러다가 올 여름이 되면서부터 갑자기 그 방에서 무슨 일인가를 다시 허기 시작허시더군유. 그러니까 유월이 되면서부터일 거예유. 공장 일을 지시해 놓구는 거의 그 방에서 시간을 보내셨지유. 한 달 전부터는 그 방에 아예 침대를 마련해 놓구 그곳에서 주무셨어유. 즈이들이 알기루는 아마 도재기 유약을 연구하시는 것이 아닌가 생각들을 하구 있었구만유."

"유약을요?"

"그래유. 도재기 허는 사람들은 자기 공장에서 쓰는 유약을 서로 비밀루 허구 있지유. 그것이 도재기의 생명이라구 허드구만유. 다른 공장에 가 봐두 유약 맨드는 건 아무한테두 보여 주지를 않지유. 아마 선상님두 더 좋은 유약을 맨들라구 연구를 하시느라 그랬던 것 같구만유. 그러다가 뜻대루 일이 잘 안 되니까 속이 상하서서 요즈음 술을 많이 드셨든가봐유. 그런 일루 속이 상허셨든 게 분명헐 거예유."

노 씨는 자기 생각이 맞을 거라는 듯이 입을 꾹 다물고 머리를 주억거려 보였다. 그러나 관수는 노 씨의 얘기를 듣고 청규에 대해 자신이 생각하고 있는 바를 확신할 수 있었다. 이 경운기가 들길을 벗어나 플라타너스 가로수가 늘어서 있는 신작로로 들어서 조금 더 달리자 맞은 편에서 도립 병원 구급차가 달려오는 것이 보였다. 관수는 경운기를 세워 청규를 옮겨 실을 준비를 했다. 구급차에는 남 총각이 같이 타고 있었다. 의사와 간호사는 빠른 동작으로 지시를 했다. 관수는 의사의 지시대로 청규를 들것에 옮겨 구급차에 실었다. 구급차에 노 씨와 관수만 탔다. 남 총각은 짱구 아버지의 경운기에 타고 면사무소로 다시 향했다. 관수는 그들에게 청규에 대한 경과를 노 씨를 통해 알릴 테니 공장에 가서 사람들을 안심시키라고 일렀다. 구급차는 속력을 내어 달리기 시작했다. 플라타너스 가로수가 바람소리를 내며 자꾸자꾸 뒤로 빠져 나갔다.

관수는 발길을 야석천으로 옮겼다. 가랑이까지 차는 여뀌풀이 무성한 둔덕을 내려섰다. 다리가 휘청거렸다. 지난밤을 꼬박 새운 터였다. 머릿속은 텅 빈 것처럼 멍멍할 뿐이었다. 무얼 조리 있게 생각해낼 수가 없었다. 텅 빈 머릿속에 흙탕물 같은 것이 가득 차 있는 것 같기도 했고, 흠씬 두들겨 맞아 아무 감각을 느낄 수 없는, 먹먹하게 불편한 기분일 뿐이었다. 여뀌풀은 끝에다 물감을 찍어놓은 듯 꽃을 하얗게 뿌려놓고 있었다. 모래밭 주변으로 온통 여뀌 풀밭이었다. 풀냄새가 후끈거리는 열기와 함께 코를 찔렀다. 모래밭과 자갈밭 너머로 야석천이 기다란 등줄기를 번쩍거렸다. 야석천은 언제나 그랬다. 그렇게 번쩍거리며 관수를 불러내곤 했다. 관수는 서둘렀다. 빨리 물속에 뛰어들어 끈끈한 몸을 씻어내고 싶었다. 투레질을 하며 세수를 하고 싶었다. 관수는 풀숲을 헤치며 서둘러 발길을 옮기다가 풀줄기에 걸려 넘어졌다. 넘어지면서 움켜잡은 여뀌 풀에서 아릿하게 독한 풀냄새가 코끝에 와 닿았다. 냄새는 코끝을 통해 머릿속까지 아릿하게 찔렀다. 태양은 풀숲에 가려 보이지를 않았다. 사방이 풀숲으로 이루어진 벽이었다. 관수는 갑자기 아늑한 기분에 젖어들었다. 풀 섶 사이로 살랑거리는 바람이 이마에 와 닿았다. 관수는 가만히 돌아누웠다. 얼굴 위에서 어우러져 있는 풀잎들은 그물처럼 하늘을 걸러내고 있었다.

관수의 의식 한 귀퉁이에서 어제의 기억들이 꼬물꼬물 살아 움직이기 시작했다.

읍내에 들어서면서 기분 나쁘게 울려대기 시작하던 구급차의 경적. 삐뽀오—삐뽀오—왜 하필 그런 소리를 내게 했을까. 환자들의 온갖 신음소리를 섞어 확성해 놓은 소리가 그럴 것이었다. 응급 처치실. 대기실에서의 초조. 의사의 부름. 응급실의 문을 여는 순간 눈앞으로 달려온 붕대 푼 청규의 얼굴. 머리털은 다 타버렸고, 피와 진물로 문드러진 얼굴. 꺼멓게 그을린 이마 부분. 아, 너무하다. 이건 너무하다. 도저히 살아날 가망이 없는지 흔들리던 의사의 얼굴. 불능입니다. 의사의 한마디가 귓바퀴에 매달려 팔랑개비처럼 돌며 왱왱거렸지. 불능입니다. 불능입니다. 불능입니다. 청규의 가슴은 자정을 겨우 넘기고 끝내 멎어 버렸지. 하얀 시트가 얼굴까지 덮어 버리고, 삼십오 년의 시간은 시트 한 조각으로 영원히 덮여져 버리고 말았지. 이런 건가. 이렇게 끝나면 되는 건가.

관수는 풀을 헤치고 벌떡 일어섰다. 그리곤 기우뚱 기우뚱 야석천을 향해 달려갔다. 물가까지 달려온 그는 옷도 벗지 않은 채 물속으로 뛰어들었다. 허리까지 차오르는 곳으로 들어간 그는 정신없이 몸을 닦아내기 시작했다. 목덜미를 문지르고, 가슴을 문질러 대며 머리를 물속에다 쳐박았다가 꺼내기도 했다

청규의 장례는 병원 영안실에서 간단하게 끝나 버렸다. 연락을 받은 친척 몇이 내려와 그렇게 하기로 결정을 한 것이었다. 형님이라는 사십 대 중반의 부부와 외사촌 형제 셋이 내려왔다. 그들은 담담하게 일을 처리했다. 시신은 읍내 화장터에서 화장을 해버렸다. 관수의 욕심으로는 가지샛골 양지바른 어느 곳에다 묘라도 만들고 싶었으나, 그들은 반대를 했다. 고향도 아닌 곳에다 묘는 무슨 묘냐는 것이었다. 친구 입장에서 고집을 부릴 일이 못 되어 그들이 하는 대로 바라볼 뿐이었다. 관수는 화장을 하고 난 유골만은 가장 절친했던 친구로서 자신이 처리하겠다고 하자 그들은 허락을 했다.

관수는 저무는 해를 바라보며 야석천 물 위에다 유골을 뿌렸다. 한줌

한줌 유골을 뿌리며 눈물을 흘렸다. 유골을 다 흘려보내고 난 관수는 빨갛게 물들기 시작하는 서쪽 하늘을 바라보며 뼛속까지 져며오는 무상감에 몸을 떨었다.

청규의 형이라는 사람은 며칠 후 공장 처리 문제로 다시 내려오겠다며 친척들과 함께 서울로 올라가 버렸다.

관수는 정신 나간 사람처럼 방에 틀어박혀 누워만 있었다. 잠을 자는 것도 아니었다. 천장만 초점 없이 바라보며 눈만 껌벅거렸다. 하루 밤낮을 꼬박 그렇게 누워 있던 관수는 이틀째 되는 오후 부시시 일어나 밖으로 나왔다. 걱정을 태산같이 쏟아내며 노씨댁이 내온 밥상을, 마지못해 뜨는 둥 마는 둥 밀어내고 그는 공장으로 향했다. 무엇인가 알아내야만 할 일이 있을 것 같아서였다.

공장 사람들은 마당 나무 그늘에 모여 앉아 소주잔을 돌리며 앞으로의 자신들 문제를 걱정하고 있었다.

"우리는 어떻게 하면 되는 건가유?"

공장으로 들어서는 관수를 발견하고 다가온 물레실 총각이 물었다.

"이삼 일 안으로 김 선생 형님 되는 분이 내려와서 정당한 처리를 하실 겁니다. 제가 여러분들의 입장과 그에 대한 모든 보수 문제는 잘 말씀을 드렸으니 잘 될 겁니다."

관수는 그들이 궁금해할 것 같은 문제를 자세하게 설명을 해주었다.

"그까짓게 다 무신 소용이간디유. 다 우리 잘못이나 마찬가진디유."

윤씨 영감이 눈시울을 붉히며 두 손으로 관수의 손을 잡았다.

"영감님. 어느 누구의 잘못도 없어요. 그 사람은 자기 운명이 그렇게

밖에 안 됐던 모양이예요."

관수는 영감을 달랬다.

"그렇지 않어유. 이 늙은 것이 교대를 했든가, 좀 더 일찍 일어나기만
했어두 그런 일은 생기진 않았을 거예유. 지 잘못이예유. 이 늙은이 잘못
예유."

윤씨 영감은 홀쩍거리며 눈물을 손등으로 문질렀다.

"자, 그만 고정하세요. 다 끝난 일입니다. 영감님, 공장 열쇠 가지고 계
시지요?"

"야. 여기 있구만유."

윤 씨 영감은 계속 홀쩍거리며 주머니에서 열쇠 뭉치를 꺼내 줬다.

"김 선생이 혼자 쓰던 방 열쇠도 있나요?"

"있어유. 이거지유."

윤 씨가 열쇠 꾸러미 중에서 하나를 뽑아 내밀었다.

"걱정들 마시고 편한 마음으로 계세요."

관수는 열쇠를 받아들고 물레실 뒤에 붙어 있는 작업실로 향했다. 작
업실 문은 창도 없이 굳게 자물통을 물고 있었다. 관수는 자물통을 열고
미닫이문으로 된 문을 열고 들어섰다. 그리고 다시 문을 닫았다. 작업실
안은 어둠침침했다. 서쪽으로 커다란 창문이 있는데 두꺼운 커튼으로 가
려져 있었다. 그는 창문 커튼을 열어젖혔다. 작업실 안은 금세 환해졌다.
관수는 작업실 안을 둘러보았다. 거의 완성에 가까운 목조 작품들이 마
무리가 안 된 채 한쪽 구석에 무질서하게 쌓여 있었고, 가운데 쪽으로 최
근에 손을 대고 있었던 것 같은 나무등치 세 개가 받침을 하고 길게 누워

있었다. 끌로 반쯤은 쪼아져 어떤 형태를 은근히 나타내기 시작하고 있는 중이었다. 그 옆에는 날이 시퍼런 끌들이 무질서하게 흩어져 있었다. 끌들은 창으로 들어온 빛을 받아 들짐승의 이빨처럼 번뜩였다. 창문이 있는 커튼 밑으로는 무릎 높이로 길게 받침대를 만들어 놓고 그 위에 수십 점은 될 듯싶은 기둥 모양으로 성형된 점토가 하얗게 말라 있었다. 한 뼘 내지는 한 뼘 반 이내의 직경에다 길이는 대략 50cm에서 1m 이내쯤 돼 보였다. 반쯤은 초벌구이가 되어 짙은 베이지색을 띠고 있었다. 그 받침대 옆으로 물레가 자리잡고 있고 또 바로 옆에 반 평 정도의 흙 탱크를 만들어 놓고 있었다. 흙 탱크 속에는 성형을 하다 실패한 것 같은 기둥 모양의 점토들이 휴지처럼 구겨져 수북이 쌓여 있었다.

점토는 축축히 젖어 있었다. 요즈음 계속 물레로 어떤 성형 작업을 하고 있었던 것이 분명했다. 그러고 보니 받침대 위에 놓여 있는 것들 중에서 몇 개는 아직도 습기가 완전히 마르지 않은 상태였다. 관수는 뒤를 돌아다보았다. 관수 바로 뒷벽에 책상과 의자가 있었고, 책상 위에는 전기 스탠드까지 놓여 있었다. 조형 작업 외에 책 같은 것도 이 방에서 읽었던 모양이었다. 그러나 책상 위에는 아무것도 없었다. 연필꽂이에 4B 연필 몇 자루와 볼펜 두 자루가 꽂혀 있을 뿐이었다. 관수는 거의 완성에 가까운 목조들이 쌓여 있는 쪽으로 다가갔다. 인체를 길쭉하게 데포르마시옹시킨 것 같기도 했고, 어떤 것은 그저 유기적인 볼륨만 은근히 드러내놓고 있었고, 또 어떤 것은 끌 자국으로만 이루어진 기둥에 불과한 형태를 보이고 있었다. 작업실을 두루 살펴보고 난 관수는 점점 이상한 흥분으로 가슴이 뛰기 시작했다.

―그랬었구나.

관수는 신음처럼 중얼거렸다. 청규가 겉으로는 아무 내색도 하지 않으면서 이렇게 치열하게 자기 대결을 하고 있을 줄은 정말 뜻밖이었다. 관수는 벌써부터 그가 조각을 포기한 것으로만 생각해온 것이었다. 관수는 의자에 앉아 책상에 기댔다. 그리곤 골똘한 생각에 잠겨 들었다. 얼마 동안을 그렇게 앉아 있던 관수는 책상 아래쪽에 서랍이 달려 있는 것을 보고 무심코 서랍을 열어 보았다. 서랍 안에는 두툼한 대학노트 한 권과 금전 출납 장부책, 비망록 등이 들어 있었다. 관수는 대학노트를 꺼내 들춰 보았다. 공장에 관한 작업 계획서라든가 도자기 제작에 대한 메모들이 적혀 있었다. 관수는 대강대강 노트 장을 넘기다가 중간쯤에서 손을 멈췄다. 도자기에 관한 메모가 아닌 다른 글이 눈에 띄었기 때문이었다. 관수는 글을 읽어 내려가기 시작했다.

―열어야만 한다. 이 문을 열어야만 한다. 그러나 문을 열고 들어서면 이내 내 전부를 닫으려 한다. 이 문은 무엇으로 연유하여 내 전부를 닫으려 하는 것이냐. 그래도 열어야 한다. 문은 까마득한 층계를 드리워 놓는다. 그리곤 날더러 내려가라 한다. 자꾸만 내려가라고 한다. 그래 내려가야만 한다. 꼭 내려가야만 한다. 그러나 나는 코트 깃을 곧추세워 볼 뿐 까마득한 층계 밑을 내려다보지도 못한다. 문은 내 등을 지그시 밀어대며 내려가라 한다.

발길을 떼려 하면 심층을 거슬러 오르는 것들. 날 보고 자꾸 눈을 뜨라 한다. 눈을 뜨면 어린 시절 하얀 러닝셔츠를 입은 친구의 등이 펼쳐지고 빨간 꽃잎 한 송이를 따낸 내 손바닥이 힘껏 꽃 도장을 찍는다. 꽃 도장을 찍는다. 발걸음은 못 떼고 꽃 도장만 찍는다. 한 동이 물을 길어다 한 동이만큼 고인 하늘을 즐겁게 마시던 사내야.

지난밤 꿈엔 눈도 잘 내리더라. 목화송이 같은 눈이 무릎까지 차올랐더라. 그런데 오늘 줄줄이 내리는 찬 빗줄기는 무엇이냐. 뼛속까지 적시려 드는 찬 빗줄기는 무엇이냐. 행여 백치스런 내 수목이 싹을 틔울 게다. 그렇구나. 발자국마다 핀 빗물 속에 한 움큼씩 괴어 있는 별들에겐 이 계절이 너무 추운가보다.

온종일, 발바닥이 부르트도록, 온종일 그렇게 짐승처럼 돌아다니며 꺾어온 꽃들이 지금 유리처럼 바스러져 계단 위에 흩어져 있는 것은 또 무슨 연유이냐. 내려가야 한다. 내려가야 한다. 유리처럼 바스러진 꽃들을 밟고라도 내려가야 한다. 그런데 열리리라 믿었던 문은 아니 열리고 어느새 나는 바깥으로 밀려나와 문고리만 잡고 있는 것일까.─

청규가 자신의 어느 날의 심정을 적어 놓은 듯했다. 글의 형식으로 봐서 시의 운율을 흉내낸 것 같기도 했지만, 시라고는 할 수 없는 심상의 넋두리인 것 같았다. 내용으로 보아서는 창작에 대한 욕망과 그것을 외면하려는 자신의 이중성의 씨름으로 혼란해진 심정을 늘어놓은 것 같았다. 관수는 착잡한 마음으로 다음 장을 넘겼다. 그곳부터는 자신의 작품에 대한 생각이라든가, 작품을 해나가면서 부딪치는 갈등, 또는 작가관 같은 것을 생각나는 대로 적어놓은 것들이었다. 관수는 계속 읽어 내려갔다.

－한 작가가 모든 자연과의 교감을 갖지 않고는 영혼에 관한 문제에 다다를 수가 없다. 동물이든 식물이든 한 개의 바위덩이든 간에 그들 영혼과의 교감을 갖는 속에서 진정한 예술은 존재할 것이다.

실재, 그 실재는 흔들릴 수도 변할 수도 없는 것일 게다. 그러나 실재에 대해 말로 표현된 진리란 수없이 많다. 작품을 한다는 행위도 결국은 그런 표현의 겉돌기에 지나지 않는 것이다. 그렇다면 굳이 이 작업을 해야 할 이유는 무엇인가. 그러나 아무것도 하지 않고는 불안하다. 그 불안은 이내 절망으로 몰아붙이고 만다. 절망을 하지 않기 위해서는 또 무엇인가를 해야 하지 않는가?

훌륭한 작품은 어느 곳에 놓이든 간에 주위의 환경을 자신에게 끌어들여 스스로 조화를 이루며 일체로 향한다. 결국 작품은 한 작가의 소속물에서 벗어나 하나의 실존으로서 에너지를 발산하는 것이다. 그러나 궁극적으로 생명의 불을 붙인 것은 작가다. 작가는 이런 불을 댕기기 위해 순수해지지 않으면 안 된다.

피카소는 자신 있는 목소리로 이렇게 말하고 있다. '어느 날엔가, 나는 나의 그림이 어떻게 해서 이루어졌는지 다른 사람들이 알지 못하는 데까지 가고 싶다. 안다고 하더라도 무슨 소용이 있는가. 나의 희망은 나의 그림에서 떠오르는 것이 오로지 감동뿐이라는 것, 작품 속에 나는 사랑하는 모든 것을 쏟아 넣는다. 그리고 사물은 사물끼리 서로 협동해 주면 그만일 것이다. 추상 예술 같은 것은 존재하지 않는다. 언제나 구체적인 무엇으로부터 출발해야만 한다. 그리고 천천히 외관을 제거하면 되는 것이다.'

당연한 얘기 같지만 엄청난 오만이다. 조물주 같은 제스츄어를 취하는 것 같아 불쾌하다. 인간은 영원히 추상성을 머리에 이고 살 수밖에 없는 것이 아닌가. 확실한 구체적인 것을 찾아낸다는 것은 조물주뿐일 것이다. 허나 피카소의 오만은 그런 대로 애교가 있다. 귀여운 장난꾸러기에게는 조물주도 화를 내지는 않을 것이다. -

– 나는 말했다.

"그러면 이제 얼마나 우리의 본성이 계발될 수 있고, 계발될 수 없는가를 실제 상황을 통해서 보기로 하세. 자, 보게. 인간들이 햇빛 쪽을 향해 입을 벌리고 있고, 그 입구 넓이로 계속 뚫려 있는 지하의 동굴 속에 살고 있다고 하세. 여기에 그들은 태어날 때부터 살고 있는데. 그들의 다리와 목은 쇠사슬로 묶이어 있어서 움직일 수도 없으며, 또 쇠사슬에 얽매어 그들의 머리를 돌리지도 못하게 되어 있어 그들은 오직 앞쪽만을 바라볼 수밖에 없네. 윗편과 그들 뒤쪽에는 먼 곳에서 불이 타고 있으며, 그 불과 인간들 사이에는 약간 높은 길이 나 있네. 그리고 당신이 바라보면 그 길을 따라 낮은 벽이 둘려져 있는데, 그것은 마치 인형극 연출가들이 그들 앞에 인형을 올려놓고 보이는 장막이 쳐진 대(臺)와 같이 보인다고 하세."

"알겠습니다."

나는 다시 말했다.

"그리고 사람들이 그 담벽을 따라서 여러 가지 종류의 그릇들과 조상

(彫像)과 돌과 나무로 만들어진 모형들과 여러 가지 물건들을 들고 지나간다면, 어떤 것이 담 위로 보이겠는가?"

"이상한 현상을 보여주시는군요. 그것은 이상한 모습의 인간들일 테죠."

"우리 자신도 그러하겠지만, 그들은 오직 불빛이 동굴 반대편 벽에 던져주는 그들 자신의 그림자나 또는 다른 그림자들만을 볼 게 아닌가?"

그는 대답했다.

"사실입니다. 그들이 머리조차도 움직일 수 없다면 그림자 이외에 또 무엇을 어떻게 볼 수가 있겠습니까?"

"그리고 그와 같이 운반되고 있는 물건들도 그들은 오직 그림자만을 볼 것이 아닌가?"

그는 대답했다.

"그렇습니다."

나는 말했다.

"그들에게 있어서 진리란 어떤 형상들의 그림자에 지나지 않을 뿐인 것이다."

– 플라톤의 「대화편(對話篇)」 중에서 –

이런 글을 읽고 나면 무슨 작품을 한다는 것이 부질없는 짓같이 생각이 들어버리고 만다. 이미 구획되어진 한계 속에서 굳이 무엇을 해야만 한다는 것이 맥 빠지는 일이 되어버리고 말기 때문이다. 플라톤은 인간이 지각(知覺)을 통해 현상 세계에서 알 수 있는 한계를 설명하고 있다. 그러나 인식하는 주체(主體)가 있는 한 대상과의 접촉을 포기할 수는 없는 것이 아닌가. 한계가 있더라도, 한계 속에서 자기 확인이 있을 때 비로소 우리는 있는 것이니까. 우선 내겐 대상을 인식하는 것 자체가 중요하고 의미로운 것 아니겠는가. 나의 작업은 그래서 할 의미가 있고, 또 하지 않으면 안 되는 것이다. 그대 앞길에 영광있으라. 제기랄.-

작업실 안이 후텁지근해 답답했다. 관수는 온몸에 끈끈하게 땀이 배어 나와 의자에서 몸을 일으켰다. 서쪽 창으로 들어온 햇볕이 제작 중에 있던 나무둥치 위에 쏟아지고 있었다. 붉은 빛을 띠고 있는 것이 괴목(槐木) 종류인 것 같았다. 나무가 잘 건조되어 끌 자국마다 윤기가 자르르 흘렀다. 속살을 발그레 드러내놓고 있는 쪼아진 부분은, 끌 자국이 곰실곰실 움직이는 것 같았다. 관수는 창문을 열었다. 바람이 불어 왔다. 기분 좋게 시원한 바람이었다. 공장 뒷산에서 불어오는 바람이었다. 관수는 담배를 꺼내 물었다. 오랫만에 피워 보는 것 같은 기분이 들었다. 짙은 초록의 참나무 숲이 골짜기로 긴 그림자를 드리우고 있었다. 거의 검게 보이는 골짜기는 더위를 빨아들이는 동굴같이 느껴졌다. 시원스런 그림자였다. 관수는 담배를 반쯤 태우고 나서 다시 책상 위에 앉았다.

내용은, 책을 읽다 인용한 귀절을 써 놓았거나, 자신의 소견을 대입시켜 적어 놓기도 했다. 여러 장을 그런 식의 내용이 휘갈겨 쓴 글씨로 씌어져 있었다. 관수는 대강 훑어보며 장수를 넘기다가 어느 곳에서 다시 멈춰 자세히 읽기 시작했다. 금년 들어 쓴 글 같았다. 그곳부터는 일기체로 씌어 있었고, 군데군데 날짜도 적혀 있었다. 제일 먼저 날짜가 적혀 있는 것이 5월 1일자였다.

5월 1일

나무 작업을 다시 시작하다. 며칠 전 괴목(槐木) 열 둥치를 구했다. 잘 건조된 것들이라 작품이 될 것 같다. 운이 좋았다. 요즘 그런 쓸 만한 나무 구하기도 그리 흔치 않은데 말이다. 작년 가을, 하던 작품을 도끼로 찍어버리며 다시는 이따위 짓 하지 않겠다고 결심했었는데, 반년이 지난 지금 다시 망치를 잡고 싶은 생각에 다른 일이 안 될 지경이니 참 알 수 없는 일이다. 작품을 한다는 건 정신적인 자위행위에 지나지 않는 것이라고 스스로 매도해 버리지 않았던가. 아마 관수가 이곳으로 내려온 것이 내게도 다시 심경 변화를 일으킨 것 같다. 관수의 싸움을 나는 알 것 같다.

5월 4일

나무를 깎아내는 즐거움이란 언제나 만족스러울 정도이다. 나무가 자연 건조가 된 것이라 여간 단단하지가 않다. 끌을 대고 망치질을 하면 쳇 소리를 내면서 떨어져 나간다. 끌이 지나간 자리는 윤기가 번쩍거린다. 속살을 내보이기 시작하는 나무는 전혀 생소한 모습으로 나를 감탄케 한다. 어떤 조형을 위해서가 아니라 그저 이렇게 나무속에 감추어진 경이로움을 만나는 것만으로도 족할 것이다.

지난날 무모했던 나의 오기가 새삼 부끄러워진다. 생명의 원질(原質)에 대한 어떤 윤곽을 찾아내어 내 나름대로의 조형으로 소화시켜낼 수 있으리라고 믿었었다. 그 조형을 찾기 위해서는 종교적인 체험과 자연과의 교감(交感)을 동반하여야 한다고 생각했다. 물론 그럴 것이다. 그러나 그것은 엄청난 범주에 속한 일들이지 감히 내가 접근할 문제는 못되는 것이었다. 도저히 뚫을 수 없는 벽이었다. 조형은 그저 조형일 뿐이었다. 당시 나는 이렇게 외쳤었다. 나의 미학(美學)은 조형의 시각을 통해 감상자로 하여금 원질(原質)과 부딪침을 갖게 하여 그 일부라도 체험하게 하는 데 있는 것이라고. 용서하라. 나무여.

5월 12일

오후부터 꼬박 여섯 시간을 작업했다. 공장 일은 오전에 대강 마무리를 짓고 나머지 일은 노 씨에게 일러두었다. 어제 하던 작업이 눈앞에 밟혀 공장 일이 손에 잡히질 않았기 때문이었다. 서서히 형태가 나오기 시작했다. 서 있는 여인상이다. 그러나 여자의 구체적인 모습이 드러나서는 안 된다. 여자의 모습은 최소한으로 안으로 감추어져 있어야 한다. 나무와 여인의 모습이 유리되어서는 실패다. 그저 나무둥치인 것처럼 여자의 모습이 숨겨져 있어야 한다. 그러나 그 여인의 선이 결국은 나무를 숨기게 하여야 한다. 조각이기 전에 나무임이 중요하다. 나무를 재료로 선택했을 때는 나무의 본질을 우선 염두에 두고 작업이 이루어져야 한다. 나의 작업은 나무가 가지고 있는 순수 옆에 슬쩍 양해를 얻어 곁다리로 앉아 보는 것일 뿐이다.

오늘부터는 망치 쓰기를 중단하고 손의 힘으로만 깎기 시작했다. 끌자국의 조절을 자유롭게 하기 위해서이다. 나무가 단단해 손바닥이 아팠지만, 즐거운 작업이었다. 작업을 끝내고 나니 온몸이 땀에 흠뻑 젖어 있었다. 아직 목욕하기엔 이른 계절이지만 작업 중의 열기를 끌고 야석천에 내려가 목욕을 했다. 정말 날 것 같은 기분이다. 노동 후의 쾌감. 육체

노동을 동반한 작업은 어느 형태의 작업보다도 큰 쾌감을 가져다준다. 어느 잡지에서 읽은 글귀가 생각난다. '예술은 노동이며 일정한 사회 속에서 그 사회의 미적(美的) 요구에 충족을 지향하는 노동의 총체이다. 따라서 예술 창조는, 완성의 목적에 이르는 표현 과정에서 정신적인 육체적인 노고의 예술이 있음으로써 그 가치가 빛나는 것이다.'

5월 14일

공장 일이 바빠져 계획대로 작업 진행이 안 되고 있지만, 요즈음 같은 기분이라면 시간의 문제는 아무래도 상관없는 일이다.

한 조각 한 조각 나무의 살점을 뜯어내는 일은, 결국 한 조각 한 조각 새로운 조형을 붙여 나가는 일이다. 어느 선에서 끌질을 끝내야 할지는 아직 미지수지만 가능한 한 나무 본질의 질서를 파괴시키지 않는 선에서 성공적인 매스(mass)를 끄집어내야만 한다. 끌이 이끄는 디테일의 재미에 끌리다 보면, 자칫 전체의 흐름을 망치는 수가 있다. 지금까지 얼마나 많은 그런 실수를 저질러 왔던가. 의식은 언제나 멀리 있는 곳에서 전체를 바라보며 손끝은 항상 밀도 있는 디테일을 더듬으며 전신의 혈관을 위한 마사지가 되어야만 한다.

일기의 내용은 그런 식으로 계속되었다. 주로 작품 제작 과정에서 느꼈던 감흥이나 또는 스스로 주의해야 할 점들을 상기시키기 위해 적어놓은 것들로, 때로는 좀 과장되고 흥분된 어조로 목소리를 높이기도 했다. 어쨌든 자신이 작품을 다시 시작하게 된 것을 만족스러워하는 내용들이었다. 그런 식의 일기가 6월 중순까지 계속되다가, 일기의 날짜가 갑자기 한 달을 뛰어넘었다. 그러니까 한 달 동안은 아무것도 적어 놓질 않은 것이었다. 한 달을 뛰어넘은 일기의 내용은 한 달 전의 감동과 자신에 차 있는 어조는 사라져버리고, 회의와 비탄조로 바뀌어지고 있었다. 관수는 일기를 읽어 가면서 좀 어리둥절했다.

7월 16일

결국 나무는 나를 거부한다. 나는 나무 앞에 대립할 자신을 잃고 있다. 더 이상 손을 댈 수 없음을 깨닫고 마무리를 지은 나의 작업은 어떤 형상을 내게 보여 주었던가?

형태는 나무를 소화하지 못한 채 어정쩡한 여인의 모습을 드러내 놓고 있을 뿐이다. 여인의 형상 속에 나무의 순수한 속성은 전혀 찾아낼 수 없이 그저 덤덤한 모습으로 젖가슴께와 둔부의 은근한 볼륨이 여인상임을 내보일 뿐이다. 이 얼마나 낭패스러운 노릇인가. 나무의 속성이 어찌하여 형상 속으로 소화되질 못하고, 형상은 문질러놓은 마네킹처럼 생명력을 갖질 못하게 된 것인가. 나의 조형 능력과, 나무를 이해할 수 있는 나의 심성은 아직 까마득한 밑바닥을 헤어나지 못하고 있는 것이 아닌가. 내 스스로 우선 대상을 알기를 얼마나 노력했으며, 의식을 곤두세우며 대상의 속성을 건들이지 않기 위해 조심스런 몸짓을 했던가. 그런데 결과는 이 모양이다. 나의 의식적인 노력은 결국 스스로의 능력 부족을 확인하는 결과밖엔 안 되었던 것인가?

7월 18일

새 나무를 쪼기 시작했지만, 끌질 하나하나가 자신이 없어지기만 하다. 이제 나무는 누구의 간섭도 받지 않으려는 자세로 나의 끌질을 거부하는 것만 같다. 그럴 것이다. 나무는 어느 누구의 간섭을 받기를 원하지 않는 것이 분명하다. 그 스스로 만족한 모습을 가지고 있는 것이 아닌가. 나무 자체가 그대로 완성으로 이른 조형일 것이다. 내가 슬쩍 그 옆에 간섭을 하여 자리하고 싶은 것은 일방적인 나의 욕심일 것이다. 내가 나무를 조형을 위한 수단으로 삼는다는 것은 아직 뛰어넘을 수 없는 벽이 있음이 분명하다.

7월 18일 이후의 일기는 날짜가 적히지 않은 채 쓰여져 있었다. 뜻대로 되지 않는 작업 때문에 초조해 하기 시작했고, 이때부터 술을 마시며 제작을 한 것 같았다. 필체와 내용으로 보아서 취한 상태에서 쓰여진 것이 역력했다.

오후 내내 나무를 쪼아댔다. 굳이 어떤 형상을 만들어 내기 위해서가 아니다. 나무에 대한 분노이다. 내 조형을 받아들이기 거부하는 나무에 대한 나의 투정이다. 나무는 살점을 떨구어 나가면서 번쩍이는 이를 드러내놓고 나를 비웃는다. 헛손질로 몇 번 내려 찍힌 손등이 부어올랐다. 차라리 나무 위에다 손을 짓이겨 버리고 싶다. 나의 명료한 흔적이 나무와 더불어 있을 수 있다면 무엇인들 못 할 것인가.

정말 난 대상을 통어(統御)하자는 것이 아니다. 그저 마주 바라보자는 것이다. 다만 나의 언어를 대상의 심성에 기억하게 하고 싶을 뿐이다. 그런데도 대상으로부터 내가 거부를 받는 이유를 알 수가 없다. 내겐 전혀 작가로서의 대상을 인식하는 능력이 없는 것일까? 나의 심성은 어느 대상하고도 같이 자리할 수 없는 저능의 수준에 머물러 있는 것이란 말인가? 아아, 답답하여라. –

관수는 노트를 덮었다. 가슴이 답답해 왔다. 더 이상 읽어보고 싶지가 않았다. 그런 식으로 자기의 조형 작업을 몰아붙였던 청규가 엉뚱하기도 하고, 무언가 두려움을 느끼게 했기 때문이었다. 관수는 머리까지 무거워지는 것을 느끼고 의자에서 일어섰다.

흠씬 누군가에게 얻어맞고 난 것처럼 몸이 무거웠다. 창문으로 빨갛게 타오르는 하늘이 보였다. 어찌나 붉은지 불길이 창문을 넘실거리는 것 같았다. 어둑해진 작업실 안에 붉은 노을의 꼬리는 목조(木彫)들을 기괴한 모습으로 분장시키고 있었다.

흩어져 있는 끌들은 이제 생고기를 뜯고 난 들짐승의 이빨처럼 뻘겋게 번뜩이고 있었다. 관수는 번뜩이는 끌들이 노을 속에서 기괴한 모습으로 변해가고 있는 조각들의 빠져버린 이빨 같은 생각이 들어 섬뜩했다. 어찌 보면 작업실 안은 피투성이로 싸움을 치루고 난 전장의 한곳 같은 생각이 들었다. 지금 저렇게 번뜩이는 끌들은 나무를 물어뜯어 굴복을 시키지 못하고 결국은 청규의 온 전신을 사정없이 물어뜯어 버린 것이 아닌가. 청규의 온몸에서 뿌려진 피가 작업실에 뿌려져 있는 것 같아 관수는 몸을 떨었다. 청규를 그렇게 처절하게 무릎 꿇게 한 나무둥치들이 자신을 밀어붙일 것 같아 관수는 갑자기 작업실 안이 두려워졌다. 그는 슬며시 작업실을 빠져나와 문을 잠가버렸다.

관수는 잠을 이루지 못하고 몸을 뒤척이고 있었다. 여름밤은 불면으로 뒤척이는 그의 허리에 감겨 끈적거렸다. 그 끈적거림은 몸을 뒤척일 때마다 전신으로 묻어나 더 이상 견딜 수가 없었다. 그는 부시시 일어나 마당으로 나왔다. 짙은 감청색 하늘엔 별들이 초롱초롱했다. 오랜만에 바라보는 밤하늘이었다. 정말 뿌려놓은 것 같은 별 밭이었다. 그는 댓돌 위에 걸터앉았다. 끈적거리는 밤의 더위가 별빛으로 조금은 씻기는 듯했다. 망연히 별 밭을 바라보며 관수는 외로움에 몸을 떨었다. 갑자기 우우 몰려와 전신을 휩싸는 외로움이었다.

후끈거리는 열기를 내뿜는 화구(火口)에 아직까지도 삭지 않은 불씨가 두꺼운 재 속에서 빨갛게 눈을 뜨고 있었다. 아무리 밤이라도 한여름 가마의 열기는 견디기 힘든 더위였을 거였다. 장작을 넣기 위해 화구에 가까이 접근하는 것 외에는 옆으로 비켜 앉아 불을 감시해야 했을 것이었다. 그런데 청규는 화구에 머리를 박듯이 쓰러졌고, 치명적인 화상을 입었다. 취한 상태에서 장작을 집어넣다 실수를 한 것이었을까. 발을 헛디뎠다거나, 너무 취해 의식을 잃고 쓰러졌거나. 아니었다. 그렇지 않은 것은 소주병 네 개가 모두 화구 앞에 딩굴고 있었다. 그렇다면 화구 앞에서 쪼그리고 앉아 술을 마셨을 것이 분명했다. 이 더위에 그 열기 속에서… 그럼 실수가 아니었단 말인가. 의식적으로 몸을 화구로 집어넣으려 했던 것이란 말인가. 땀을 뻘뻘 흘려가며 네 병의 소주병을 밤새 비워냈을 것이고, 인사불성으로 취해 무슨 환상을 본 것일까. 무슨 착각을 일으키고 뛰어든 것이었을까.

관수는 언젠가 가마의 화구 앞에서 정신을 빼앗긴 사람처럼 타오르는 불꽃을 응시하던 청규를 생각했다. 그는 왜 그렇게 불꽃을 들여다보는 일에 몰입해 있었던 것일까. 관수는 알 수 없는 일이었다. 어쨌든 청규는 떠나 버렸다. 영원히 그와 마주하고 술잔을 나눌 수가 없게 되었다. 한 줌의 재. 비끼는 노을 속에서 야석천 맑은 물에 뿌려 버린 한 줌의 재. 그것이 청규 실체의 전부가 아니었던가.

관수는 마당 안을 서성거리기 시작했다. 소리라도 지르고 싶었다. 그러나 응어리진 답답한 가슴을 풀어놓을 길이 없었다. 관수는 이내 짐승 같은 소리로 부르짖으며 오열하기 시작했다.

10장

　모래밭이 분명할 것이었다. 그것도 무서운 열기로 달아오르는 사막의 어느 한 부분의 모래밭일 것이었다. 그래서 모래밭은 거의 흰색으로 눈부셨고, 그 모래밭만 바라보아도 갈증이 일어날 지경이었다. 그런 모래밭에 습기가 있을 리 없는 것은 뻔한 일이었다. 낙타를 타고 간 대상(隊商)들의 발자국도 또는 짐승들의 발자국도 있을 리 없었다. 버림받은 죽음의 사막 어느 한 귀퉁이일 것이었다. 그런데 이상한 일이다. 죽음의 사막이 분명할 그런 모래밭에 작은 들풀들이 자라고 있는 것이 아닌가. 들풀들은 아주 싱싱하게 어떤 것은 애잔한 꽃까지 피워놓고 있었다. 그 들풀들은 모래밭 한 귀퉁이에 모여 일정한 면적을 차지하고 다보록하게 어울려 자라고 있었다.

　그렇게 어울려 있는 들풀들의 무리를 자세히 살펴보면 같은 종류의 들풀은 한 가지도 없었다. 그리고 대부분 이름을 알 수 없는 들풀들이지만 하나하나 눈여겨보게 되면 이른 봄 밭이랑에서나 볼 수 있을 꽃다지며, 냉이 같은 풀이 있는가 하면 한여름 개울가에서나 자라는 여뀌풀이며 또는 들길 길섶에나 피어 있을 패랭이꽃들이 서로 몸을 비벼대며 어울려 자라고 있는 것이었다. 타오르는 갈증으로 펼쳐져 있는 모래밭이 무색하도록 그 들풀들이 차지하고 있는 영역은 싱그러움으로 가득 차고, 영원할 것 같은 생명력으로 웅성거렸다. 이것은 분명 모순이었다.

한참 동안 붓을 든 채 화폭을 응시하고 있던 관수는 붓을 걸레로 닦아 붓통에 꽂아 놓고 담배를 꺼내 물었다. 파란 연기가 손등을 기어오르다가 승무처럼 피어올랐다. 소매 끝에서 하늘거리는 긴 자락처럼 춤을 추며 오르다가 이내 공간 속으로 사라져버렸다.

담배를 몇 모금 빨아들이던 관수는 방 안을 천천히 둘러보았다. 양쪽 벽 가득히 스케치한 그림들이 압핀에 꽂혀 있었다. 그것들은 마치 채집되어서 핀에 꽂혀 있는 나비들처럼 날개를 벌리고 얌전히 벽에 붙어 있었다.

－이것들이 내가 채집한 것들의 전부로구나.

관수는 입속으로 중얼거렸다. 들풀들의 수많은 스케치. 그녀의 환상으로 이어진 추상 형태의 스케치. 야석천가를 기웃거리며 건져 올린 그저 평범한 조약돌들의 그림들. 그리고 뒷벽에 기대어 있는 50호짜리 그림. 그 그림은 그리기 시작하면서 이미 실패해버린 그림이었다. 그림 전체에 깔린 어둠은 투명해지질 못했고, 먹물처럼 탁하게 어둠의 두께를 내보이고 있을 뿐이었다. 애당초 그는 투명한 어둠 속에서 이름 모를 들풀들을, 또는 물새알 같은 조약돌들을 아무도 눈치채지 못하게 아주 은근히 건져 올리고 싶었던 것이었다. 다시 모래밭 그림을 응시하고 있던 관수는 자조적인 웃음을 입 끝에 흘리며 일어섰다. 며칠 동안 깎지 않은 턱수염이 까칠했고, 초췌해 보이는 그림자 같은 것이 그의 옷 끝에 매달려 있었다.

관수는 고무신을 꿰고 마당으로 나왔다. 그는 잠시 눈을 찡그리고 햇살을 가늠질 했다. 얼마 전까지만 해도 이마를 벗겨버릴 듯 기세를 부리던 햇살은 하얗게 부드러워져 마당 안에 가득했다. 토담 밑에 모종한 해바라기 몇 그루는 어느새 멀쑥하게 자라 넓적한 얼굴을 빙글거리며 담 너머 풍경을 두리번거렸다. 관수는 우물가의 턱을 짚고 물속을 들여다보았다. 붕어와 송사리 몇 마리가 노닐고 있었다. 초가을의 파란 하늘이 물속 깊이 내려 앉아 있어 물고기들은 하늘 위를 유영하고 있었다. 관수는 좁은 우물 속에서 유유자적하는 몸짓을 보여 주는 물고기들을 들여다보며 깊은 상념에 빠졌다.

우물 깊은 곳에 사내의 얼굴이 빠져 있었다. 역광(逆光)을 받고 있는 사내의 얼굴은 윤곽만 보일 뿐 얼굴은 그저 검은 평면으로만 보였다. 눈이며 코, 입은 어디쯤 붙어 있는지 전혀 알 수가 없었다. 그는 그런 사내의 얼굴이 답답했다. 사내의 얼굴에서 눈과 코, 입을 찾아내 보고 싶어 눈을 부라려 보았지만, 더 자세하게 보이진 않았다. 그는 생각했다. 저 사내의 이목구비(耳目口鼻)를 찾아내어 제 위치에 달아 주어야 할 것이라고. 사내의 이목구비 없는 검은 얼굴은 깊은 곳에서 흐르는 강물 위에 둥실둥실 떠 있었다. 강물은 투명하게 푸르렀고 소리 없이 흘렀다. 바람 한 점 없는 수면은 거울처럼 매끄러웠다. 그러나 강물이 소리 없이 흐르는 것은 아니었다. 얼마나 넓고 깊은 강물인지 사내의 귀로는 그 흐르는 소리를 들을 수가 없었다. 강물 흐르는 소리의 진폭은 사내의 귀가 들을 수 있는 한계를 엄청나게 넘고 있었기 때문이었다. 그래서 사내는 강물은 소리 없이 흐르는 것이라고 생각해 버렸다. 이 소리 없이 흐르는 강은 사내에게 신비로운 존재였다. 사내는 항상 강기슭을 서성거리며 강물의 의연함과 아름다움에 매혹되었다. 사내는 강물을 알기 위해서는 더 가까이 있어야 할 것이라는 생각 끝에 조그만 배를 띄워 낚시를 시작했다. 낚시 기술이 신통치 않은 사내에게 금빛이 번쩍거리는 금잉어가 낚일 리는 없었지만 더러 사내의 바구니에 넣어지는 물고기 중엔 손바닥만 한 보기 좋은 물고기들도 끼어 있었다. 세월이 흐르면서 사내의 낚시 기술도 제법 익숙해졌다. 낚시 기술에 어느 정도 자신을 갖게 된 사내는 점점 욕심을 부리기 시작했다. 꼭 금잉어를 잡아 낼 수 있을 거라는 자신도 생겼다. 그런 신념을 갖게 된 사내는 아예 잔챙이들은 거들떠보지도 않았다. 설사 낚시에 걸려들더라도 다시 강물 속으로 던져버리곤 했다. 자신감에서 오는 관용이었다. 그렇게 금잉어를 찾아 사내는 강물을 오르내리기 시작했다. 끝없는 강물을 따라 헤집고 다녔지만 금잉어는 쉽게 나타나질 않았다. 좀 짜증이 나기 시작한 사내는 금잉어를 잡아낼 수 있는 방법을 골똘히 생각하기 시작했다. 처음 사내가 강을 알았을 때 사내는 그저 강을 바라보는 것만으로도 즐겁고 만족한 것이었다. 그러나 이젠 꼭 금잉어를 찾지 않으면 안 되었다. 금잉어를 찾아내는 것만이 가장 절실한 목적이었다. 어느 날 사내는 묘안을 생각해 내었다. 그것은 작살을 들고 아예 강물 속에 뛰어들어 금잉어가 서식하는 곳을 찾아내는 방법이었다. 사내는 주저 없이 배를 버리고 강물 속으로 뛰어들었다. 그의 손에는 첨예한 쇠날이 세 개나 달린 작살이 번득였다. 물속은 아름다웠다. 물 밖은 확 트이고 시원스런 반면에 물속은 아늑하고 부드러웠다. 강바닥의 흰 살결 같은 모래밭이며 이끼 낀 조약돌, 하늘하늘 춤추는 수초들의 무리. 그 사이를 유영하는 이름 모를 귀여운 고기떼들. 물속으로 스며든 햇살은 하얀 모래 바닥에 무지개를 펼쳐 보이기도 했다. 사내는 진기한 물속 풍경에 잠시 정신을 팔았지만, 곧 자신이 해야 할 일을 위해 움직이기 시작했다. 강바닥을 훑기도 하고, 수초 틈을 비집고, 또는 돌틈을 기웃거렸다. 강물 속은 넓었다. 헤메고 헤메도 끝이 없었다. 사내가 헤메고 다닌 범위는 강물의 한 점도 되질 못할 넓이일 뿐이었다. 사내는 지치기 시작했다. 이젠 팔목에 힘이 빠져 물속을 헤어 다니기도 힘들었다. 사내는 두 팔을 휘저으며 마지막 안간힘을 다했다. 지쳐서 가물거리는 의식 속에서도 사내는 금잉어가 나타나기만 한다면 필살(必殺)의 몸동작으로 작살을 던질 것이라고 이를 악물었다. 사내는 이제 거의 움직이지를 않았다. 물속의 흐름에 따라 이리저리 수초처럼 너울거렸다. 사내가 완전히 기진해 버리자 물속의 거친 물고기들이 사내의 몸뚱이를 뜯어먹기 시작했다. 사내의 주위엔 갖가지의 고기떼들로 바글거렸다. 고기떼들은 눈이며 코며 닥치는 대로 뜯어먹어 버렸다. 어느 날 이목구비를 잃은 사내의 머리가 강물 위에 떠올라 둥실둥실 떠다니기 시작했다. 그 사내의 얼굴이 지금 우물 속에 둥실 떠 있는 것이었다.

부질없는 상념들을 두레박질하던 관수는 이내 모든 상념의 찌꺼기들을 우물 속으로 쏟아 버리며 허리를 폈다. 허리를 펴고 일어선 그는 풀향기 같은 것을 느끼며 뒤를 돌아보다 흠칫했다. 지희가 그림자처럼 서 있었다. 그녀는 조금 웃는 듯한 표정을 지어 보였다.

"아, 이거… 언제 와 계셨습니까?"

관수는 갑자기 나타난 그녀로 해서 당황했다.

"조금 전에요…."

그녀는 조금 짙게 웃어 보였다.

"그러셨군요. 이거… 오신 줄도 모르고…."

관수는 머리를 긁적거리며 멋쩍게 웃었다.

"방해가 돼서 죄송해요."

"아, 아닙니다. 방해라뇨? 이거 어디… 자리가 마땅치 않아서…. 자, 이리 마루에라도 앉으시죠. 누추합니다."

그녀가 관수의 집을 찾아온 것은 처음이었다. 그는 갑작스런 그녀의 방문에 어리둥절할 뿐이었다.

"아녜요. 잠깐 민 선생님께 말씀드릴 게 있어서…."

그녀는 손톱을 만지작거렸다. 엷은 베이지색을 바탕으로 한 잔잔한 꽃무늬의 블라우스와 짙은 커피색 치마를 입은 그녀의 모습은 전연 딴사람 같았다. 그렇게 정장을 한 그녀를 관수는 본 적이 없었기 때문이었다.

"어쨌든 이리 올라오시죠."

관수는 마루 위로 올라가 걸레로 대강 훔치는 시늉을 했다.

"괜찮아요. 그냥 여기 앉겠어요."

그녀는 댓돌 위에 올라서서 마루에 걸터앉았다.

"이거 모처럼 오셨는데… 잠깐 기다리십시오. 좋은 차는 없지만 주스는 있습니다."

관수는 그녀가 커피를 마시지 않기 때문에 부엌에 있는 분말주스라도 타려고 신발을 신었다.

"아녜요. 마시고 싶지 않아요."

그녀는 부엌으로 가려는 관수를 손짓으로 제지했다. 관수는 어쩔까 하다가 그녀 옆에 조금 떨어져 앉았다. 그녀는 아무 말 없이 마당 한곳에 시선을 두었다.

"그렇지 않아도 제가 내일쯤 넘어가려던 참이었습니다. 아버님은 좀 어떠신가요?"

관수는 그녀의 옆얼굴을 바라보며 말했다.

"겉으로는 내색을 않으시지만 아무래도 심해지시는 것 같아요. 안색이 안 좋으세요."

마당 한곳을 응시하며 눈을 껌벅일 때, 긴 속눈썹 아래로 그림자 같은 우수가 지나가는 것을 관수는 보았다. 둘은 한동안 말없이 무엇인가 각자의 생각에 젖었다. 사립문 위에 몇 마리의 고추잠자리가 졸고 있었다. 어느새 가을은 고추잠자리처럼 소리 없이 날아와 마당 가득히 괴어들기 시작했다.

"저… 아버님이 선생님을 좀 뵙고 싶어 하세요."

지희는 시선을 돌리지 않고 말했다. 그녀는 이제 두 손으로 모은 자신의 무릎을 초점 없이 내려다보고 있었다.

"제가 자주 찾아뵈어야 하는 걸… 정말 죄송합니다."

관수는 송 노인이 자신을 만나고 싶다는 얘기에 미안해했다. 청규가 어처구니없이 한 줌의 재로 변한 후 얼마 동안 마음의 안정이 안 돼 집 밖을 나가질 않았다. 그러나 곧 안정을 찾고 관수는 장승골을 거의 며칠 걸러 한 번씩 들리곤 했었다. 그러다가 최근에 들어 그림을 그리는 일에 마지막으로 달라붙어 씨름을 해봐야겠다는 생각에 거의 열흘이 넘도록 장승골을 넘어가 보질 못했던 것이었다.

"그렇질 않아요, 선생님께 신경을 쓰시게 해서 오히려 저희가 미안할 뿐예요."

"원 별말씀을…."

"급한 일은 아닌 것 같아요. 시간이 나실 때 한번 넘어와 주셨으면 해요. 아버님도 그렇게 말씀하셨어요."

"아닙니다. 오늘 넘어가 보겠습니다. 지희 씨도 바래다드릴 겸 지금 가겠습니다."

"아녜요. 그러실 필요…."

그녀가 말리기도 전에 관수는 방으로 들어가 옷을 갈아입었다. 잠시 후 그는 남방셔츠의 단추를 끼우며 나왔다.

"아직 한낮인걸요. 천천히 넘어 갔다 와도 시간은 충분합니다."

관수는 운동화 끈을 매면서 그녀를 돌아다보았다. 그녀는 어이없다는 웃음을 웃었다.

햇볕은 기분 좋게 이마 위에서 따가웠다. 두 사람은 마을을 벗어나 장승골로 향한 오솔길을 걷기 시작했다. 지희는 관수와 한 발자국 비껴 떨어져서 소리 없이 걸었다.

송 노인은 그가 쓰러져 병원에 입원했던 사건이 있은 후 밭일이나 과수원 일을 일체 중지하고 있었지만, 그의 생활은 거의 예전과 다를 것이 없었다. 일을 하지 않는 것은 순전히 지희의 강요에 못 이겼기 때문이었다. 송 노인은 낮에는 주로 과수원이나 뒤 계곡을 산보하는 것으로 시간을 보냈다. 그리고 밤이 되면 두세 시간의 명상 후 잠자리에 들었고, 새벽 동이 트기 전에 명상은 다시 시작되었다. 명상의 시간은 전보다 거의 두

배로 늘리고 있었다.

보름 전쯤이었던가, 관수가 장승골을 방문했을 때 마침 송 노인은 마루에 앉아 있었다. 소쿠리를 옆에 놓고 콩깍지를 까고 있었다.

"쉬시지 않구요?"

"어서 오시게. 뭐 이것도 일인가."

"그래도 조심하셔야죠."

"자신의 병은 자신이 가장 잘 아는 법 아니오. 나야 딸애와 민 선생 때문에 생환자가 된 게 아닌가. 허헛. 자, 이리 앉아요."

송 노인은 짐짓 너털웃음을 웃어 보이며 관수에게 자리를 권했다. 관수는 소쿠리를 가운데 하고 송 노인과 마주 앉았다. 소쿠리 안에는 까지 않은 강낭콩 깍지가 소담스러웠다. 길쭉한 콩깍지 끝 부분을 살짝 쪼개내어 그 사이에 엄지손가락을 넣고 훑어 내리면 잘 갈아낸 옥돌 조각 같은 콩알이 손아귀에 모아졌다. 콩알의 색은 여러 가지였다. 짙은 자줏빛, 자줏빛 얼룩무늬, 검정, 옥색, 미색, 분홍색, 한 콩깍지 속에서도 색깔은 다양했다. 콩알 하나하나가 더할 나위 없이 곱고 완벽한 조형이었다.

"자연은 언제나 가장 작은 것에서도 인간을 감동케 하지…."

손바닥에 모아진 윤기 있는 콩알들을 들여다보고 있는 관수에게 송 노인이 중얼거리듯 말했다.

"네. 그래요."

관수는 까낸 콩을 옆의 작은 바구니에 던져 넣고 다른 콩깍지를 집어 들었다.

"오늘 딸애로부터 허락받은 유일한 노동이오. 별 재미없을 줄 알았는데, 하나둘 까내다 보니 아주 특별한 재미가 있어요."

송 노인은 익숙한 솜씨로 콩깍지를 훑어내 손바닥을 펴 보이며 말했다.

"이게 다 소중한 만남들 아니겠오?"

"네?"

"자연은 어느 티끌만한 부분이라도 우리에게 감동을 주고 있지…."

"…."

"요즈음 그림은 많이 그리셨나?"

"잘 안 되는군요. 애는 쓰지만…."

"너무 애를 쓰는 것 같구만…."

"무엇인가에 접근하려고 하면 할수록 거리감을 느끼게 되고 점점 자신이 없어집니다."

"글쎄… 민 선생은 너무 의식이 강한 것 같소. 어떤 것을 꼭 확인해야 하겠다는 강한 집착이 때로는 눈을 흐리게 할 수도 있지요."

"…."

"확인은 그저 자신의 합리화일 뿐인 거요. 진실은 항상 우리 곁에 있는 그대로 더불어 있을 뿐이구…."

송 노인은 계속 콩깍지를 훑어내면서 담담한 어조로 말을 이었다. 눈부시게 하얀 백발 아래 깊이 파인 이마의 주름이 가끔 꿈틀거렸다. 햇볕에 그을린 청동색에 가까운 주름은 마치 산줄기처럼 깊고 기이한 감흥을 느끼게 했다. 관수는 그 주름의 깊은 곳을 응시하며 송 노인의 얘기에 귀를 기울였다.

"학문이나 예술이란 것이 논리적인 설득력으로 어느 부류의 사람들에게 감동을 주었다고 해서 진정한 생명력을 가진 학문이나 예술이 될 수는 없는 것이라고 보오. 학문을 익힌 바도 없고, 예술이란 개념을 의식하지 않고 있더라도 인간에게는 가장 중요한 자아(自我)에의 의식과, 삶이란 바탕을 두고 자연 안에서의 어떤 생명을 느끼며 살아가는 본능이 있는 것일게요. 그런 자신의 분위기 안에서 가식 없는 표현으로 살아가고 있다면, 그것이 어떤 학문의 이론적인 체계나 어떤 작위적인 예술의 영역에 들어갈 수 없더라도, 그것은 가장 본질적인 것으로의 가치가 있는 것이오. 모든 학문과 예술이 왜 있는 것이고, 왜 있어야 하는 것인가를 생각한다면, 사람들은 스스로 자신에 대한 결론을 어렵지 않게 찾아낼 수 있을 거라고 생각하오."

송 노인은 잠시 말을 멈추고 관수를 건너다보았다.

"차 한잔 드시겠오?"

"아니… 괜찮습니다."

"내가 달여 오리다. 이제 더위도 다 간 것 같구만…."

송 노인은 콩 껍질을 툭툭 털어 버리고 마루를 내려서 부엌으로 향했다. 꼿꼿했던 그의 허리가 갑자기 굽어 보였다. 약간 처져 보이는 어깨도 병색을 띠고 있음이 완연했다. 별채에서 쓰러진 후 병세는 빠른 속도로 악화되고 있음이 분명했다. 관수는 콩깍지를 까다 말고 손바닥에 떨어진 한 알의 콩알을 다시 물끄러미 내려다보았다. 루비처럼 반짝거리는 콩알은 곰실곰실 움직이는 것 같았다. 그 작은 콩알은 관수가 회의하고 있는 모든 것들에 대한 해답을 다 알고 있을 것만 같았다. 이 작은 콩알 속에도 모든 신비한 것들이 응축되어 이렇게 보석처럼 생명의 빛을 발할 것이었다. 관수는 탄식처럼 가슴 속에서 외쳤다.

　－아, 이 작은 콩알에게 얘기를 걸 수 있다면….

　한참 후에야 송 노인이 다기(茶器)와 끓인 물주전자를 쟁반에 받쳐 들고 나왔다. 송 노인은 조용히 차를 달였다. 마른 찻잎을 한 움큼 손잡이 달린 분청사기 주전자에 넣고 끓인 물을 부은 다음 뚜껑을 닫았다.

　"이것이 청규가 특별히 나를 위해 만들어 준 찻그릇들이오."

　송 노인은 찻잔 하나를 관수 무릎 앞에 놓으며 말했다.

　"그렇군요."

　관수는 두 손으로 잔을 감싸들고 찬찬히 훑어보았다. 투박하면서도 은근한 분위기를 자아내는 잔이었다. 거친 듯 휘둘러 유약을 바른 붓 자국이 마치 야석천의 물결처럼 남실거리는 것 같았다. 담백한 흐름으로 찻잔 위에서 흔들리는 청규의 손길이 감싸 쥐고 있는 관수의 손바닥을 통해 가슴에 와 닿는 듯했다. 관수는 가슴이 찌르르해 옴을 느꼈다.

　"자, 들어 봐요."

　송 노인은 어느 정도 찻잎이 우러나자 주전자를 들어 그에게 내밀었다. 그는 두 손으로 잔을 받았다. 따스한 온기가 손바닥에 젖어 왔다. 그것은 청규의 체온으로 그의 몸 구석구석까지 스며들었다. 슬픔 같은 것이었다.

　"청규는 청규의 길을 간 것뿐인 거요."

　송 노인이 찻잔만 물끄러미 내려다보고 있는 관수에게 말했다.

　"너무 엉뚱하게 갔지요."

　관수가 찻잔을 입술에 조금 적시고 말했다.

"그것은 다른 사람의 거리에서 본 것뿐일 거요. 그 사람의 진정한 죽음은 그 사람만이 알고 있을 거 아니겠소. 필연적인 죽음일 수도 있는 거지요."

송 노인은 차를 한 모금 마시고 나서 말했다.

"제가 알기로는 그 친구는 방황을 하다 간 것입니다. 죽기 전에 만족할 만한 무엇을 찾아내질 못했지요. 생활에서고 예술에서고…."

관수는 청규의 죽음을 생각하면 가슴이 답답해 왔다. 청규의 갈등이 자신의 갈등이었기 때문이었다.

"만족할 만한 것이라니… 애당초 그런 것을 바라는 것이 아니어야 하는 거지요. 나는 예술도, 주위에 있는 진실을 볼 수 있도록 내면의 시력을 되찾게 하는 수단이라고 생각하고 있소."

송 노인은 다 마신 잔에 다시 찻물을 따르며 말했다. 그의 가라앉은 음성은 점점 커다란 무게로 관수의 가슴에 와 닿았다.

"전 모르겠습니다. 요즈음 제가 왜 그림을 그려야 하는지도 모를 지경입니다."

관수는 가슴이 답답해져 차 마시는 예의도 잊고 훌쩍 한 모금에 마셔 버렸다.

"더 들어요."

비운 잔에 송 노인이 다시 차를 따랐다.

"민 선생. 언제쯤 서울로 올라갈 계획이오?"

송 노인이 짐짓 화제를 바꾸려는 듯 물었다.

"서울에요? 아직 올라갈 일이 없습니다."

관수는 송 노인이 무엇을 묻는지 잘 몰라 송 노인의 얼굴을 바라보며 대답했다.

"언제까지 이곳에 있을 수는 없지 않겠오. 이젠 친구도 없어졌구⋯."

송 노인은 말끝을 흐리며 돌담 너머 산등성이를 바라보았다. 먼 산등성이 너머에서 뭉게구름이 피어올랐다. 뭉게구름은 은빛으로 빛났다. 파란 하늘에 피어오르는 은빛 구름은 가장 아름다운 순수가 피어오르는 것 같았다. 그 은빛의 피어오름은 송 노인의 머리 위에서도 피어올랐다. 어쩌면 송 노인의 은빛 백발은 저 뭉게구름과 너무도 닮아 있었다.

"서울에는 이제 안 올라가게 될 것 같습니다."

송 노인의 은빛 백발과 뭉게구름을 바라보던 관수가 입을 열었다.

"그럼 계속 가지샛골에 머무를 계획이오?"

송 노인은 계속 산등성이 너머 구름을 바라보며 말했다.

"서울에 올라가야 할 이유가 없어진 거죠. 아마 이젠 올라간다 해도 그쪽 세계에 조화를 이룰 수 없을 것 같습니다."

"그건 회피 아니겠오?"

"회피가 아닙니다. 저대로의 이곳에서 찾아낸 세계가 있기 때문입니다."

"이곳에서 계속 그림을 그릴 것이오?"

"그림은 그리고 싶은 욕망이 있는 한 그리게 되겠죠. 그러나 그림보다 더 중요한 것을 이곳에서 찾게 됐습니다."

"흠⋯ 그것이 무엇인지 물어도 되겠오?"

"아직 무엇이라고 말씀드릴 수가 없군요. 지금은 다만 느끼고 있을 뿐입니다."

"그것이 꼭 이곳에서만 찾을 수밖에 없는 건가요?"

"그렇지는 않을지 모르지만, 이젠 방황을 하고 싶지 않은 거죠. 이곳에서 가능성을 찾아낸 이상 이젠 저의 일생을 걸고 안식할 수 있는 곳이라고 느껴집니다. 어쩌면 안식이 아닌 또다른 고통이 있을 수도 있겠지요. 그러나 이곳에서 감수할 것입니다."

"큰 결심을 한 것 같구려."

"결심이라기보다 필연적으로 제게 다가온 기회라고 생각합니다."

두 사람은 차가 식어버린 줄도 모르고 피어오르는 뭉게구름을 바라보았다. 둘은 아무 말도 없이 언제까지나 그렇게 앉아있을 것처럼 움직이지를 않았다.

고개 마루에 올라서자 두 사람은 확 트이는 시야에 잠시 발을 멈췄다. 아래로 내려다보이는 산등성이가 제법 가을빛으로 익어가고 있었다. 여기저기 빨간 단풍이 물을 올리기 시작하기도 했다.

지희의 이마엔 송골송골 땀이 맺혀 있었다. 그녀는 땀을 씻을 생각도 않고 아름답게 펼쳐져 있는 산줄기들을 바라보며 가쁜 숨을 진정시켰다. 내려가는 길섶에 들국화가 흐드러지게 피어 있었다. 관수는 길을 걷다 말고 들국화를 한줌 꺾어 들었다.

"어렸을 적엔 이 꽃을 잠자리 꽃이라고 불렀죠."

관수는 몇 송이를 지희에게 건네주었다.

"잠자리 꽃? 왜 그렇게 불렀는데요?"

지희는 꽃을 받아들고 향기를 맡으며 물었다.

"이 꽃으로 잠자리를 잡았으니까요."

관수가 들국화 한 송이를 뽑아들고 말했다.

"꽃으로 잠자리를 잡아요? 어떻게요?"

그녀는 이상하다는 듯 고개를 갸웃거렸다.

"제가 한번 잡아볼 테니 잘 보세요. 그리고 꼭 주문을 외워야 하죠."

"주문을요?"

그녀는 정말 처음 듣는 얘기라 호기심 어린 눈으로 관수의 행동을 주시했다. 마침 몇 마리의 잠자리가 길섶에 앉아 있다 날아올랐다.

"자알 보세요."

관수는 가지 끝을 붙잡고, 꽃송이를 뱅글뱅글 돌리며 이상한 동요를 부르기 시작했다.

잠자리 동동

잠자리 동동

이리 와서 꽃잎 먹고

춤을 추어라.

멀리 가면 쓴물 먹고

죽게 된단다.

잠자리 동동

잠자리 동동

관수는 입을 오무리고 계속 노래를 불렀다. 뱅글뱅글 돌아가는 꽃송이 주위를 잠자리 한 마리가 머뭇머뭇 날아들더니 꽃잎을 덮치듯 꽃송이에 달라붙었다. 관수는 꽃송이에 달라붙은 잠자리를 잽싸게 왼쪽 손으로 덮쳐잡았다.

"자 보세요. 간단하게 잡아냈죠."

관수가 잠자리의 날개를 잡고 지희에게 내밀었다.

"정말 신기한 일이군요. 잠자리가 꽃에 달라붙다니…."

그녀는 집게손가락으로 잠자리 날개를 받아 잡으며 눈을 동그랗게 떴다.

"한 마리 더 잡아 볼까요?"

관수가 소년처럼 으쓱해 보이며 말했다.

"아녜요. 됐어요. 모처럼 나들이 나왔을 텐데…."

"하, 그런가요?"

관수가 다른 잠자리를 향해 꽃을 돌리려다 말고 멋쩍게 웃었다.

"왜 꽃에 달라붙을까요?"

지희가 잠자리를 들여다보며 물었다. 잠자리는 떨어진 꽃잎 몇 개를 억세게 움켜잡고 있었다.

"아마, 먹이로 착각을 한 걸 겁니다. 날파리 같은 다른 벌레들을 잡아먹는 놈이니깐 빙글빙글 돌아가는 꽃이 날벌레로 착각하게 되는 거겠죠."

관수가 그녀의 손가락 사이에서 어이없는 눈으로 떼룩거리는 잠자리를 건드려 보며 설명했다. 그녀의 머리 내음이 들국화 향기처럼 코끝에 와 닿았다.

"그렇겠군요."

그녀가 관수를 마주보며 웃었다. 그녀의 가지런한 이가 살짝 눈부셨다.

"살려 줘야겠어요. 속은 것만 해도 분할 텐데…."

지희가 웃으면서 잠자리를 놓아 주자 놈은 잠시 비틀거리더니 하늘높이 날아올랐다. 까맣게 점으로 보이더니 이내 파란 하늘 속으로 빨려 들어가 버리고 말았다.

집에 도착했을 때 송 노인은 별채에서 깊은 잠에 빠져 있었다. 잠든 송 노인의 얼굴은 병색이 완연했다. 눈자위에 그림자 같은 것이 서려 있었고, 양쪽 볼이 핼쑥해진 것이 완전히 건강을 잃은 노인의 얼굴이었다. 그러나 은빛 백발은 언제나처럼 눈부셨다. 두 사람은 살며시 별채의 문을 닫았다.

"요즈음엔 계속 별채에만 계세요."

"…."

"명상을 하시다간 누워 계시고, 일어나시면 다시 명상에 들어가곤 하시죠. 음식도 거의 안 드시는 편예요."

지희는 가벼운 한숨을 내쉬었다.

"아무래도 얼마 못 사실 것 같아요."

잦아드는 목소리로 말하는 그녀의 눈에서 이슬 같은 것이 반짝거렸다. 그러나 그녀의 표정은 조금도 흩어지지 않고 담담했다. 관수는 무슨 말을 해야 좋을지 몰라 망연히 빈 하늘을 올려다보았다. 송 노인의 백발 같은 구름 몇 조각이 둥실 떠 있었다.

"안방에서 잠시만 기다려 주세요. 아버님이 곧 일어나실 거예요. 전 양잠실(養蠶室)에 다녀오겠어요."

그녀는 눈물을 감추려는 듯 등을 돌리며 말했다.

"아닙니다. 저도 잠실 구경을 하고 싶군요."

관수는 그녀의 뒤를 따랐다. 그녀는 말없이 잠실로 향하며 몇 번 손끝으로 눈자위를 찍어냈다. 그녀는 잠실문 앞에서 걸음을 멈춰 잠시 멈칫거리더니 돌아서서 관수를 쳐다보았다.

"미안해요. 부끄러운 꼴을 보여드려서… 요즘 제가 감상에 빠져 있었던 것 같아요. 부끄러운 짓이예요."

그녀는 눈을 반짝거리며 웃음까지 지어 보였다.

"아, 아닙니다. 제가 도움을 드릴 수 없는 것이 저로서는 안쓰럽군요."

관수는 더듬거리며 말을 했다.

"전부터 누에고치 짓는 모습을 보고 싶다고 하셨죠? 마침 요즈음이 고치 지을 시기예요. 들어오세요."

그녀는 잠실 문을 열고 안으로 들어갔다. 관수는 그녀의 뒤에 서서 잠실을 살펴보았다.

"이 시기의 누에는 고치를 짓기 위해 먹는 것을 일체 중단한 상태죠."

지희가 채반 한쪽을 가리키며 설명했다. 손가락만 한 누에들이 느린 몸짓으로 꾸물거리고 있었다. 몸은 마치 투명한 젖빛 유리처럼 속이 말갛게 비쳤다.

"이상하군요. 몸속까지 다 비쳐 보이는군요."

관수가 신기한 듯 바싹 다가서서 이리저리 누에들을 살펴보면서 말했다.

"몸속에 있는 모든 배설물을 내보낸 상태예요. 고치를 만들기 위한 액체의 원료만 몸속에 가득히 남아 있는 셈이죠. 이 누에들은 이제 곧 고치를 지어야 되는 시기죠. 이쪽 옆의 채반을 보세요."

관수는 그녀가 가리키는 다른 쪽의 채반을 들여다보았다. 그곳에는 얼기설기 짚으로 엮어놓은 자리 사이사이에 누에들이 한 마리씩 자리를 차지하고 있었다. 누에들은 머리를 부지런히 흔들어대고 있었다.

"섶에 올려진 누에 들이예요. 자신들의 집을 만들기 시작한 누에들이죠."

관수는 그녀의 얘기를 들으며 점점 누에의 이상한 몸짓에 정신을 빼앗기고 있었다. 머리를 앞뒤로 쉴 새 없이 흔들고 있는 누에의 입에선 거의 보일 듯 말 듯한 아주 가는 실이 뽑아져 나오고 있었다. 가끔 빛을 받아 반짝이는 것으로 실이 나오고 있음을 알 수 있을 뿐이었다. 어떤 놈은 벌써 얇은 막처럼 몸 주위를 실로 둘러싸고 그 투명한 막 속에서 부지런히 머릿짓을 계속하고 있었다. 저렇게 가는 실이 결국 누에의 몸을 감싸는 튼튼한 집이 될 것이었다.

"민 선생님. 이쪽에 좀 와 보세요."

관수는 투명한 실을 뽑아내는 누에에 정신을 팔고 있다가 지희가 부르는 쪽을 돌아다보았다. 그녀가 다른 채반을 들여다보고 있었다.

"거의 고치가 형태를 나타내기 시작하는 상태예요."

지희가 보고 있는 곳엔 젖빛으로 뽀얀 타원형의 고치가 여러 개 섶 속에 자리를 잡고 있었다. 젖빛 고치를 자세히 들여다보고 있던 관수는 고치 속에서 그림자 같은 것이 아직 움직이는 것을 볼 수가 있었다. 관수는 머리를 고치 가까이 들이밀고 들여다보았다. 고치의 막 속에서 머릿짓을 하는 누에의 모습이 희미하게 그림자처럼 보이는 것이었다. 관수는 자신의 가슴이 조금씩 뛰는 것을 느꼈다. 이상한 흥분이 가슴을 뛰게 하는 것이었다.

"실을 뽑기 시작해서 일주일이면 완전한 고치가 만들어지게 되죠. 섶에 올려져 며칠 지나면 고치의 막이 두터워져 누에의 모습이 보이진 않지만 누에는 고치 속에서 일주일 동안 계속 실을 뽑으며 자신의 껍질을 튼튼히 하고 있는 셈이죠."

지희는 완전히 고치가 형성된 것 하나를 조심스럽게 따내어 들고 설명을 했다.

"이놈도 아직 실을 뽑고 있을까요?"

관수는 그녀의 손에 든 고치를 가리키며 물었다.

"글쎄요. 한번 귀에 대고 들어 보세요. 아직 소리가 나면 실을 뽑는 일이 계속되고 있는 거니까요."

그녀는 고치를 관수에게 건네주었다. 관수는 고치를 받아 살며시 귀에다 대보았다. 소리가 들렸다. 사그락 사그락, 몸을 움직이는 소리가 분명하게 들렸다.

"들려요. 아직도 열심히 움직이는군요."

관수는 소년같이 웃어 보였다.

잠실을 둘러보고 난 두 사람은 밖으로 나와 뒷산 언덕으로 올랐다. 그들은 잔디가 좋은 둔덕에 앉아 아래를 내려다보았다. 안채와 별채의 초가 지붕이 순하게 엎드려 있는 짐승같이 부드러운 등덜미를 햇볕에 맡기고 졸고 있었다. 마당 가운데 버티고 있는 느티나무는 언제나처럼 당당한 거인 같았다. 거인은 짙은 그림자를 옆으로 끌며 장승골을 지키는 수문장처럼 우뚝 서서 깊은 생각에 빠져 있었다.

관수는 잠실에서 머릿짓을 해대며 투명한 실을 뽑아내던 누에를 생각했다. 누에는 고치를 마무리 짓고 그 속에서 깊은 잠에 빠질 것이었다.

그 잠은 하늘을 날아오를 날개를 꿈꾸며 아주 깊이 잠들어 있을 것이었다. 관수는 자신도 누에처럼 투명한 실을 뽑아 자신의 모든 것을 작은 고치처럼 감싸버리고 싶었다. 그렇게 해서 아주 깊은 잠으로 떨어져 버리고 싶었다. 어느 날 날개를 펼치고 고치를 뚫고 나올 누에의 나방처럼, 그렇게 될 잠을 자고 싶었다.

─나의 실은 무엇인가. 나의 모든 것들을 투명하게 엮어가며 깊은 잠으로 빠지게 할 나의 투명한 실은 무엇인가.

관수는 손바닥에 놓여 있는 하얀 고치를 내려다보며 입 속으로 중얼거렸다.

"아버님이 일어나셨을 거예요."

지희가 스커트를 쓸어내리며 일어섰다.

"그렇겠군요."

관수는 퍼뜩 정신을 차리며 그녀를 따라 일어섰다. 두 사람은 잔디가 미끄러운 둔덕을 조심스럽게 내려갔다. 관수는 한 발자국 앞서 걷다 그녀를 돌아다보았다. 그녀가 기우뚱 잔디에 미끄러져 넘어지려 했다. 관수는 쓰러지려는 그녀의 몸을 붙들었다. 그녀의 놀란 눈이 그의 턱밑에서 반짝거렸다. 그녀의 눈망울 속에 파란 하늘이 비쳐들어 알 수 없는 깊이로 그를 빨아들이는 듯했다. 그녀의 입술이 놀라움으로 조금 열려 있었다. 그는 자신도 모르게 그녀를 안은 손에 힘을 주며 입술을 포겠다. 그녀의 입술이 파르르 떨렸다. 이내 그녀는 화들짝 놀라며 몸을 빼냈다. 그녀의 귓부리가 빨갛게 물들어 있었다. 그녀는 뛰듯이 둔덕 아래로 내려가기 시작했다.

관수는 잠시 멍하니 서서 뒤뜰을 지나 안채 쪽으로 사라지는 그녀의 뒷모습을 바라보았다. 그리고 먼 산을 바라다보았다. 언젠가 송 노인과 함께 바라보던 것 같은 은빛 뭉개 구름이 산등성이 위로 피어오르고 있었다. 관수는 주머니에 넣었던 고치를 꺼내 다시 들여다보았다. 가을 햇볕 속에서 고치는 은빛으로 하얗게 눈부셨다. 그것은 분명 송 노인의 은빛 백발과 같은 눈부심이었다. 관수는 소중한 물건을 다루듯 고치를 주머니 속에 집어넣고는 기지개를 켜듯 양쪽 팔을 뒤로 몇 번 젖혀 보았다. 그는 웃고 있었다. 그리고 중얼거리듯 말했다.

– 나를 엮을 투명한 실은 분명히 있는 거야.

에필로그

　관수가 서울 화단(詩壇)에서 자취를 감춘 지 2년째 되는 해 관수는 관비(官費)로 해외에 작가 수업을 떠날 수 있는 세 명의 신진 화가가 선정되는 데 끼일 수 있게 되었다. 그것은 그동안 관수가 서울 화단에서 활동했던 경력과, 선배인 평론가 이상춘 씨의 적극적인 추천에 의해서 이루어진 일이었다. 이상춘 씨는 관수가 좀 고루한(?) 사고방식을 가지고 있긴 했지만, 그의 화가로서의 재질과 작품 세계로 향한 집념 같은 것을 보면 어느 작가보다도 작가적인 기질이 있다고 생각했기 때문에 그를 추천했던 것이었다. 그러나 이상춘 씨는 관수를 만날 수가 없었다.

　관수의 이모라는 사람을 통해 겨우 그가 있는 곳을 알아낸 이상춘 씨는 그 사실을 알려주기 위해 장승골을 찾게 되었다. 그러나 이상춘 씨가 관수가 있는 외진 산골까지 일부러 찾아가게 된 것은, 주위의 동료들에게 이렇다 할 말도 없이 산골로 숨어든 관수에 대해 호기심이 작용한 것이 더 큰 이유였다.

　기진맥진 먼 산길을 걸어 장승골에 이상춘 씨가 도착했을 때, 마침 관수는 밭일을 끝내고 돌아오는 길이었다. 관수를 돌담 앞에서 만난 이상춘 씨는 처음에는 그를 알아보질 못했다. 그래서 이 집이 민관수라는 사람이

사는 집이냐고 물어보려던 참이었다. 관수는 물들인 군인 작업복 차림에다 밀짚모자를 쓰고 있었다. 하얗던 얼굴은 제법 농사꾼처럼 검게 타 있었고, 손마디도 굵어져 있었다. 이상춘 씨를 본 관수도 처음엔 놀라는 표정을 짓다가 이내 반가운 웃음을 웃으며 그를 집으로 안내했다.

별채로 안내받은 이상춘 씨는 모든 게 이상스럽게만 보였고, 그가 이런 식으로 살아가고 있다는 게 도무지 이해가 가질 않았다. 이곳에서도 그림을 계속 그리고 있느냐고 물으니 그저 고개를 끄덕이며 빙긋이 웃을 뿐 별 말이 없었다. 커다란 책상 위에 물감들이 가지런히 놓여 있고 화구들이 한쪽 구석에 있는 것으로 보아 그림을 그리기는 그리는 모양이었다. 그러나 벽에는 한 폭의 그림도 걸려 있지를 않았다. 더욱 이상한 것은 책상 앞 벽에 액자처럼 짠 틀에 끌 몇 자루가 가지런히 걸려 있는 것이었다. 이상춘 씨가 무엇에 쓰는 끌인데 저렇게 틀까지 짜서 걸어 놓았느냐고 묻자 관수는 한참 동안 말이 없다가 '본질을 쪼는 끌이죠.' 한마디 심드렁하게 내뱉고는 씩 웃어버리고 마는 것이었다. 이상춘 씨는 벽 가까이 가서 끌들을 들여다보았다. 끌은 날이 잘 선 채로 기름이 발라져 있었다. 그러니까 관수가 사용하는 끌은 아닌 모양이었다. 왜 끌을 저렇게 정성껏 기름칠까지 해서 걸어 놓았을까 하고 이상춘 씨는 고개를 갸웃했다.

그는 자세한 내막을 물어보려다가 궁금한 것들은 나중에 물어보려니 생각하고 우선 자신이 이곳에 찾아 온 이유를 밝히자 '괜헌 고생을 하셨군요.' 하는 한마디로 일축하고는 다시 빙긋 웃기만 하는 것이었다. 이상춘 씨가 이 친구 좀 돌아버린 것이 아닌가 하고 그의 행동을 꼼꼼히 살펴보았지만 그렇게 보이지는 않았다.

저녁이 되자 젊은 여인이 별채로 저녁상을 차려가지고 들어 왔다. 촌스런 옷차림을 빼면 단정하게 빗어 넘긴 머리며 분위기 있는 얼굴 모습이 이런 산골에서 살 여자 같지가 않았다.

장승골에서 하룻밤을 자고 읍내로 나와 서울로 가는 시외버스를 탄 이상춘 씨는 착잡한 심경이 되어 차창 밖을 내다보고 있었다. 관수에 대한 궁금한 것들을 이것저것 물어봤지만 그는 도무지 자신에 관한 것들은 얘기를 하려고 하질 않았다. 다만 자신은 장승골을 떠나지 않을 것이며 그곳에서 충분히 만족한 생활을 하고 있다는 것이었다. 물론 시간 나는 대로 그림도 그린다는 것이었다. 그러나 이상춘 씨는 그의 그림을 한 점도 보지 못했다. 그동안 그린 그림을 좀 보여 달라고 부탁을 했으나 관수는 아직 보여 줄 그림이 못 된다며 거절했던 것이었다. 이런 산골에서 혼자 그림을 그리는 것이 무슨 의미가 있겠느냐고 묻자 그는 예의 빙긋 웃을 뿐 입을 다물어 버렸다.

어쨌든 관수의 생각이 확고한 것임을 알게 된 이상춘 씨는 이른 아침 서둘러 아침을 얻어먹고 집을 나서다 별채 옆 양지 바른 곳에 봉분(封墳)한 지 몇 달 안 된 것 같은 묘가 있는 것을 발견하고 이상스러워 누구의 묘냐고 관수에게 물었다. 그러나 그는 자신의 가슴을 가리켜 보이며 빙긋 웃을 뿐이었다. 대문께 서서 이상춘 씨는 넓직한 마당을 다시 한번 둘러보며 산골의 이상스런 분위기의 집을 기억해 두려는 듯 잠시 심각해졌다. 그러다가 그는 어렴풋하게 갓난아이의 울음소리를 들었다. 인사를 하려고 관수 뒤에 그림자처럼 조용히 따라 나오던 여인이 이상춘 씨에게 고갯짓으로 인사를 보내고 종종걸음으로 안채로 향하는 것이었다. 달리는 버스 속에서 이상춘 씨는 벽에 걸려 있던 이상한 끌에 대해서 관수에게 물어본다는 것을 깜박 잊고 그냥 나온 것을 후회했다. 다만 그가 내뱉은 '본질을 쪼는 끌이죠.' 하는 말이 무슨 내용인지를 이상춘 씨는 곰곰히 생각해 보기 시작했다.

무엇엔가 홀린 기분으로 서울에 도착한 그는 몇몇 만나는 화단의 친구들에게 자신이 본 관수의 이해할 수 없는 산골 생활을 얘기했다. 그 얘기는 며칠 후 한때 관수와 어울려 작품 활동을 하던 친구들에게도 전해져 술자리에서 흥미로운 안줏거리가 되었다. 그러나 얼마 지나지 않아서 관수의 존재는 그들의 기억에서도 잊혀진 사람이 되어버렸다.

'본질을 쪼는 끌'

진형준 · 문학평론가

　작가가 머리말에서 밝혔듯이 『끌』은 1980년도에 쓴 소설이다. '예술이란 무엇인가?'라는 질문을 치열하게 던지고 있는 이 예술가 소설을 읽으면서 나는 1980년대의 나의 모습을 되돌아본다. 문학을 전공하고 문학평론을 끼적이던 그 시절, 당연히 나도 '문학이란 무엇인가?'라는 질문을 자신에게 던졌었다. '과연 문학이 무엇을 할 수 있는가?'로 요약할 수 있는 그 질문은 기본적으로 사회학적인 질문이었다. 그 질문은 과연 문학을 어디 써먹을 수 있는가? 라는 질문, 즉 문학의 효용성에 대한 질문이었다. 그리고 문학은 세계 개조에 기여해야 한다는 생각이 당시에 주류를 이루고 있었다. 이른바 '참여 문학'이라는 것이 바로 그것이다.

　상상력을 전공한 나는 문학이 사회에 즉각적으로 봉사해야 한다는 당위성에 은근히 저항했던 것 같다. 문학의 범주가 너무 좁아지는 것만 같았기 때문이었다. 그래서 '문학은 유용한 것이 아니기 때문에 인간을 억압하지 않는다.', '문학은 그것이 있다는 사실 하나만으로 문학을 이해하지 못하는 사람이 있다는 것을, 다시 말해서 무지(無知)를 추문으로 만든다.'라는 고(故) 김현 선생의 선언(?)에 매료되었다. 효용성이라는 좁은 한계에서 벗어난 드넓은 자율성의 공간을 문학에 마련해주는 듯한 그 발언, 문학의 진정한 존재 이유를 확인해주는 듯한 그 발언에서 마음껏 숨 쉴 수 있는 여지를 발견한 것 같아서였다.

그 질문은 나름 치열한 질문이었고 대답도 설득력이 있었다. 하지만 지금 생각하면 '문학이란 무엇인가?'라는 질문이 '문학은 무엇을 할 수 있는가?'라는 질문으로 바뀌는 순간 그 질문은 협소한 질문이 되어버릴 수도 있다. 그 질문은 문학 행위에 대해 의미를 부여하기 위해 밖에서 던지는 치열한 질문이지, 문학 행위 내부에서 용솟음치는 질문이 아니기 때문이다. 그 질문은 창작자가 자신의 창작 행위 자체에 대하여 던지는 내적인 고민 및 성찰과는 무관한 질문이다. 그 질문은 '문학이란 무엇인가?'라는 관념적 질문에 대한 개념규정을 위한 질문이지, 문학 행위 자체에서 솟아나는 질문은 아니다. 따라서 '문학의 무용성이 바로 문학의 효용성이다.'라는 대답도 여전히 효용성의 그물망에 갇혀 있는 협소한 대답일 수밖에 없다. 차라리 그 질문 자체를 포기하는 그 어느 곳에서 또 다른 문학의 의미를 발견할 수 있을지도 모른다.

아마 그 질문과 대답은 문학이 '글로 이루어진 예술'이라는 특성 때문에 던진 질문과 대답일지도 모른다. 그 질문과 대답은 '글로 이루어진 예술'에서 '글'에 방점이 찍힌 질문과 대답이었지 '예술'에 방점이 찍힌 질문과 대답은 아니었다. 그런데 조각가인 강대철이 '예술', 아니 그보다는 '예술 행위' 자체에 방점이 찍힌 소설을 썼다. 그의 소설은 '예술이란 무엇인가?'라는 질문을 치열하게 던지는 소설이다. 그러나 그 질문은 '예술이 무엇을 할 수 있는가?'라는 질문과는 무관한 질문이다. 그 질문은 나는 왜 창작행위를 하며, 어떻게 해야 진정한 작품을 창작할 수 있을 것인가, 라는 질문이다. 강대철은 작품 서문에서 자신에게 80년도란 '젊은 예술가로서 몇 년 동안을 화단의 중심에서 어울리며 예술 활동을 통해 존재의 의미를 찾고자 초발심으로 열정을 쏟았던 시절'이라고 말한다. 이어서 그는 이렇게 덧붙인다.

> 그 당시 필자에게 예술이란 구도의 길이나, 존재에 대한 근원의 문제에 접근하는 길이며 또한 그 본질에 닿을 수 있는 길 중에 하나일 수 있다고 믿고 있었던 시기였다. 어찌 보면 종교적으로 풀어야 할 문제까지도 예술을 통해 해결할 수도 있으리라는 착각을 하고 있었던 것 같다. 오염된 현대 종교의 틀을 벗어나 예술이라는 개인적인 범주 안에서 무엇인가 실체로 와닿는 실마리를 찾고자 하는 몸부림이었을 것이다. (2쪽)

오, 1980년에, 그 시기에 한가하게(?) 그런 질문을 하다니! 예술에 대해 '구도의 길', '존재의 근원의 문제에 접근하는 길 중에 하나의 길'일 수 있다는 생각을 하다니! 그러나 바로 그 덕분에 우리는 우리 문학계에서 보기 힘든, 진정한 '예술가 소설'을 한 편 갖게 되었다.

그렇다면 그의 질문은 자명해진다. 어떻게 하면 존재의 근원에 대한 모색을 작품에 담을 수 있을까? 어떻게 하면 내 삶의 본질을 내 작품을 통해 표현할 수 있을 것인가? 라는 질문이 바로 그것이다. 그 질문은 철저히 예술가적인 질문이다. 그 예술가는 '나의 예술 행위가 무슨 의미가 있느냐, 내 작품에 무슨 의미가 들어있느냐?'라고 묻지 않는다. 대신 그는 '과연 예술 행위 속에 내 삶의 본질을 담을 수 있을 것인가?'라고 묻는다. 삶의 본질이라는 단어에 주눅들 것 없다. 내가 구체적으로 체험한 나의 '진정한 삶' 그 자체라고 보면 된다. 따라서 위의 질문은 '이것이 과연 내 작품인가?'라는 간단한 질문으로 바꾸어도 된다. 풀어 쓴다면 '내가 살면서 발견한 삶의 의미, 내가 구체적으로 체험한 삶의 의미가 내 작품에 들어있는가?'라고 말해도 된다.

『끌』에는 관수와 청규라는 두 명의 젊은 예술가가 등장한다. 그들은 각각 화단에서 촉망받는 화가이며 조각가이다. 그런데 그들은 서울을 떠나 '가지샛말'이라는 시골에 둥지를 튼다. 그들이 서울의 미술계를 떠난 이유는 아주 분명하게 밝혀져 있다.

우리들은 빠리에 몸을 담갔다가 온 많은 선배들을 보았다. 그들이 말하고 내보이는 세계적인 것, 세련된 것은 도대체 뭐란 말인가. 예술이 무슨 유행 같은 것이란 말인가. 빠리나 뉴욕에서 곁눈질하며 걸치고 온, 몸에 맞지 않는 옷자락을 펄럭이며 그들은 한국미술을 이끄는 선구자라는 착각 속에 빠져 어깨들을 우쭐거린다. (…) 아냐. 예술은 그런 것이 아냐. 그런 것일 수가 없어. 그런 것이어서는 안 돼. 나의 뿌리에서 빨아올려진 수액으로 피워 놓은 꽃이어야 하고, 그 꽃을 회의하는 내면의 투쟁이어야 하는 거야. 빠리로 빠리로 외치는 소리가 내겐 빠지러 빠지러 빠지러 간다는 소리 같아. 알맹이를 빠뜨리고 겨우 껍

데기만 건져오는 것이 그들일 것만 같아. (143쪽)

마치 빅토르 위고의 낭만주의 선언서처럼 읽힐 수도 있는 위의 인용문은 나의 내면에서 솟구치는 독창적인 수액으로 빚은 작품을 창작하고 싶다는 열망을 고스란히 드러낸다.

그 열망은 내가 작품에 담고자 하는 의미와 표현된 작품 사이의 거리를 없애고 싶은 욕구이다. 나의 내면의 욕망이 고스란히 담긴 작품을 창작하고 싶다는 열망이다. 우리는 각기 다른 길을 통해 그 열망을 추구한 작품 속 두 명의 젊은 예술가인 관수와 청규의 길을 되짚어보지는 말자. 그 길은 『끌』의 작가인 강대철이 직접 걸어온 그만의 길이자, 그가 곁에서 목격한 진정한 예술가의 길이기 때문이다. 예술 행위가 구도일 수 있고 구원일 수 있느냐고 묻는 예술가가 직접 체험한 길이기 때문이다. 구도와 구원의 길! 거기에 어디 답이 있겠는가? 우리는 다만 추상적으로 그 의미 자체를 되새길 수밖에 없고 간단히 길을 유추할 수밖에 없다.

이 작품에서 우리의 눈길을 끄는 것이 있다. 작품 주인공 관수가 누에에 대해 쏟는 관심이다. 누에를 보는 순간 관수는 누에에게서 이상한 흥분과 신비감을 느낀다.

어쨌든 관수가 본 투명한 실을 뽑아내며 몸을 감싸기 시작하는 누에의 모습은 그 당시 관수에겐 이상한 흥분과 신비함을 느끼게 했다. 그것은 한 차원에서 또 다른 차원의 세계로 들어가는 과정이었다. 누에는

그렇게 실을 뽑는 작업을 거쳐 고치를 짓고 그 속에서 나비가 되기 위
한 잠을 자는 것이었다. 그것은 얼마나 경이스러운 일인가. (61~62쪽)

누에가 고치를 짓고 그 속에서 나비가 되기 위해 잠을 잔다! 그것은
세상과의 완벽한 단절을 의미하고 새로운 존재로 태어나기 위한 상징적
죽음을 의미한다. 그것을 작가는 한 차원에서 또 다른 차원의 세계로 들
어가는 과정이라고 말한다. 그러나 엄밀히 말하면 한 차원에서 다른 차
원의 세계로 들어가는 이동 과정을 의미하는 것이 아니라, 이전의 존재
를 버리고 탈바꿈해서 완전히 새로운 존재로 태어나는 것을 의미한다. 강
대철은 진정한 예술가로 태어나는 과정을 단순히 일상 속에서 그 무언가
의미 있는 성취를 이루는 과정이 아니라, 완전히 새로운 존재로 태어나는
것을 의미한다고 생각하는 것이다.

그러나 인간은, 아니 모든 생명체는 물리적으로는 다시 태어날 수 없
다. 재탄생은 물리적으로 가능한 것이 아니라 내면에서나 가능한 일이
다. 우리는 그 내면을 정신이나 마음이라고 부르기도 하고, 혹은 영혼이
라고 부르기도 한다. 예술가는 물리적으로는 일상인의 삶을 살아가면
서 내면적으로는 일상인과 다른 또 다른 아이덴티티를 지닌 존재이다.
그는 비록 일반인과 같은 모습을 하고 있을지 몰라도 그의 아이덴티티
는 예술가에 있다. 잠자리, 나비, 매미 모두 오랜 애벌레 기간을 거쳐 탈
바꿈한 뒤 잠자리, 나비, 매미로서 아주 짧은 생을 살지만 우리는 그것들
을 잠자리, 나비, 매미라고 부르지 애벌레에 정체성을 부여하지 않는다.
이 보기 드문 예술가 소설은 바로 예술가로 재탄생하기 위해 과거의 자

신의 모습을 버리는 과정, 자신만의 누에고치를 만드는 과정을 보여주는 소설이다. 범박하게 말한다면 조각가인 청규는 그 길을 치열하게 추구하다가 실제로는 정신만 남긴 채 현실적 삶을 마감하는 과정을 밟았다면 관수는 자신만의 누에고치를 짓는 데 성공한다. 과거의 나와의 성공적인 결별을 이룩하는 것이다. 물론 그 결별은 내면에서 이루어진다. 그 내면의 결별 과정을 작가는 조각가답게 한 폭의 환상적인 그림처럼 우리에게 보여준다.

고기비늘처럼 등짝을 반짝이던 야석천 물줄기, 눈부시게 하얗던 모래밭, 그 모래밭 군데군데 엎드려 있던 짙은 초록의 풀무리들, 그 위를 노랗게 쏟아지는 7월의 강렬한 햇살, 그 속에서 너무 선명했던 진홍의 꽃, 진홍의 꽃, 그 진홍의 꽃은 섬광처럼 강렬했다. 독버섯 같은 아름다움이었다. 햇볕 때문이었을까, 하얀 모래밭 때문이었을까, 고기비늘 같은 야석천의 물줄기 때문이었을까, 그 놀라운 선명도는 무엇 때문이었을까. 진홍의 꽃, 진홍의 꽃… 라면 봉지, 꽃, 라면 봉지, 그래 그 꽃은 결국 라면 봉지였다. 꽃과 라면 봉지, 라면 봉지와 꽃, 꽃, 양귀비꽃, 진홍의 양귀비꽃, 어머니, 어머니의 양귀비꽃, 어머니의 화단, 어머니의 꽃, 나의 화단, 나의 우물, 나의 물고기들, 붕어, 송사리, 가재, 미꾸라지… 손바닥에 느껴지던 붕어의 퍼득임, 그 퍼득임의 전율, 눈부신 은빛 비늘, 손바닥에 남아 보석처럼 빛나던 비늘. 그래 그럴 거야. 아니지. 그렇지는 않아. 꽃과 라면 봉지. 나의 시력. 착각. 햇볕, 모래 밭, 풀무리, 진홍의 꽃, 라면 봉지, 라면 봉지, 라면 봉지….

(…) 관수는 다시 의식을 조여 갔다. 시력, 착각, 꽃, 라면 봉지… 꽃, 라면 봉지…. 그래 그럴지도 모른다. 내가 지금까지 매달려 온 그림도 착각 속에서 휘둘러댄 붓자국일지도, 아니 내가 소유했던 모든 시간들이 잘못된 시간 보냄이었는지도, 아니 아니, 무엇인가 좀 더 확실한 것을 잡으려는 현재의 내 노력이 전부 착각일지도…. (170~171쪽)

다시 말하자. 이 소설은 예술가로 재탄생하기 위한 결별의 소설이고 죽음의 소설이다. 관수는 지희와 결혼하고 산골에 묻혀 산다. 그리고 얼마 지나지 않아 관수는 서울의 화단에서 완전히 잊힌 존재가 되어버린다. 관수가 서울 화단에서 자취를 감춘 지 2년 되던 해 그는 미술 평론가 이상춘 씨의 적극적인 추천에 의해 관비로 해외 작가 수업을 떠날 수 있는 작가로 선정된다. 이상춘 씨는 관수를 만나러 장승골로 찾아오지만 관수를 설득하는 데 실패하고 돌아간다. 그런데 그는 아침에 그곳을 떠나려다가 양지바른 곳에서 봉분(封墳)한 지 몇 달 안 된 것 같은 묘가 있는 것을 발견한다. 그가 관수에게 누구의 묘냐고 묻자 관수는 자신의 가슴을 가리켜 보이며 빙그레 웃을 뿐이다. 그 묘는 누구의 묘일까? 바로 과거의 관수 자신을 묻은 상징적인 묘임을 우리는 알 수 있다. 그는 과거와 완전히 결별한 채 자신만의 고치를 만들면서 칩거해 있는 것이다.

그러나 그 칩거는 미술과의 완벽한 결별을 의미하지 않는다. 관수의 방 벽에는 이상한 끌이 걸려 있었다. 이상춘 씨가 무엇에 쓰는 끌인데 저렇게 틀까지 짜서 걸어놓았냐고 묻자, 관수는 그 끌에 대해 '본질을 쪼는 끌이죠.'라고 내뱉고는 씩 웃어버린다. 그 끌은 예술의 본질을 끝까지 추구하다 세상을 등진 청규가 남긴 끝이다. 화가인 관수에게 조각 끝은 실질적으로는 의미가 없다. 그것은 정신에게 의미가 있는 끝이다. 본질을 구도의 정신으로 추구하던 청규의 상징이다.

그는 지희와 결혼하여 아이도 낳는다. 그러나 엄밀히 말하면 지희는 현실속의 여인이라기보다는 꿈속의 여인이다. 그녀는 관수가 현실에서 만난 여인이 아니라, 현실을 버리고 예술가의 길로 접어든 또 다른 관수가 만난 환상적인 여인이다. 그러나 관수가 지희와 결혼하는 것은 현실로부터 환상으로 도피하는 것도 아니요, 결혼이라는 일상으로의 복귀를 의미하지도 않는다. 그것은 예술가로서 꿈과 함께 세상을 살아간다는 것을 의미한다. 그런 뜻에서 지희는 또 다른 끝이다. 그렇게 끝과 지희와 함께 예술가의 삶을 살면서 그는 자신의 그 원대한 꿈, 구도와 구원의 꿈이 담겨 있는 예술을 창작하게 될 것이다.

그렇다! 조각가 강대철은 소설 속의 청규와는 다르게 창조를 계속할 수 있는 예술가의 길을 걸어온 것이다. 그 아슬아슬한 줄타기, 혹은 줄다리기! 창조라는 숭고한 운명을 포기하지 않고 삶을 살아낸다는 것! 나는 예술가 강대철 앞에서, 그가 그 어려운 꿈을 실현했다고 자신 있게 말할 수 있다. 장흥 어느 산자락 토굴에 새긴 그의 어마어마한 조각들을 사진으로 보고 나는 '끔찍하다!'라는 말을 내뱉을 수밖에 없었으니…. 그 작품들은 예술가 강대철의 꿈, 열망을 고스란히 담고 있었으니…. 그리고 그 작품들을 통해 그는 이미 강대철이라는 한 개인을 넘어서고 있었으니…. 그 작품에는 인류 전체의 열망과 꿈이 담겨 있었으니…. 그것이 구도와 구원이 아니고 무엇이란 말인가!

끝

펴낸날	초판 1쇄 2022년 9월 29일
지은이	강대철
펴낸이	심만수
펴낸곳	(주)살림출판사
출판등록	1989년 11월 1일 제9-210호
주소	경기도 파주시 광인사길 30
전화	031-955-1350
팩스	031-624-1356
홈페이지	http://www.sallimbooks.com
이메일	book@sallimbooks.com
ISBN	978-89-522-4674-5 03810